이순원

수색, 그 물빛 무늬

Published by MINUMSA

Susaek, the Pattern of That Shade
Copyright © 1996 by Lee Soon-won
All rights reserved.
Printed in Seoul, Korea.

For information address Minumsa Publishing Co.
506 Shinsa-dong, Gangnam-gu, 135-887.
www.minumsa.com

Second Edition, 2005

ISBN 89-374-2017-1(04810)

오늘의 작가총서 17

이순원

수색, 그 물빛 무늬

민음사

이 땅의 모든 어머니께 이 책을 바친다.

차례

수색, 그 물빛 무늬를 찾아서

"모르겠어요, 나도…… 이렇게 내려가면 언제 올라오게 될
지……."

귀로는 아내의 말을 들으면서, 그때쯤 내 눈은 조금 전에 따라
읽었던 길을 되짚어 지도 위의 안암로를 나와 신설동, 동대문을
지나 종로를 훑고 있었다.

"어머님께서, 그러면 내려와 있으라고 하시니까…… 애한테도
그게 상처를 덜 주는 건지도 모르겠구요."

그 말을 할 때 아내의 목소리는 한숨처럼 낮게 가라앉아 있었다.

"그런데, 당신…… 듣고 있어요? 내 말……."

"……."

"……끊을게요, 그럼. 전화를 해도 당신은 아무 얘기도 안하
고…… 하루이틀 일도 아닌데, 그런 줄 알면서 왜 전화를 하는지
모르겠어요. 나 없을 때 혹시 집에 오더라도 놀라지 말라고 전화

를 한 건데…… 미안해요…….”

“말해. 듣고 있으니까…….”

“아뇨, 다 했어요. 이제…….”

“그래, 가 있는 거야 어디 가 있든, 몸조심하고…….”

“그래야겠지요. 당신도 끼니 거르지 말고요…….”

끝엔 작은 흐느낌이었을까. 이제 당분간 오지 않을 아내의 전화를 받고 나서 나는 다시 아무 생각 없이 책상 위의 지도를 바라보았다. 아니, 아무 생각 없이가 아니라 오직 한 생각으로 다른 생각이 끼어들 틈 없이, 전화를 받으면서도 내내 그것만 바라보고 있었던 건지도 모르겠다.

그건 꼭 아내의 전화라서가 아니라 바른 자세로 앉아 있다가도 벨이 울려 전화를 받으면 몸은 자연히 전화가 놓여 있는 왼쪽으로 비스듬히 기울어지고, 그러면 시선은 으레 전화기 옆의 지도 위에 머물게 되는 것이다. 그런 자세로 나도 모르게 도로를 따라 읽기도 하고, 저쪽의 얘기를 들으며 그것을 되짚어 읽기도 하다가 때로는 중요한 말을 놓쳐 엉뚱한 대답을 하거나, 전화를 끊은 후에도 쉽게 거기서 시선을 거두어들이지 못하는 것이다. 전화가 아니더라도 그런 자세로 무언가 골똘히 생각할 때에는 이상하게 시선은 지도 위에 가 있을 때가 많다. 내가 일하는 곳의 표시로 유성 사인펜으로 동그랗게 점을 찍어놓은 마포 공덕동 로터리에서 출발해 아현동과 광화문을 지나고, 종로를 지나고, 동대문과 신설동을 지나고, 고대 앞을 지나고, 종암동을 지나고…… 그러다 얼마 전까지 아내와 함께 살았던 월계동에 이르러선 거기 또 한 군데 동그란 점으로 표시해 둔 집이 있는 샛길로 들어가지 못하고, 다시 왔던 길을 되짚어 종암동과 남정 교차로를 지나 고대 앞을 지나고, 신설동과 동대문을 지나고, 종로를 지나고, 광화문을 지나고 아현동을 지나 처음 눈길이 떠났던 마포의 작은 점으로 돌아오는 것이다. 그래, 여긴 삼색 신호등이고, 여기는 사색 신호등……. 때로는 금방 갔다가 금방 돌아오기도 하고, 때로는 천천히, 아주 천천히 갔다가 아주 천천히 돌아오기도 한다.

그런 지도 위의 순례가 내가 집을 나온 다음부터의 버릇인지 아니면 그보다 훨씬 앞서 자동차를 운전하기 시작한 다음부터의 버릇인지는 정확하게 기억나지 않는다. 4절지 정도 크기의 플라스틱 받침에 인쇄한 서울시 교통도가 언제부터 내 책상 위에 있었는지도. 수년 전, 누군가 사무실로 그것을 팔러 왔을 것이고, 나는 별 소용도 없이 그것을 샀을 것이다. 어쩌면 그때 그걸 팔러 온 사람은 팔 하나를 못 쓰는 남자였거나 아니면 글씨를 써 보일 메모지와 연필을 가지고 큰 빌딩의 사무실을 돌아다니며 이 지도를 사세요, 값은 얼마입니다, 하는 말 못하는 여자였는지도 모른다. 지금도 책상 제일 밑 서랍을 열면 그런 식으로 소용도 없이 사 보관하고 있는, 집에 가져가기도 무엇하고 그렇다고 사무실에서 쓸 것도 아닌 몇 묶음의 때수건과 조악한 내용물의 공구 세트 같은 것이 나온다.

지금 보고 있는 지도 역시 처음 그것을 살 땐 내게 소용 닿는 물건이 아니었던 것 같다. 책상 깔개라면 플라스틱 받침보다 여러 모로 편한, 아무리 칼자국을 내도 이내 그 자리가 도로 아무는 디자이너용 고무 매트가 내가 그 자리로 옮겨 앉기 전부터 깔려 있었다. 그런데도 나는 그것을 샀고, 놓을 자리가 없어 처음 얼마

동안은 고무 매트 밑에 넣어두었다가 지지난해 겨울에야 그것을 꺼내 매트 옆에 나란히 놓아두었다. 그러니까 그 교통도 위에 한 점 점으로 표시된 마포 직장의 내 책상에는 고무 매트 위에 워드프로세서가 있고, 워드프로세서 옆에 그곳을 표시한 서울시 교통도가 있고, 그 옆에 메모지와 전화기가 나란히 놓여 있는 것이다. 더구나 그것을 살 때까지만 해도 나는 자동차를 가지고 있지 않아 그 지도의 소용은 더욱 없었을 것이다. 또 그때 자동차가 있었다 해도 각 구역마다 샛길까지 상세하게 나온 교통 지도책도 많은데 플라스틱 받침에 인쇄한 4절지 크기의 교통도를 불편하게 가지고 다닐 이유도 없는 것이었다.

어머니께서, 그러면 내려와 있으라고 하시니까…….

여전히 그 자세로 시선을 지도에 박은 채 나는 조금 전 아내가 했던 말의 의미를 되새겨보았다.

애한테도, 그게 상처를 덜 주는 건지도 모르겠구요…….

하늘색으로 인쇄된 한강 제일 아래쪽의 행주대교에서부터 성산대교·양화대교·서강대교·마포대교·원효대교·한강대교·동작대교·반포대교·한남대교·동호대교·성수대교·영동대교·잠실대교·올림픽대교·천호대교·광진교, 그리고 제일 위쪽의 강동대교까지 열여덟 개의 다리를 하나하나 차례로 짚어가며 세고 나서 지도 하단의 흰 여백에 깨알같이 박은 '국립 지리원 측량성과 제 88-85(1988. 5.1.). 본 지도는 국립지리원 제작 1:50,000 기본도를 사용하여 편집 제작한 것임. 1988년 5월 1일 박음/1988년 5월 20일 펴냄/펴낸데: 보성사/펴낸이: 이규철/등록번호: 제9-152(1988. 2. 23.) *잘못된 제품은 교환해 드립니다.

값 1,500원. 불허 복제'를 차례로 읽었다. 그 가운데 오른쪽으로 멀찍이 떼어 쓴 '불허 복제'는 붉은 잉크로 인쇄되어 있었다. 불허 복제, 복제 불허, 같은 뜻의 말이더라도 '불허'를 앞에 두는 쪽이 이쪽의 뜻을 보다 결연하고 완강하게 전달할 터였다. 그 의미의 무거움과 가벼움……. 이런 지도도 복제를 하는 사람이 있다는 것일까. 아니면 별일을 하는 데도 아닌 허름한 창고 같은 가건물 출입문에 붉은색 페인트로 '관계자 외 접근 엄금'이라고 써놓음으로써 자기들이 있는 데가 무슨 대단한 요처나 되듯 보이게 하는 것처럼 '불허 복제'도 그것의 복제 방지보다 결코 싸구려 지도가 아니라는 것을 강조하기 위해 써넣은 말은 아닐까.

어머님께서, 그러면 내려와 있으라고 하시니까…….

전화를 하며 아내도 같은 말이더라도 이쪽 가슴에 그물처럼 무겁게 와 닿을 '불허 복제'가 필요했는지 모른다. 나는 그럴 마음이 아니지만 어머님께서…….

아내는 처음 한 말이었지만 나는 처음 듣는 말이 아니었다.

"에미, 여기 와 있으라고 했다. 여기 와 있는 게 애한테도 의개(기댈 자리나 바람막이)가 될 것 같고 해서……."

지난주 초, 어머니는 평생 처음 아들 사무실로 전화를 걸어 일방적으로 통고하듯 그렇게 말했다. 나는 아직 하숙을 정한 신수동에 전화를 놓지 않고 있었다. 어머니는 사무실 전화번호를 아내에게 물었을 것이다. 글쎄, 넌 아범 사무실 전화번호나 알려달라니까. 얘긴 내가 할 테니…….

"내려가 있으면 뭘 하겠어요? 그냥 두세요 서울에. 애도 여기즈 외삼촌들 많고 한데……."

"그냥 두면? 니 오늘이고 낼 다 걷고 들어갈라나? 잘한다, 따로 나와 방까지 얻어들었다면서……."

"상인이 에미가 그러던가요?"

"에미가 그런 말을 하면 내가 애써 니한테 전화 걸지도 않는다. 애가 그러니 그러지. 에미하고 절 놔두고 애비 혼자 이사 갔다고."

"걱정하지 마세요, 어머닌."

"큰 생각 하는구나. 에미 걱정하지 말라고 다 걱정하고……. 그러면 걱정 안 하게 해야 걱정을 안 하지. 나잇살이 들고선 하는 짓이 어째……."

"그 사람도 그냥 편한 대로 서울에 있으라고 그러구요. 시골 물정 알지도 못하는 사람을 무엇 하러 부르세요, 부르시길."

"니 일이래도 이젠 니가 상관할 거 없다. 데리고 있어도 느 아버지하고 내가 데리고 있는 거니까. 그게 걱정스럽거든 지금이라도 나가 있는 데 걷고 집에 들어가든가."

"그 사람이 어머니한테 먼저 내려가 있겠다고 그러던가요?"

"니는 같이 살면서도 우째 제 여편네 속을 그렇게도 모르나. 하기야 그러니 방을 드니 나니 하면서 남우세를 떨지. 다른 형제들은 안팎 간에 어떻게 하면 재미나게 사나 애들 데리고 오순도순 사는데 그 곁에 저라고 무슨 마음이 내켜서. 그래 싫다는 거 내가 더 생각할 거 없다고 내려오라고 했다. 바깥에 있는 사람이 정신을 못 차리면 안에 있는 사람이라도 정신을 차려야지. 느 아버지도 그렇게 결정했으니 니도 그렇게 알면 되고."

"알겠어요. 언제 시간이 나면 한번 내려갈게요. 건강하시고요."

"근데, 니 정말 에미 말고 다른 여자 보고 있는 거 아니재?"

"아니라니까요. 몇 번을 얘기해도 못 믿으세요. 사람 말을……."

"아닌 게 방을 들고 나고 해?"

"그래서 그러는 거 아니라니까요. 아주 나온 것도 아니고, 이러다 언제 집에 들어가게 될지도 모르고요."

"됐다, 그럼. 그래서 그런 게 아니라면……. 또 전화하마."

한 달쯤 전, 어머니가 우리 사이의 일을 어떻게 알고 처음 전화를 했던 날의 마지막 물음도 그것이었다. 그때까지만 해도 우리는 한 지붕 아래에 있었고, 전화도 서로 각 방을 쓰는 집에서, 아내가 바꾸어주는 것을 받았다. 거실에 있던 전화기가 안방으로 들어간 것도 내가 잠자리를 안방에서 서재로 바꾼 다음일 것이었다. 그럴 때 집 안 전체를 감도는 어떤 묘한 분위기의 흐름은 그 공간 안에서 숨 쉬는 사람 말고는 아무도 이해하지 못할 것이다.

"니, 상인이 에미 말고 보는 여자 있나?"

"아뇨, 아니에요. 그래서 그러는 게……. 갑자기 여자는 무슨 여자예요."

아닌 걸 아니라고 말하면서도 나는 그 말이 어머니에게 하는 말이라 전화를 받으면서도 괜히 얼굴이 붉어졌다.

"그럼 니가 마음속으로 봤음 하는 여자는?"

"그런 것도 없어요. 그래서 그러는 것도 아니고요……."

"그런 것도 아니라면서 왜 그래?"

"모르겠어요, 나도. 왜 그러는지."

"아직 상인이 에미한테는 내가 느 그러는 걸 아는 것처럼 하지 않았다. 그냥 전화를 한 것처럼 했지."

"그럼 어떻게 아셨어요? 에미가 그런 것도 아니라면서……."

"세상 이치는 애들이 더 잘 안다."

처음 전화를 받을 때 나는 우리의 일을 아내가 어머니에게 이야기한 줄 알았다. 그런데, 그간의 과정이야 어떻든 언제부터인가 따로 방을 쓰기 시작했고, 그것을 어떤 경로를 통해 어머니가 알았고, 안 어머니께서 전화를 했고, 그것을 아내가 받아 아무 일도 없었다는 듯 아이의 이야기며 얼마 전에 가져다준 장맛 이야기며 멀리 떨어져 사는 고부간에 한 켜 한 켜 정을 쌓으며 나눌 수 있는 일상적인 이야기들을 서로가 서로에게 연극을 하듯 나누고 나서 거실로 나와 어머니예요, 하고 전화기를 건네주곤 다시 방으로 들어간 것이었다.

전화를 끊고 나서 그것을 갖다 놓으려 안방 쪽을 바라보자 평소엔 늘 비좁게 느껴지던 집 안이 내 방에서 아내가 있는 안방까지가 너무도 아득하게 느껴졌다. 아니, 그냥 아득하게만 느껴지던 것이 아니라 무언가 돌덩이처럼 무거운 것이 천장으로부터 거실 공간 전체를 짓누르듯 무겁고도 막막해 보였던 것이 아닌지 모르겠다. 그리고 어쩌면, 아이의 말대로 혼자 이사를 나온 것도 아내가 싫어서라기보다 그런 분위기를 못 견뎌서인지도 모른다.

신수동에 하숙을 정하던 날, 집에서 그곳으로 옮긴 건 워드프로세서와 당장 필요한 책 몇 박스와 내 방에 걸어두었던 옷 몇 벌뿐이었다. 그것들을 자동차에 내다 실을 때 아내는 집 안에 없는 사람처럼 안방에 있었고, 아이 혼자 자동차를 세워둔 곳까지 따라와 왜 아빠 혼자 이사 가? 했다.

"이사 가는 게 아니라 아빠가 혼자 조용히 해야 할 일이 있어서 잠깐 어디 혼자 갔다 오는 거야, 알겠니?"

"엄마하고 나도 같이 가지."

"다음에. 아빠 갈 테니까 넌 그만 엄마 있는 데 들어가 봐."

"이사 가면 아빠 언제 오는데?"

"상인이가 보고 싶을 때마다."

"난 매일 보고 싶을 건데……."

"아빠도."

"그럼 매일 올 거야?"

"매일은 못 오고. 이제 들어가 보라니까. 엄마 혼자 있잖니?"

아이를 떼어놓으려 그랬던 것이 아니라 정말 그것만은 아내를 생각해서 한 말이었다. 아내와 함께 집에 있는 게 싫어서 제 발로 걸어나가는 사람이 떠나는 순간엔 아내를 생각하고 있다는 게 왠지 쓸쓸하게 느껴지던 것도 사실이다. 아파트 광장에서 차를 돌려 나올 때 백미러 속으로 아이가 이쪽을 향해 내 기분만큼이나 쓸쓸한 모습으로 손을 흔들었다.

내릴까, 떠나서도 그 모습이 쉽게 지워지지 않을 것 같았다. 아이는 그렇게 오래도록 공터에 서서 아빠가 차를 타고 나간 빈 자리를 바라보다 그 슬픔이 주체할 수 없을 만큼 커진 다음 엄마에게로 돌아갈 것이었다.

엄마, 아빠 갔어.

…….

엄마, 아빠 갔대두.

…….

그런데, 나 보고 싶으면 온댔어.

그러면 아내는 아이를 끌어안고 울어버릴까. 우는 엄마 품에 안겨 아이는 또 무슨 말을 할까. 큰길로 나오자마자 첫 번째 교차로에서 초록색 불이 노란색으로 잠깐 떠올랐다가 이내 붉은색으로 바뀌는 것을 빤히 보고도 아무 생각 없이 그냥 지나다가 하마터면 사람을 칠 뻔했다. 브레이크에 발을 얹은 건 자동차가 교차로 안에 이미 진입한 다음 건너편 횡단보도 앞에서였다. 조금 전 아이가 손을 흔들던 백미러에 어떤 사내가 이쪽을 향해 화난 얼굴로 뭐라고 욕을 하는 것이 보였다. 그걸 보면서도 나는 정말 정신을 다른 데 내놓은 사람처럼 저 사람 왜 저러지, 했다. 아마 사고를 냈어도 이 사람 왜 쓰러졌지, 했을지 모른다. 혼자 타고 가는 자동차 안에도 아이와 아내가 있었다. 그러다 두 눈만으로는 믿을 수 없어 손을 더듬어 만져보면 빈자리였다.

정말 나는 나올 것을 나온 것인가.

생각하니 아내와 함께 있는 것도, 그리고 그렇게 못 견딜 것처럼 무겁게 생각되던 집 안 분위기도 혼자 짐을 싣고 가는 자동차 안보다 못 견딜 것 같지가 않았다. 그럼, 다시 돌아가? 월계동 아파트에서 신수동 하숙으로 오는 동안 내내 나는 다음번 교차로에서 만날 신호등과 이대로 가는 게 좋을지 아니면 다시 돌아가는 게 좋을지 그 생각만 했다. 그러나 돌아간다면, 아니 돌아갔는데도 아내가 안방에서 나와 내다보지 않는다면……. 나중엔 그 생각이 더 많았다.

아직 전업할 처지가 아니어서 직장을 다니면서 원고를 쓰고 원고를 보내고, 나가서 술을 마시고, 들어와 잠자고…… 그러던 어느 날 문득 그런 일상의 일들이 다람쥐 쳇바퀴 돌듯 단조롭고 무미건조하게 느껴지기 시작했으며, 이유 없이, 정말 아무 이유 없이 단지 귀찮고 무미건조하다는 것만으로 내 쪽에서 그러자고 의도한 것도 아닌데 먼저 말수를 줄였고, 그런 나를 아내가 까닭 없이 조심스러워하기 시작했고, 나는 저 여자 왜 저래, 하고 내 스스로도 느끼고 아내도 느낄 만큼 더욱 말을 하지 않았고, 아내도 저 남자 왜 저러지, 하고 말을 하지 않았고, 그러다 밖에서 놀다가 이마가 찢겨 들어온 아이를 데리고 병원에 다녀온 다음 애 간수도 제대로 못하는 여자가(내가), 당신이 좀 하면 안 돼요(아내가), 그걸 지금 말이라고 하는 거야(내가), 당신이 그러니 애가 밖으로만 나가잖아요(아내가), 하고 다시들 안 볼 사람처럼 대판 싸움을 하고, 냉전의 가장 자연스러운 단계로 귀가 시간을 늦추고, 내 방에 옷을 벗어 걸기 시작했으며, 갈아입을 속옷이며 양말이 이쪽 방 문 앞에 화분대 위에 화분이 치워진 자리에 놓이기 시작했으며, 서로 꼭 해야 할 말이 있으면 건너기 싫은 다리처럼 아이를 가운데 놓고 느 아빠보고, 느 엄마보고, 하는 식의 의사 전달을 했으며, 그러면서도 한 지붕 아래에서 한솥밥을 먹으면서 때로는 청탁 오는 원고의 메모를 받아 화분대 위에 놓아 전하기도 하고, 어머니의 전화처럼 아무 일도 없다는 듯 통화하고 나서 직접 건네주기도 하면서 그것이 한 달은 더 넘게 냉전처럼 시간을 끌고, 어느 쪽에서든 먼저 쉽게 입을 열 수 없는 분위기가 되어버리고, 그러다 이제는 사람보다 그 분위기가 더 못 견딜 것처럼 숨막히게 느껴지던 차에 어느 계간 문예지로부터 석 달 동안 죽을 둥 살 둥 매달려도 끝낼지 말지 한 전작 전재 장편소설의 청탁을 받고, 다시 일주일을 더 그렇게 무겁고 답답한 분위기 속에 아직 소설의 첫 줄도 시작하지 못한 상태에서 사무실 사람들에게까지 사람이 이상해진 것 같다는 소리를 듣다가, 이쯤 되면 서로 그런 소리 나오는 것도 당연한 순서가 아니겠냐는 심정으로 나 좀 나가 있어야겠다는 얘기를 아내에게 하고, 그때쯤 내게 따로 보는 여자가 있어서 그러는 게 아닌가 아내가 의심을 갖기 시작하고, 내가 그렇게 싫나요(아내가), 싫다기보다 이런 상태라면 차라리 그렇게 하는 게 낫지 않겠냐는 얘기지(내가), 그러자 무슨 자존심인지 그러고 싶으면 그래야 되는 것 아니겠냐고 남의 얘기 하듯 아내가 말하고, 사무실에서 가까운 신수동에 해방감이거나 탈출과는 거리가 멀게 한번 들어가면 다시는 벗어나지 못할 무덤 자리라도 구하러 다니는 기분으로, 그러면서, 오래가기야 하겠어, 하고 스스로를 위로하며 하숙을 구하러 다니고, 그리고 아내가 내다보지도 않는 상태에서 아직도 이마에 그때의 흉터를 가지고 있는 아이의 말대로 혼자 이사를 했던 것이 이십 일 전의 일이었다.

돌아보면 쉽게 풀 수 없는 매듭으로 꽁꽁 묶이고 헝클어진 시간들이지만, 그 헝클어짐의 시작은 지극히 작고 사소했다. 심심해서, 너무도 심심하고 무료해서 사람을 죽였다거나, 햇살이, 눈(目) 위의 햇살이 너무도 강렬해, 그 강렬함을 참을 수 없어 사람을 죽였다는 이야기에 비하면 우리의 별거는 그 시작이 아무리 작고 사소해도 아주 납득하지 못할 일은 아닌 것 같았다. 어쩌면 나는 쳇바퀴를 돌리기 싫었거나 다른 쳇바퀴를 돌리고 싶었던 것인지도 모르겠다. 자존심 때문에 직접 말을 못 담아 그렇지 나중엔 아내도 그렇고, 어머니도 그 다른 쳇바퀴를 다른 여자로 생각하는 것 같았다. 여러 번 그렇지 않다고 해도 어머니와 전화를 하면 매번 마지막 물음은 다른 여자를 보고 있지 않느냐는 것이었다.

그건 반쯤 아내의 생각이 심어진 장모의 전화도 마찬가지였다. 단지 그 표현이 어머니처럼 직접적이지 않고 조심스럽다는 차이뿐이었다.

"사람이 평생을 살다 보면 왜 싫어질 때가 없겠는가. 그래도 애 생각 해야지. 그렇다고 남의 손에 키울 것도 아니고……."

"아닙니다, 그래서 그러는 게……."

"아네, 알아. 자네, 집에 와서도 늘 책상에 앉아 등만 보이고 사는 사람이라 그럴 새도 없다는 거. 그렇대도 제 에미 애비 밑에서 커야 애가 크더라도 구김살 없이 크지……."

우리는 당신 등만 보고 살아요. 언젠가 아내가 했던 말을 장모가 그대로 하고 있었다. 왠지 그 말이 좋게 들리지 않았다. 처음 그 말을 할 때 아내야 그런 뜻으로 한 말이 아니겠지만, 장모의 말은 또 다른 뜻이 있는 것처럼 들렸다. 집에선 등을 보이고 또 다른 데 가선 앞을 보이고……. 내가 집을 나오기 전에도 장모는 여러 번 집으로 전화를 했었다. 상인이가 아빠 매일 늦다는데 그래, 요즘도 그렇게 바쁜가. 좀 쉬었다 하지……. 어머니가 알면서도 아내한테는 모르고 있는 것처럼 하는 것과 마찬가지로 그때 장모도 내겐 그 일을 모르는 것처럼 전화를 했고, 나도 모르고 있는 사람에게 하는 것처럼 전화를 받았다. 어쩌면 아내도 어머니에게 그랬던 것인지 모른다.

각방을 쓰기 시작해 서로 말은 않는 가운데서도 어떤 분위기만으로도 충분히 그것을 느낄 수 있을 만큼 아내의 생각이 나한테 따로 '보는 여자'가 있어 그러는 쪽으로 기울어지기 시작한 것도 하루가 멀다고 전화를 해 그런 말을 하는 어른들의 생각 때문인지 모른다. 어머니나 장모의 생각엔 그렇지 않고서는 남자가 따로 방을 쓸 이유도 또 따로 방을 얻어 나올 이유도 없는 것이었다. 몇 번을 얘기해도 믿지 않는 것까지, 아니, 전화를 할 땐 믿는 듯하다가 다음번 전화 때면 어김없이 같은 말을 묻고, 같은 소리를 하는 것도 양쪽이 똑같았다.

그러니 어쩌겠냐, 나라도 자주 회사로 전화를 해야지.

각방을 쓸 땐 한 번도 회사로 전화를 않던 아내가 방을 얻어 나온 다음부터 이삼 일 간격으로 전화를 하는 것도 어쩌면 그런 불안 때문일지 모르겠다.

"은행에 가니까 여러 군데서 고료가 들어왔던데 어떻게 해야 되나 싶어서요."

"써, 당신이……. 난 카드가 있으니 필요한 만큼만 빼 쓸 테니까."

"자동차 주차위반 과태료가 나왔는데 어떻게 해야 되나 싶어서요."

"상인이 데리고 병원에 갔다 왔어요. 감기 기운이라니 걱정하진 말고요."

"엄마(친정)가 빨래는 어떻게 하냐고 물어보라고 해서요."

"오늘 유치원에 가지 말랬더니 애가 자꾸 당신한테 전화를 하라고 떼를 써서요. 아빠 수업 날(토요일 오후 시간에 함께 가는)이라……."

아내는 반은 집에서 전화를 하고 반은 친정에서 전화를 했다.

있을 땐 아무 말 없다가 밖으로 나온 다음 아내는 무언가 끊임없이 내 곁에 자기와 아이가 있다는 것을 상기시키려 하는 것 같았다. 그러면서도 집에 언제 들어올 거냐곤 한 번도 묻지 않았다. 오히려 그건 어머니와 장모의 몫이었다. 두 사람은 처음부터 우리의 별거를 내가 따로 보고 있는 여자 문제로 단정 짓는 듯했고, 그렇다면 어머니는 이 일이 한두 달 안에 쉽게 끝날 일이 아니라고 생각했던 게 틀림없다.

에미, 여기 내려와 있으라고 했다…….

그건 어머니가 이 문제를 장기전으로 생각한다는 뜻이었고, 그 장기전을 가능한 단축하겠다는 뜻인 동시에 행여 뒤에라도 '아들이 보는' 여자로 집안에 빚어질지 모를 어떤 문제까지도 아내 편에 서서 미리 원천봉쇄하겠다는 어머니 나름대로의 의지이기도 했다. 그 말을 들을 때 직감처럼 와 닿는 느낌이 그랬다. '보는 여자'에 대해 내가 그토록 완강하게 아니라고 해도 지금까지 어머니는 한 번도 그러면 에미한테 무슨 문제가 있어서 그러는 거냐고 묻지 않았다. 살을 섞고 살던 부부가 따로 방을 쓴다, 그러다 남자가 방을 얻어 집을 나간다, 그러면 그건 남자에게 '보는 여자'가 있기 때문이다, 아들보다 며느리의 행실을 더 믿어서가 아니라, 그것이 그 문제에 대해 어머니가 가지고 있는 확고한 공식이었다.

그래서 그때도 어머니의 전화를 끊고 나서 조금은 억울한 듯한 기분으로 지나온 지도 위의 길을 더듬듯 내가 알고 있거나 만나고 있는 여자가 있기나 한 건가 생각해 보았다. 처음엔 하나도 없을 것 같더니 막상 그렇게 마음먹고 꼽아보자 이런저런 일로 그래도 가끔씩 만나 함께 차를 마시거나 술을 마시거나 하는 여자가 한 손은 거의 차게 넷이나 되었다. 둘이 만날 때도 있고, 다른 사람이 끼여 셋이 만날 때도 있고, 여러 사람들과 한꺼번에 만날 때도 있는, 잡지사 기자거나 어느 사보의 편집자거나 방송국 스크립터거나 영화일 때문에 알게 되거나 한 여자들이었다. 개중엔 냉전 중에도 아무렇지 않게(하기야 그들로선 알 리 없겠지만) 우리 집에 전화를 걸어 아내에게 나를 바꾸어달라고 해 지금 밖으로 나올 수 없느냐고 묻는 여자도 있었다. 영화사라네요(네요, 래요가 아니라)……. 그러면서 전화기를 건네줄 때면 저쪽에 대해 아내가 갖는 어떤 묘한 적대감 같은 느낌도 함께 건네지게 마련이었다. 신경 쓰이긴 하지만 신경 쓰이는 내색은 하지 않겠다는 얼굴도 집안 공기만큼이나 사실 나로선 여간 견디기 어려운 게 아니었다. 그래서 어떤 때는 그런 분위기가 너무도 무거워 열기 싫은 입을 열어 내 쪽에서 먼저 그 여자가 누구며 뭘 하는 여잔지 이야기라도 할라치면 아내는 누가 뭐라나요, 괜히…… 도둑이 제 발 저려 그러는 거 아니냐는 얼굴을 했다. 그러다 아이가 그 전화를 받아 내게 가져오면(대개 이럴 경우 여자들은 친밀감의 표시로 이름이 뭐냐, 몇 살이냐, 어느 유치원 다니느냐, 심하게는 누구, 엄마가 좋아 아빠가 좋아까지 묻고 나서 아빠 좀 바꿔줄래, 하기도 하는데) 아이에게 누구 전화냐, 뭐라면서 아빠를 바꿔달라더냐, 너보고는 뭐라더냐, 나중엔 아이가 그 여자가 뭐라고 했는지조차 헷갈릴 정도로 묻고 또 묻곤 했다. 아범, 어디 보는 여자 있는가 잘 살펴봐라. 처음엔 모르고 있는 것처럼 하다가 나중엔 어머니가 먼저 아내에게 그렇게 일러주었을 것이다.

그러나, 그런 일들로 냉전의 분위기가 더 무거워졌을지는 모르
나 그 여자들 하나하나가 어머니가 말하는 '보는 여자' 인지 아닌
지는 그런 생각으로 그들의 이름과 얼굴을 떠올리는 것만으로도
네 여자 모두에게 미안한 생각이 들 만큼 그런 쪽과는 거리가 먼
여자들이었다. 한 번도 그들을 그렇게 생각해 보거나 '봤으면'
해보았던 적도 없었다. 한동안 안 보다 만나면 괜히 반갑고, 그래
서 그 자리가 처음 생각하고 나갔던 것보다 유쾌해지기도 했지
만, 저마다 보거나 보게 될 남자가 따로 있는 여자들이었다.

오히려 언뜻언뜻 그런 생각이 드는 건 자동차를 운전하고 가다
횡단보도 같은 데 멈춰 서서 그 앞을 짧은 치마를 입고 지나가는
여자를 훔쳐보듯 바라본다거나, 직장 독서 클럽 같은 데 초청돼
나갔을 때 대학 강의 의자 같은 간편 의자에 가뜩이나 짧은 치마
를 입고 앉느라 치맛단이 바짝 당겨 올라가 강단에서 내려다보면
그 모습이 섰을 때보다 더 아슬아슬해 어디에다 눈을 둬야 할지
모를, 그러다 그 자리만 벗어나면 이내 얼굴조차 잊어버리고 말
'보는' 것과는 전혀 거리가 먼 여자들을 볼 때였다.

"나예요……."

"……."

다시 아내에게서 전화가 온 건 아까 듣고 있다고, 말하라고 했
을 때, 아뇨, 다 했어요……, 하고 전화를 끊은 지 삼십 분이 조금
넘어서였다.

"미안해요. 아까…… 얘기를 하려다, 못한 게 있어서…… 다시
전화를 했어요……."

"……."

"……나 지금 터미널로 나가는데…… 아파트 키…… 경비실에
맡겨놓을게요……. 당신이…… 여기 들어와 있거나…… 그
냥…… 거기 있을 거면…… 키라도 찾아가라고요……."
"……."
"들었어요…… 내 말……."
"……."
"그럼, 그만…… 끊을게요…… 이제……."
"……."

그러고도 오래도록 아내의 숨소리가 들렸다. 나는 가만히 아
내의 숨소리를 들으며 또 서울시 교통도를 바라보았다.
"……당신이…… 끊으세요……."
"……."
"난…… 난…… 먼저…… 못…… 끊겠어요……."
"……."
"……나가야 해요…… 이제……."
"……."

그렇다면 그동안 아내는 내려갈 짐을 챙기고 아이의 옷을 입히
고 했던 것인지 모른다. 나는 전화기를 귀에 붙인 채 가만히 훅
스위치에 손을 갖다 댔다. 누르는지 마는지도 모르게 가볍게 손
을 댔는데도 뚜우, 뚜우 하고 아득히 아내가 멀어져가는 소리가
들렸다. 어쩌면 아내는 명주실보다 가늘게 이쪽과 간신히 연결하
고 있는 끈이 끊어졌을 때 순간적으로 느끼는 어떤 절망감 같은
것을 느꼈을지 모른다. 그리고 뚜우, 뚜우, 하고 멀어지는 것도
그쪽이 아니라 이쪽이라 생각할지 모른다. 아마 아내도 나처럼

끊긴 전화를 오래도록 들고 있을 것이다.

그것의 시작이 어느 날 자고 일어났을 때 문득 느껴지는 일상의 어떤 단조로움과 무미건조함처럼 사소하고도 사소한 것이라고 했지만, 그 감정의 변화가 전적으로 그렇게 작고 사소한 것으로부터만 시작된 것은 아닐 것이다.

나중엔 각방 생활로 관계가 악화될 대로 악화돼 이미 반쯤은 어떤 감정적인 오기도 작용했겠지만, 떨어지기 싫어하는 아이를 아파트 공터에 내버리듯 두고 나올 땐 스스로를 그렇게 내몰 수밖에 없는 분위기 말고도 다른 무엇이 있었을 것이다. 아무리 사람이 싫어지는 데는 이유가 없다지만, 그래도 처음엔 어떤 이유 같은 게 있지 않았겠는가. 보고 있는 여자거나, 봤으면 하는 여자가 아니더라도 하다못해 다른 여자를 봤으면 하는 마음 같은 것이라도 말이다. 시작은 그렇게 해놓고, 나중엔 스스로 만든 분위기에 눌려 전혀 그렇지 않은 것처럼 되어버린 것일지도 몰랐다. 오직 그런 분위기에서 벗어나는 것만이 그런 분위기로 몰고 간 애초의 목적처럼 되어버린 식으로……. 그래서 어떤 식으로든 일단 그 분위기를 탈출하듯 벗어나게 되면 그동안 서로 크게 미워했거나 싫어했다는 감정조차 제대로 느끼지 못하는 상태에서 오직 힘들게 느껴지는 것은 그런 일이 생기기 전의 관계론 이젠 도저히 회복이 어렵겠구나 하는 것처럼…….

터미널…… 아파트 키…… 여기 들어와 있거나…… 거기 있을 거면 키라도…… 난…… 못…… 끊겠어요…… 가야 해요…… 이제…….

그 말을 하는 동안 나는 여전히 지도를 보고 있었고, 대답은 안

했어도 그 말 하나하나가 아내가 서울을 떠나기 전 마지막으로 내게 표현할 수 있는 어떤 메시지로서의 ‘불허 복제’일지 모른다는 생각을 했다. 그리고 비로소 어머니가 왜 아내에게 시골로 내려와 있으라고 했는지 그 속뜻을 짐작할 수 있을 것 같았다.

먼저는 아내를 시골로 부르는 것이, 그래서 당신들과 함께 아내를 있게 하는 것이 행여(행여가 아니다, 그렇게 믿는 것이지) 내가 보고 있거나 보게 될지 모를 여자에 대해 그 자리가 ‘보는’ 것만으로 모든 것이 해결될 자리가 아니라는 선언적 의미로만 생각했는데, 다시 건 전화로 아파트 키…… 이야기를 듣고 나자 그 선언적 의미는 아들이 보거나 볼지 모를 여자에 대한 것만이 아니라, 그렇게 비우고 나간 자리가 어떤 이유로든 쉽게 벗어날 수 없는 자리라는 것을 당신 아들에게 했던 것이라는 것을. 어차피 나는 그 키를 받아 와야 할 것이고, 아내까지 시골로 내려가 비운다면 언제까지 그곳을 그렇게 비워둘 수는 없는 일이었다. 여기 들어와 있거나…… 그냥…… 거기 있을 거면…… 키라도 찾아가라고 했지만, 그렇게 되면 그곳에 가 있어야 한다는 건 내 스스로가 더 잘 아는 일이었다. 그건 지금 당장 내가 보고 있는 여자가 있다고 해도 마찬가지였다. 보고 있는 여자가 있어 그 여자와 바깥에 방을 얻었다 해도 아내마저 비운 빈 아파트를 그냥 놔둘 수는 없을 테고, 그렇다고 아내와 함께 살던 집에 보는 여자를 데리고 들어갈 수도 없는 일일 것이다. 물론 주인에게나 다른 사람에게 집을 비워주고 전세금을 빼낼 수도 있겠지만 그땐 또 그 짐들을 어떻게 할 것인가. 그렇다면 그건 어머니가 아내를 시골로 불렀다고 했을 때 처음 내가 생각했던 장기전도 아닌 것이었다.

어머니는 어떻게 그런 생각을 했을까.

아파트가 있는 월계동에서 사무실이 있는 마포까지 오고 가는 길을 따라 무수하게 연필 선이 그려진 지도를 내려다보며 나는 골똘히 어머니의 생각을 헤아려보았다. 뾰족하게 깎아 플라스틱 받침 위에 그린 그 연필 선은 또 마포에서 은평구 신사동으로도 나 있었고, 월계동에서 신사동으로도 나 있었다.

마포에서 신사동으로는 아니지만 월계동에서 신사동으로는 전에 아내와 여러 번 가보았던 길이다. 지난 3월만 해도 우리는 그곳에 짓는 우리의 아파트를 함께 가보았다. 월계동에서 월곡시장을 지나 정릉 길로, 그곳에서 북악터널을 지나 세검정 길로, 또 거기 네거리에서 통일로로 나가는 홍은동 길로, 그리고 녹번 지하철역에서 좌회전해 은평로를 따라 끝까지 직진하면 이번 가을이면 지어질 우리 아파트가 있었다.

교통도에서 그곳 신사동에 있는 상신국민학교가 나와 있고, 그때 우리는 아파트 바로 옆에 있는 학교를 바라보며 우리 상인이 이제 여기 다니겠네, 했다. 또 내부 공사를 막 시작하는 건축 중인 아파트 안으로 들어가 거실에 칠 커튼 이야기를 하고, 바꾸어야 할 식탁과 아내가 꼭 갖고 싶다는 인켈 금장 오디오 이야기를 하고, 아이를 위해 꾸며줄 대형 수족관 이야기를 하고, 34평이래도 거실과 안방만 넓지 다른 방은 좁네요, 아무래도 지금처럼 안방을 당신 서재로 써야겠어요(아내가), 아니 됐어, 중간 방을 쓰지 뭐, 작은 방은 애 놀이 방 하고, 책은 트지 않더라도 베란다 쪽에도 쌓을 수 있는 거고(내가), 그렇지 않을 거예요, 사방을 빙 둘러가며 책장을 놓고 이쪽으로 책상을 놓으면 방이 반으로 줄어들 건데요(아내가), 됐어, 그런 걱정은 나중에 해도 되잖아(내가), 가을이면 우리가 결혼한 지 꼭 칠 년 만이에요(아내가), 옆에 산이 있어서 좋군(내가), 여기 오면 당신 아침마다 등산하며 운동하세요(아내가), 이 다음 애 학교 가까워서 좋겠어(내가), 큰길 안 건너니 그것도 마음 놓이고요(아내가), 이제, 가지 그만(내가), 5월쯤에 한 번 더 와봐요(아내가), 하며 이런저런 이야기를 나누었다.

그리고 돌아오는 길에 차 안에서, 아니 자동차 시동을 걸면서부터 우리는 다시 이야기를 나누었다.

"이게 수색 가는 길이네. 이리로 가지 않고 반대쪽으로 가면……."

"수색은 왜요?"

"그냥……."

"수색에 누가 있어요?"

"아니, 누가 있을 것 같애서……."

"누가요?"

"전에 당신, 결혼하고 얼마 안 있어 나한테 그런 얘기 했지?"

"무슨 얘기요?"

"처음 결혼해 집에 내려갔을 때 내가 의붓자식이거나 어디서 낳아 온 자식 아닌가 생각했다는……."

"그 얘기는 갑자기 왜 해요. 막 결혼해 몰라서 그랬던 건데……."

"그냥 생각이 나서……."

"그땐 정말 그렇게 느꼈어요. 어머니도 그렇고 아주버님들하고 도련님도 그렇게 느끼게 했고요. 어머니는 자식들한테 무슨 시킬 일만 있으면 당신을 찾았고, 당신도 다른 형제들은 다 방 안에서 쉬는데 당연히 그래야 한다는 식으로 혼자 밖에서 일을 했고요. 그래서 괜히 속도 상했고요."

"그런 것 말고 다른 느낌으로 그랬던 건 아니고?"

"모르겠어요. 그때 당신은 막 결혼한 아들이고, 아래로 도련님도 있는데 무슨 일만 있으면 어머니는 수호야, 수호야, 하시니까."

"수색에 내 어머니가 아니라 '수호 엄마'가 있어. 아니, 지금도 있는지 없는지는 모르지만 내 마음속의 수색엔……."

"그럼 당신, 정말 어머니가 낳으신 아들 아니에요?"

"아니긴……."

"그럼 뭐예요? 조금 전 '수호 엄마'라는 분은."

"얘길 하자면 복잡해. 들어도 잘 이해하지 못할 거고."

"해봐요."

"다음에 하지. 그런 이야기를 할 수 있을 기분일 때……. 다음에 오면 우리 한번 수색에도 가보고. 그때……. 서울에 온 지 십년이 넘는데도 아직 한 번도 못 가봤어. 수색은 그냥 내 마음속에만 있는 거지."

"그래도 해봐요. 궁금한데 어떻게 5월까지 참아요. 가는 건 다음에 가더라도……."

"자세하게는 몰라. 어릴 때의 일이라 언뜻언뜻 그런 기억의 편린들만 남아 있는 거지. 날 낳은 어머니도 아닌데 집안 사람 누구한테나 수호 엄마라고 불리던 여자가 있었어. 그래서 어릴 때 난 그 엄마가 정말 날 낳은 엄만 줄 알았던 거고."

"아버님이 새엄마를 보셨어요?"

"그랬던 거지, 어머니 몰래. 그런데 어느 날 어머니가 그걸 아셨고, 아버지와 그 엄마가 살고 있는 집을 알게 된 거야.”

“속상하셨겠네요, 어머니.”

“그건 새엄마도 마찬가지였을 거야. 나중에 어머니한테 들은 애긴데 아버지가 그 엄마에게 거짓말을 하셨던가 봐. 혼자 산다 고……. 어머니가 찾아갔을 때 그 엄마가 마당 가에서 빨래를 하 더래. 그런데 그 날은 차마 이야기를 못하겠더라는 거야. 빨래를 해 너는 게 너무 얌전해 보여서 그냥 돌아와 어떻게 해야 되나 생 각하다 며칠 후 다시 찾아간 거지. 할머니가 계셨는데 할머니한 테만 귀띔을 하고. 그런데 그 과정은 잘 모르겠어, 그 엄마가 언 제 어떻게 집으로 들어왔는지. 아버지도 모르게 어머니가 데리고 들어왔는데, 기억나지는 않아. 그래서 그때 집안에 어떤 일이 생 겼는지도……. 그런데 집안 식구들이 모두 그 엄마를 수호 엄마 라고 불렀어. 할아버지 할머니도 어머니를 부를 땐 철호 에미라 고 부르고 그 엄마를 부를 땐 수호 에미라고 부르고…… 아버지 도 그렇게 부르고.”

“그때 당신은 얼마큼 컸는데요.”

“상인이만 했겠지. 그 엄마가 들어오고 얼마 있다 학교에 들어 갔으니까. 그런데 말이지, 나 학교에 입학해, 처음엔 왜 어른들이 데려다 주잖아? 그때도 그 엄마가 데려다 주고, 학교에 학부형 회 의라든가 무슨 일 있을 때도 어머니 대신 그 엄마가 가고……. 그 때 작은형은 4학년이었는데 거기는 어머니가 가고 말이지.”

“그럼 아버님 주무실 때는 어떻게 했는데요?”

“기억 안 나 그런 건…… 그 나이에 나한테 그게 중요한 일도 아닌 거고. 그렇다고 이제 와 어른들한테 그걸 묻기도 뭐하고……. 아버지는 강릉 시내에 나가 큰 상회를 하시고. 그러니까 그 엄마를 만날 수 있었던 거겠지. 저녁에 아버지가 장부를 들고 오면 그 엄마가 주판을 놓고 하던 게 생각나. 때로는 어머니가 숫자를 부르고 그 엄마가 주판을 놓기도 하고.”

“두 분 안 싸우셨어요?”

“지금도 그게 이해가 안 가. 속으로는 어떻게 하셨는지 모르지만 어머니하고 그 엄마하고 한 번도 다투는 걸 보았던 적이 없어. 언젠가 어머니도 거기에 대해 말씀하셨는데, 나도 잘했지만 수호 에미도 잘했다고……. 때로는 두 분이 함께 재봉으로 우리들 옷을 만들어주기도 하고, 또 그 엄마가 어머니 한복을 지어주기도 하고……. 내 생각엔 어머니가 그 엄마한테 옷 짓는 걸 배우는 것 같기도 하고 그랬어. 엄마는 수호 어멈이라고 부르고, 그 엄마는 형님이라고 부르고…….”

“그럼 당신은 누구하고 잤는데요?”

“엄마하고 잤지, 수호 엄마니까 그 엄마하고……. 죽 기억나지는 않아. 토막토막 기억나지……. 동생들은 모르겠는데, 형들은 그 엄마 그렇게 좋아하지 않았고…… 대들거나 그러지는 않았지만…….”

“이해가 안 가요. 언제까지 같이 있었는데요?”

“2학년 가을까지는 있었던 것 같애. 함께 밤을 주우러 갔으니까. 그런데 어느 날 학교에 갔다오니까 엄마가 없어졌어. 기억나는데, 1학년 때는 엄마들이 학교에 데려다 줘도 2학년부터는 안 그러잖아. 그런데 그 날은 엄마가 학교까지 데려다 줬어. 등에 매는 가방을 들어주다가, 또 업어주기도 하고, 그래서 애들이 막 놀리기도 하고……. 그런데 학교에서 돌아오니 엄마가 없어. 그래서 어머니한테 우리 엄마 어디 갔어요, 하고 물으니 어머니가 그 때 내 느낌으로도 많이 어둡고도 무거운 얼굴로 느 엄마 서울에 니 옷 사러 갔다고 그래. 이다음에 올 거라고. 난 지금도 양복점이나 한복집 같은 델 가 초크를 보거나 옷감 본을 뜨는 밑판을 보면 그 엄마 생각이 나."

"왜 가셨는데요? 두 분 사이가 좋으셨다면서……."

"당신 같으면 철든 다음 물을 수 있겠어, 그 애길 어머니한테? 내가 그 엄마에 대해 토막토막 기억하는 것도 아마 그래서일 거야. 어머니가 말씀하시는 것 말고는 다 그때의 기억뿐이니까. 그래서 그 엄마의 이름도 모르고 있고. 이름은커녕 성까지도 말이지. 이건 내 생각인데, 그 엄마가 집에서 스스로 있어야 할 자리를 못 찾아 떠난 게 아닌가 싶어. 자기를 싸안는 어머니의 자리가 너무 넓으니까…… 아버지에 대한 애정이 식었다기보다는 어머니한테 대항할 힘이 없다고 느낀 것인지도 모르고. 또 그것도 아니면 어머니가 그 엄마 스스로 물러나게 만들었거나……."

"그분이 수색 사신다는 건 당신이 어떻게 아는데요?"

"지금은 거기 안 사실 거야. 그때 수색에 살았다는 얘기지. 삼십 년도 넘는 옛날에. 지난해 어머니가 그러시더라. 수호 에미는 지금 어디 사는지 모르겠다고. 우리 수호, 글 잘해 신문에도 나고 더러 텔레비전에도 나오고 하니, 얼굴 보면 그래도 옛날에 품에 안고 데리고 자던 정이 있어 금방 알아볼 텐데 여기 집으로도 한 번 연락을 않는 걸 보니 아마 팔자를 고쳐 지 속으로 낳은 자식들 거느리고 살아 나설 수 없어 그러는지 모르겠다고……. 다음엔

34

오면 꼭 한번 수색에 가보고 싶어. 그냥 여기가 옛날 내 엄마가 살았던 데구나 하는 생각만 들더라도 말이지. 처음 서울 올라올 때부터 꼭 한번 가보고 싶었는데…….”

“그래요, 그럼. 다음에 여기 왔다가……. 그러니 나도 꼭 한번 거기 가보고 싶고요. 5월에 오면 아파트 내장 공사도 많이 됐을 텐데, 빨리 가을이 왔으면 좋겠어요. 여긴 산이 있어 좋은데, 여기만 왔다 가면 몇 년 살았는데도 월계동이 오히려 남의 동네같이 느껴져요.”

지난 봄까지는 그랬다. 개나리가 피고 진달래가 피기 시작하던……. 그러다 별다른 일도 없이 각방을 쓰기 시작하고, 끝내는 내가 집을 나와 사무실 가까운 신수동에 하숙을 정한 다음 마음속으로, 어차피 가을이면 그 아파트는 지어질 것이고 그때에도 우리가 이렇게 헤어진 채로 한집에 다시 살지 않게 된다면 그 아파트를 아내에게 주어야겠다고 생각했을 뿐이었다. 물론 수색에도 나는 가지 못했다.

책상 위에 놓아둔 교통지도 받침엔 월계동에서 신사동까지만 연필 선이 그려져 있고, 그 아래 수색은 길을 따라간 것이 아니라 그냥 그런 동네가 서울 어디쯤에 있는가 확인하기 위해 그랬던 것인 듯 동그라미만 여러 겹 그려져 있었다. 신촌에서 연희동과 남가좌동을 지나 수색으로 가는 길에도 따로 그리거나 따라간 연필 자국은 없었다. 거기에 표시해 둔 여러 겹의 동그라미도 언제 그려놓은 것인지 기억나지 않았다. 한 번도 가본 적이 없으면서도 집이 있는 월계동과 사무실이 있는 마포 말고는 그 지도 어디에도——조금 전 따라갔던 신사동까지도——따로 해둔 데가 없는

지명 표시였다.

　수색…….

　어머니는 어쩌면 ‘수호 엄마’ 때 어머니 스스로 어머니의 자리를 마련해 나갔던 것처럼 그렇게 아내의 자리를 붙들라고 강릉으로 아내를 불러 내린 것인지 모른다. 그래서 그런 게 아니라고 아무리 얘기를 해도, 이제 어머니는 지금 우리의 일을 그때 상인이 아범 ‘방 얻어 들고 나고 할 때’가 아니라 ‘다른 여자 보니 마니 할 때’로 머릿속에 굳혀나갈지도 모른다.

　그리고 지금으로선 우리가 언제 다시 한 지붕 아래에서 한 이불을 쓰게 될지 모르듯 나의 수색행 역시 언제라고 기약할 수 없게 되었다. 아내가 강릉에 다녀온 다음 우리 관계가 예전처럼 돌아오게 된다 해도 어쩌면 이제 아내는 나의 수색행에 동행하지 않을지도 모른다.

수색, 그곳에 가도 보이지 않는 무늬

　별거 삼 개월 만에, 강릉으로 내려가 있는 아내를 다시 부른 건 순전히 그 눈에 구멍 뚫린 은빛 고기 떼들처럼 내 머릿속을 휘젓고 다니던 열쇠 뭉치 때문이었다.

　입주 준비를 끝낸 새 아파트의 잔금을 치를 때까지만 해도 나는 내 쪽에서 먼저 아내를 부르게 될 거라곤 생각하지 않았다. 아니, 부를 생각을 하지 않은 정도가 아니라 그땐 아예 아내 생각을 하지 않았다. 그렇다고 나이 서른일곱에 있는 돈 없는 돈 끌어대며 내 이름으로 처음 마련하는 아파트에 대해 어떤 뿌듯함 같은 것을 느꼈던 것도 아니었다. 새시라든가 오토 폰과 같은 부대시설 비용과 등기 비용까지 포함해 이게 들어갈 돈의 마지막이지, 하면서도 나는 그것이 내 집이라거나 앞으로 내가 들어가 살게 될 집이라는 생각을 하지 않았던 것이다. 물론 처음부터 그랬던 건 아니었다.

지난 봄, 잔금을 제외한 마지막 중도금을 낼 때까지만 해도 나는 아내와 함께 나란히 자동차를 타고 신사동으로 가 우리가 살게 될 집을 둘러보고 왔었다. 그때 아파트는 내부 공사를 막 시작하고 있었다. 아내는 바깥 공사가 끝나는 5월쯤에 다시 와보자고 했었다. 그러다 거기 다녀온 다음, 꼭 무엇 때문이다 하는 특별한 이유도 없이 집안 분위기가 이상한 쪽으로 흐르기 시작했고, 한 지붕 아래에서 '적과의 동침'과도 같은 냉전 단계를 거치면서, 이러다 예정된 수순처럼 끝내 우리가 별거를 하게 된다면, 어차피 아내에게도 살 집이 필요할 것이고 그러면 그것을 아내에게 주어야겠다고 생각해 왔던 터였다.

그냥 말로만 그렇게 생각했던 것이 아니라 배정받을 아파트의 동과 호수를 추첨하던 날에도 나는 내가 들어가 살 아파트라거나 가족과 함께 들어가 살 아파트를 추첨하러 가는 것이 아니라 아내와 아이가 들어가 살 아파트를 추첨하러 가는 기분으로 현장에 갔었다. 일반 분양이라면 분양과 동시에 분양받는 아파트의 동 호수까지 정해지지만 조합 아파트라 마지막 중도금을 내고도 석 달 후에야 동 호수 추첨이 있었다. 그때 우리는 이미 별거를 하고 있었고, 은행 알 추첨에서 내가 뽑은 것은 십구 층 아파트의 12층이었다.

사람들은 로얄층 중에서도 로얄층을 뽑았다고 했다. 그것도 그냥 로얄층이 아니라 추첨 전, 그간의 수고를 배려해 추첨을 하지 않고 자기가 원하는 동 호수를 지목해 들어가는 조합 총무가 제일 좋은 곳이라고 찍은 게 바로 같은 엘리베이터를 사용하는 옆 호였을 만큼 가장 위치 좋고 가장 전망 좋은 동의 로얄층이었다. 내가 살 집이라고 생각했다면 남들이 부러워하는 것만큼 나도 내 행운을 기꺼워하듯 좋아했을 것이다. 그러나 내가 뽑았으면 했던 건 3층이거나 4층, 높아야 5층이었다. 아이야 기분만으로도 당연히 높은 층을 좋아하겠지만 아직 혼자 엘리베이터를 타도록 내버려두기엔 마음이 놓이지 않는 여섯 살이었고, 아내 역시 그전부터 너무 높은 층은 방 안에 앉아서 그곳이 높은 층이라는 생각만 해도 까닭 없이 불안해지고 베란다에 나가 바깥이라도 내다볼라치면 어질어질 현기증이 인다고 말했다.

전에 함께 아파트를 둘러보러 왔을 때에도 아내는 당신은 높은 층이 좋겠지요? 난 지금 살고 있는 데처럼 3층이면 딱 좋겠는데, 했었다. 그때 나는 아래를 뽑으면 다행이지만 높은 데를 뽑으면 바꾸지 뭐, 다들 낮은 데보단 높은 데를 좋아하니까, 했다. 남들이 다 부러워하는 7동 1204호라고 써진 은행 알을 들고도 까닭 없이 아내에게 미안한 마음이 들었던 것도 그것이 내가 살 집이 아니라 아내에게 줄 집이라고 생각했던 때문이었다. 또 그것을 추첨하던 날, 진작부터 입주일이 나왔는데도 먼저 살던 월계동의 전세 아파트를 내놓지 않고 있었던 것도 아내와 다시 합치거나 내가 새 아파트로 들어갈 거라는 생각을 하지 않은 때문이었다.

그간의 사정이야 어떻든 먼저 별거를 시작해 집을 나온 건 나였다. 월계동에서 사무실이 있는 마포 부근 신수동에 하숙을 정해 나온 것인데, 그때 나는 어느 계간 문예지로부터 반년도 전에 청탁받은 전작 전재 장편소설을 마감이 석 달 안으로 다가오도록 아직 한 줄도 시작 못하고 있었다. 나는 당장에 필요한 몇 박스의 책과 내 방에 걸려 있던 몇 가지의 옷, 오래전부터 쓰던 워드프로

세서만 자동차에 싣고 집을 나왔다. 집에선, 아니 그런 분위기에
선 도저히 작업이 될 것 같지가 않았다.

그러면서도 나는 아내가 집을 지킬 것이라고 생각했다. 아니,
가까이 언제고 들어갈 친정이 있긴 했지만 그렇게 집을 지키는
일은 너무도 당연해 그런 생각조차 않고 있었다. 아내는 내가 집
을 나오고도 한 달을 더 아이와 함께 월계동에 있었다.

그러던 어느 날 아내는 마지막 통보처럼 전화를 걸어 친정이
아닌 강릉 본가로 아이와 함께 내려가 있게 되었다고 말했다. 어
머니께서, 그러면 내려와 있으라고 하시니까…… 애한테도 그게
상처를 덜 주는 건지도 모르겠구요……. 그게 두 달 전의 일이
었다.

전화를 받고 나는 아내가 아니라 어머니에게 호되게 뒤통수를
맞은 듯한 기분이었다.

무섭구나, 어머니는, 그리고 당신의 경험은…….

그때, 아내의 전화를 끊고 내가 떠올린 생각은 그것이었다. 어
머니의 말대로 남자가 ‘시애’를 보면 다른 여자들은 열이면 열
다 그러면 어디 한번 남의 손에 새끼들을 거둬봐라, 그래야 당신
이 내라는 사람 귀한 줄 알지, 하는 식으로 시위하듯 먼저 짐을
싸 집을 나가거나, 아니면 남자가 데리고 들어온 시애의 머리 끄
덩이를 잡고 니 죽고 나 죽자는 식으로 동네 우세를 떨어 손써 볼
사이도 없이 남자도 질리고 시애도 질리게 하거나, 아직 그럴 단
계가 아니라면 남자 모르게 시애를 찾아가 비슷한 북새를 떨어
제 풀에 물러나게 하는 게 그런 일에 대한 공식과도 같은 대응이
었다. 텔레비전에서도 그랬고, 책에서도 그랬고, 살아오며 내가

봐왔던 것으로도 그랬다. 그러나 어머니는 그렇게 하지 않았다. 그렇다고 처분만 기다리겠다는 식으로 벙어리 냉가슴 앓듯 했던 것도 아니었다.

경비실이라고는 하지만 아내가 남의 손에 맡긴 월계동 아파트의 열쇠는 일주일 후에 찾아왔다.

"많아요. 키가……. 상인이 아버지, 어디 출장 다녀왔어요? 요즘 도통 안 보이는 것 같던데."

서랍에서 한 주먹도 넘는 열쇠 뭉치를 꺼내주며 나이 든 경비원이 말했다. 열쇠는 그것들을 고리에 묶어두지 않으면 한 주먹에 다 쥐지 못할 정도로 많았다. 34평 아파트에 웬 키가 그렇게 많은지 몰랐다. 다이아몬드꼴의 가죽 장식을 단 아내의 열쇠고리엔 현관 열쇠와 현관 보조 열쇠, 안방 열쇠, 여분으로 맡겨둔 내 자동차 열쇠, 아이의 자전거 열쇠가 매달려 있었고, 호텔 객실의 열쇠고리와 같이 생긴 투명하고 기다란 플라스틱 막대에 '삼익 아파트 107동 305'라고 쓴, 그러나 그것보단 얇고 넓은 예비 열쇠고리엔 그 막대 밑 부분에 촘촘히 뚫은 작은 구멍마다에 50원 짜리 동전 크기만 한 또 하나씩의 열쇠고리를 끼워 왼쪽으로부터 차례로 현관, 현관 보조, 안방, 건넌방, 작은 방, 보일러실 열쇠가 어느 고리엔 하나씩 어느 고리엔 두 개거나 세 개씩 매달려 있었고, 제일 오른쪽 고리엔 다른 열쇠보다 삐죽 나온 내 자동차 열쇠가 매달려 있었다. 그러나 그것이 그 아파트 열쇠의 전부인 것은 아니었다.

내 주머니에 있는 열쇠고리에도 사무실 열쇠와 사무실 보조 열쇠, 사무실 책상 열쇠, 자동차 열쇠 말고도 아파트 현관과 보조 열쇠가 매달려 있었고, 경비원이 건네준 또 다른 열쇠고리엔 안방의 장롱과 옷장, 서랍장 열쇠들이 줄줄이 매달려 있었다. 나는 그것들을 집을 나간 아내에 대한 짜증처럼 거칠게 자동차 조수석 앞 서랍을 열고 그 속에 던져 넣었다. 그래, 갈 테면 어디 가봐라. 강릉이 아니라 강릉보다 더한 데 가 있다 해도 내가 눈 하나 깜짝할 줄 아느냐는 어떤 오기 같은 것이 치밀어 오르기도 했다. 나한테도 열쇠가 있는데 굳이 이렇게 예비 열쇠고리뿐 아니라 자기가 쓰던 열쇠까지 맡기고 가는 건 그러니 얼른 하숙을 정리하고 들어와 있으라는 사인일 것이다. 그런다고 내가 니 뜻대로 들어올 줄 아느냐는 심정으로, 처음 올 땐 집 안이라도 한번 둘러보고 가려던 마음을 바꾸어 몇 가지 우편물만 집어 들고 그냥 그대로 하숙으로 돌아와 버린 것이었다. 그리고 이내 나는 그날 월계동으로 가 받은 열쇠들을 자동차 조수석 서랍에 넣었다는 것조차 잊어버리고 있었다.

물론 강릉에도 전화를 하지 않았다. 아내도 전에 서울에 있을 때와는 달리 강릉으로 내려가선 사무실로거나 하숙으로 전화를 하지 않았다. 아내 혼자 생각에서라면 그간 몇 번도 더 했을 전화였다. 그래선 니가 진다, 전화하지 마라, 옆에서 어머니가 흔들리는 아내의 마음을 다잡고 있을 것이다.

오히려 그 일 때문에 전화를 하고 사무실 앞으로 찾아왔던 건 서울에 사는 작은형이었다.

"나와 있다는 얘기는 들었는데 어디 사는지 가보자."

형은 그냥 밖에서 저녁이나 하자는 내 청을 끊고 신수동 하숙으로 가보자고 했다. 아마 엄니가 형님에게 일렀을 것이다. 니가 한 번 가봐라, 말로는 그래서 그러는 게 아니라지만 곁에 보는 여자가 있는지 없는지. 그날 형과 많은 술을 마셨다. 하숙으로 들어올 때 사 온 술이 바닥나 다시 내가 슈퍼로 나가 맥주 네 병을 더 사 왔다.

"그게 권태라는 거다, 이제 조금 있으면 아파트도 마련되겠다, 애도 잘 크고 생활의 여유도 좀 생겼겠다, 그러니 지난 시절의 나는 뭔가 하는 생각도 들고 또 이렇게 사는 게 잘 살고 의미 있게 사는 건가 하는 회의도 오게 되는 거고……. 나도 니 형수하고 그렇지만 부부 사이라는 게 원래 그래. 처음에는 이럴 마음으로 그랬던 게 아니라지만 조금씩 서로 마음에서 멀어지기 시작하다 보면 점점 그 일에 어떤 오기 같은 것도 생기는 거고 그러다 나중엔 사람보다 그런 분위기가 더 못 견디게 싫어지고 거기서 벗어나는 것만이 애초 그런 분위기로 몰고 간 목적처럼 되어버리는 식으로 말이지. 내가 보기에 니가 나와 있는 것도 그래."

"모르겠어요, 상인이 엄마가 강릉 간다니까 갑자기 그런 생각이 들었어요. 우리 어머니 참 무서우신 분이구나……. 그리고 수호 엄마 생각도 나고요. 그 사람 강릉 간다니까……."

"그 일 때문에 그렇게 생각했다면 무섭기보다는 무서울 만큼 슬기롭고 현명한 쪽이겠지."

"전엔 나도 그런 생각을 했는데 지금은 무섭다는 생각만 들어요, 잘 기억나지는 않지만 그때 수호 엄마 문제를 놓고나 지금 우리 문제를 놓고나, 전에 상인이 엄마하고도 짓고 있는 아파트에 갔다 오다 그 얘기를 했는데, 왜 집안 식구 다들 그 엄마를 수호 엄마라고 불렀는지 모르겠어요."

"니는 왜 그랬다고 생각하는데?"

"중학교 땐가 언젠가 아직 다 크지 않았을 때 어머니한테 한 번 그 일을 물어본 적이 있어요, 그때 어머니 말로는 내가 그 엄마를 많이 따르니까 그랬다는데, 암만 그래도 그렇지 이해가 잘 안 가요."

"그래서 그런 게 아니라 모르고 있었구나 너는……."

"뭘요?"

"생각해 봐라, 그 여자가 들어올 때……."

그 여자? 그 엄마거나 작은 엄마가 아니고 말이지. 나는 낯선 눈빛으로 형의 말머리를 잘랐다.

"그 여자라고 말하지 말아요, 나한테 그 말 익숙하지 않으니까……."

"그, 그래. 그 어머니가 들어올 때 큰형님은 중학교 1학년이었고 나는 국민학교 4학년, 니는 여섯 살쯤 됐을 거고, 정혜는 네 살, 은호는 아직 젖먹이였어. 형님과 나는 그 엄마의 아들을 하기엔 너무 컸고, 정혜는 여자고, 은호는 아직 어머니가 데리고 있어야 하고, 그러니까 나이로나 뭐로나 그 엄마의 아들 할 사람으로 니가 제일 적당했던 거지."

"내 얘기는 굳이 그렇게 누구 엄마라고 정할 이유가 뭐냐는 거지요. 다른 집들이라고 새엄마가 들어왔다 해서 그 여자한테(이럴 땐 나도 여자다.) 먼저 있던 아들 중에 누구 엄마 하라고 안 그러잖아요? 안 봤지만 그것도 아버지나 할아버지가 아니라 어머니가 그렇게 하라고 했겠지요?"

"너는 어머니가 너도 당신 속으로 낳은 자식인데 왜 그렇게 하지 않으면 안 되었는지 모르겠냐?"

"모르겠어요. 시애를 싸안기 위해 너도 한 식구다, 하는 마음
으로 그랬다면 그건 진심에서 우러나온 친절이거나 배려가 아니
라 그런 포용력을 보일 수밖에 없었던 어머니의 자기 극복과도
같은 무서움이었겠지요."

"그래, 그걸 자기 극복이랄 수도 있겠지만, 그 엄마한테 당신
이 낳은 자식 하나를 그렇게 정해 준 어머니의 속뜻은 그보다 깊
고 슬기로웠던 거였지."

"무슨 뜻인데요?"

"널 자식으로 생각하고 아이를 낳지 말라는 말을 그렇게 한 거
니까."

그 말을 하며 형은 내 얼굴을 피해 맥주잔을 기울였다.

"그래서 무섭다는 거예요, 어머니가……."

나도 맥주잔을 기울였다.

형은 이야기를 바꾸어 아파트가 언제면 다 완공해 입주할 수
있을 것 같더냐고 물었고, 나는 얼마 안 있으면 완공될 것 같은데
그냥 우리가 이대로 살게 되면 그걸 아내에게 줄 생각이라고 말
했다. 위자료니 뭐니 하는 그런 생각으로가 아니라 우리의 별거
가 아무래도 길어질 것 같다는 생각을 그렇게 전한 것이었다.

그러다 나는 다시 형에게 전에 아내가 내게 물었던 말을 물어
보았다. 그때 아버지는 주무실 때 어떻게 하셨느냐고. 그러나 아
내가 묻더란 얘기는 하지 않았다.

"알아요, 나도. 자식으로서 이런 거 묻는 게 여간 불경스러운
생각이 아니라는 거. 알지만, 그것도 알아야겠다는 생각이 들어

서 묻는 거예요. 그때 나는 어려서, 늘 그 엄마 방에서 자면서도 모를 수 있지만 형님은 나보다 컸으니까 눈치로도 짐작하는 게 있을 거구⋯⋯."

"그것도 어머니가 알아서 하셨어."

"물론 현명하고 슬기롭게 말이죠?"

"다른 건 몰라도 나는 니가 왜 그걸 기억 못하는지 모르겠다. 저녁밥을 먹고 나면 어머니가 니한테 그랬거든. 수호야 넌 오늘 형들 방에서 자거라 하고. 그럼 그 어머니는 놔두세요, 제가 데리고 자지요, 하고. 넌 늘 그 어머니 방에서 잤던 것 같다고 하는데, 그 방에서 잔 것보다 우리 방에서 잔 게 더 많아. 그런 날은 아버지가 그 방에 가 주무셨고. 그럼 넌 그 어머니 방에서 잘 거라고 징징거리며 떼를 쓰고. 나중에 짐작이지만 그러니 그런 널 보는 어머니 마음도 편하지 않으셨을 테고⋯⋯. 돌아보면 완전히 이조 때 얘기지 뭐. 처신은 그렇게 하셨어도 당신한텐 하루하루가 아픈 경험이었을 테고⋯⋯."

"그럼 그 상대인 수호 엄마는요? 아니, 내 엄마는요?"

"⋯⋯."

이번엔 형이 낯선 눈빛으로 나를 쳐다보았다.

"하루하루가 장미의 나날이었나요?"

"취했구나 많이⋯⋯."

"아니, 취하지 않았어요. 아마 하루하루가 어머니의 지혜롭고 슬기로운 처신에 질식할 것 같은 나날이었겠지요."

"그래도 그분 떠나실 땐 그렇게 떠나지 않았어."

"몰라요, 난 그것도. 어느 날 학교에 갔다 오니까 아침까지만 해도 달려 있던 앞니를 뺐을 때 느껴지는 꼭 그런 허전함처럼 엄마가 보이지 않았으니까. 어머니는 한 손으로는 붙잡고 한 손으로는 등을 밀고 했을 테고요."

"그땐 나도 어렸어. 내가 결혼할 때 어머니가 그때 그분 떠나던 때의 얘기를 하시더라. 들어올 때에도 아버지 모르게 왔지만 갈 때에도 아버지는 다시 안 돌아올 거라는 것도 모르게 떠났다고……."

"그럼요. 기품 있는 분만 알면 되는 일이니까."

"취해도 그렇게 말하지 마라. 깨어나면 후회해. 내가 왜 그런 말을 했는가 하고."

"후회는 안 해요, 나는. 큰형님이나 형님한테는 그런 얘기를 해도 나한텐 한 번도 그 어머니가 떠나던 때 얘기를 하지 않았어요."

"그래, 차마 할 수 없었는지도 모르지, 너한테는."

"어린 시절 나도 그 일의 직접적인 당사자였으니까, 내가 따라서 그 엄마 아들을 하라고 한 게 아니라 어머니의 목적 다른 계산으로 그 엄마 아들을 하라고 했고, 그런데 그 아들은 진짜 모자처럼 정들어 버렸고……."

"넌 어머니가 등을 밀었다지만, 그래, 마음속으론 그런 일에 등을 안 밀 사람이 없겠지. 처음엔 그분이 떠나기는 하는데 아무도 그게 떠나는 건지 아닌지 모르게 혼자 떠날 생각을 했던 모양이야. 며칠 전부터 서울 집에 있는 옷들을 가져와야겠다고 하더래. 아버지한테도 형님한테 그렇게 얘기해 허락을 받아달라고 하고. 그래서 어머니가 짐작을 하고 아버지 몰래 물으셨대. 필요하

면 여기서 해 입으면 되지 자네 꼭 서울에 가서 짐을 가져와야겠
느냐고. 그랬더니 그분이 이제 떠날 때가 되어서 그런다고, 아버
지가 싫어진 것도 아니고 수호 니가 싫어진 것도 아니고 형님의
인품을 감당할 수 없어 떠나야겠다고 그러시고. 니는 그걸 어머
니가 등을 밀었던 거라 하지만, 내가 아는 걸로는 그게 아니야.
그때 어머니가 그 얘기를 하실 때, 그보다 몇 달 앞서서도 한 번
그런 일이 있었다고 하시더라. 그땐 꼭 서울에 가서 옷을 가져와
야겠는가 하시니, 그럼 다음에 가지러 가겠다고 했고. 그러니 아
버지는 그런 눈치도 모르고 옷 가지러 가겠다는 사람 옷도 못 가
지러 가게 한다고 어머니에게 화를 내시고……."

"그럼 처음엔 붙잡았는데 두 번째엔 왜 안 붙잡으셨대요?"

"니가 그 어머니에 대해 좋은 추억을 가지고 있는 것만큼 나도
그분에 대해 좋은 생각들을 가지고 있다. 기품과 교양은 어머니
에게만 있었던 게 아니라 그분도 그 이상의 지혜와 교양을 가지
고 있었구나 하고……. 붙잡으니까 그분이 그러시더래. 형님이
그러시면 나는 여길 떠나기 위해서라도 수호 동생을 가질 마음을
갖게 될 거라고. 그러면 오히려 지금보다 쉽게 떠나질 것 같다
고……. 이해하겠냐. 너? 아이가 있으면 오히려 쉽게 떠나질 것
같다는 말……. 빈 마음으로 떠나는 것보다는 정붙이 하나를 데
리고 떠나는 게 덜 쓸쓸할 테니까……."

"이해해요…… 두 분 다……."

"떠나려면 몰래 떠나는 방법도 있었겠지. 그렇지만 그렇게 떠
나는 건 어머니한테도 그분한테도 맞지 않았던 거야. 서로에게보
다 스스로에게 용납할 수 없었던 건지도 모르고."

"그래도 어머니는 무서워요. 그 어머니로선 당연히 그렇게 할 수밖에 없었던 부분도 있었을 테고요."

"그건 어머니도 마찬가지야. 똑같은 무게로 상처를 받고 있었을 테니까. 아버지가 시내 차부까지 나가 바래다줬다더라. 옷 가지러 가는 줄 알고……. 마지막 보는 거라고 어머니가 아버지를 보내셨던 거지. 니 생각에 다른 사람 같으면 그렇게 할 수 있었을 것 같냐? 중간에 그분 마음이 바뀌거나 아니면 아버지가 눈치를 채고 도로 데리고 들어올지도 모르는 일인데."

"어머니니까. 다른 사람도 아니고 우리 어머니 아니냐구요?"

"그리고 얼마 안 있다가 그분한테서 편지가 왔어. 겉봉엔 아버지 이름을 썼지만, 내용은 형님 보세요, 하고. 나도 봤다, 그건……. 수호 니 얘기를 많이 했던 것 같고……. 어머니는 지금도 그걸 가슴에 담고 계셔. 언젠가 우리 수호 성공하면 찾아올 거라고 했다고……. 지금도 어머니가 가끔 그런 말씀 하는 거 너도 들어 알 거야. 우리 수호 글 잘해 신문엘 나고 텔레비전에도 나오고 하니 얼굴 보면 품에 안고 자던 옛정으로 금방 알아볼 거라고……."

"나보다 형님이 좋은 추억은 가지고 있네요. 나는 왠지 아프고 쓸쓸한 추억들만 가지고 있는데."

"쓸쓸할 게 어딨냐, 이제 와서, 다 어릴 때 일인데."

"아뇨, 형님은 몰라요. 아버지에 대해선 몰라도 어머니에 대해선 내가 평생을 두고도 갚지 못할 마음속으로 빚처럼 담아온 서자 의식(庶子意識)을……."

나는 서서히 오르기 시작하는 취기 속에 조금은 쓸쓸하고 비감한 기분으로 남은 잔을 들어 비웠다. 한배로 태어난 형제라도 형님은 모른다. 삼십 년이 지난 오늘에도 어제의 일보다 더 선명한 기억으로 떠오르는 그날의 일을. 2학년이 되어선 한동안 데려다 주지 않던 학교를 중간중간 업어가며 데려다 주고 나서 그 엄마가 떠났을 때, 아니 학교에서 돌아와 습관처럼 우리 엄만 어디 갔어요, 하자 어머니가 어둡고도 무거운 얼굴로 느 엄마 서울에 니 옷 사러 갔다고 했을 때, 오래도록 잊고 있었던 그 무엇을 깨닫듯 직감적으로 나는 그 엄마가 내 엄마가 아니라 어머니가 내 엄마라는 걸 알았고, 그러면서도 눈물을 쏙 뺄 만큼 한꺼번에 여러 마음으로 밀려오는 그 빈 자리의 허전함 속에 어린 마음에도 나는 그동안 그 엄마 아들 노릇을 해온 것에 대해 진짜 내 엄마인 어머니 앞에 얼굴을 들지 못할 부끄러움과도 같은 죄스러움을 느꼈다. 그 엄마가 떠나자 모든 것이 한꺼번에 알아진 것인데 나 혼자 마음속으로는 그 엄마를 기다려도 아버지한테까지도 언제 엄마가 오느냐고 묻지 않았다. 아니, 누구에게도 그 엄마 얘길 입 밖으로 꺼내선 안 된다는 걸 머리가 아닌 어린 가슴의 상처로 안 것이었다. 그리고 이후에도 그것은 내 마음속 깊은 곳의 빛처럼 남아 성장할 만큼 성장해서도 어머니 앞에선 늘 어떤 의무감과도 같은 죄스러움 내지는 서자 의식을 느끼곤 했다. 형님은 모른다.

그런 내 유년 시절의 감당하기 벅찼던 이별과 그 이별이 준 마음의 상처를……

"서자 의식이라고 했나?"

"왜요?"

"취해도 그런 말 함부로 뱉는 거 아니야."

"형님들한테나 은호한테는 그렇겠지요. 어린 시절 그런 일도 없고 그런 생각을 할 이유도 없으니까. 결혼했을 때, 어머니는 나한테 그런 얘길 안 했어도 상인이 엄마가 그런 얘기를 했어요. 내가 의붓자식이거나 어디서 낳아온 자식이 아니냐고."

"그때의 일 때문에 널 그렇게 대하거나 생각하는 형제는 없다. 그 소리가 어머니에게도 욕이고 형제들한테도 욕이라는 걸 몰라서 그러는 것도 아닐 테고."

"그럼 금방 시집온 여자가 무얼 안다고 그런 소리를 했겠어요? 다 눈에 보이니까 그랬던 거 아니겠냐구요. 아무도 그렇게 생각하지 않아도 내 마음속의 생각이 행동으로 그렇게 나타나고 하니까."

"다시는 그런 말 하지 마라. 행여라도 들으시면 섭섭해하신다."

"이 소리도 오늘 취하지 않았으면 어머니가 아니라 형님한테도 못했겠지요. 하고 싶어도 도리 때문에 못하는 게 아니라 내 마음속의 그런 의식 때문에라도 못하는 거구요."

"그건 어머니도 마찬가지 심정일 게다. 니가 그분에 대한 얘기를 못 묻듯 어머니도 니한테 그분 얘기를 못하는 거고."

"모르겠어요, 나도 전에 상인이 엄마한테 그 엄마 얘기를 할 땐 어머니를 좋게 얘기했어요, 기품 있고 슬기롭게 처신하셨다고. 그러다 이번에 상인이 엄마를 불러 내리는 걸 보곤 갑자기 어머니가 무서운 분이라는 생각이 들기 시작했어요. 겉으로 보기엔 기품과 슬기지만 그런 기품과 슬기가 직접 가슴에 와 닿는 그 엄마한텐 그것 하나하나가 얼음과 같은 벽들이 아니었을까 하고 말이죠."

"너도 그만 자야겠다. 나도 내일 회사 나가자면 일어서야겠고,

그리고 제수씨 일은 잘 생각해서 결정해라. 지금처럼 니 혼자 격해진 감정만으로 처리하지 말고.”

형님이 간 다음 나는 취한 손길로 거칠게 워드프로세서의 뚜껑을 열곤 ‘아내는 강릉에 갔다.’ 라고 두드리고 그 아래에 다시 ‘5월이 오면 함께 수색에 가자던 아내는 8월인 지금 어머니에게 가 있다.’ 라고 두드렸다.

형님은 어머니가 그 엄마를 두 번씩이나 붙잡은 걸 그 처지에선 베풀기 어려운 따스함으로 해석했지만, 처음부터 그 일은 인정으로 처리하거나 해결할 일이 아니었다. 그러면서도 어머니가 그 엄마가 처음 떠나려던 길을 붙잡은 건 떠나더라도 다시 오지 않을 보다 모진 마음이 준비되었을 때 떠나라는 뜻이 아니었을까. 그리고 그 엄마 역시 그것을 그런 뜻으로 읽었던 것이 아닌지.

그러자 전에 그렇게 떠올리려고 애써도 떠오르지 않던 그 시절의 그림 하나가 떠올랐다. 어머니와 그 엄마가 부엌에서 약을 달이고 있었다. 어머니는 굳은 얼굴이었고 그 엄마는 조금 불안한 듯 난처해하는 얼굴이었다. 어머니는 삼베 보자기에 약을 짜 담았다.

“가져다드리게.”

“형님……”

“자넬 두고 내가 가져가면 그 양반 눈에 자네하고 나하고 시애 싸움 하는 것으로밖엔 안 보여.”

그때 아버지는 일주일을 넘게 마작판에서 들어오지 않았다. 그 엄마가 들어오기 전에도 아버지는 자주 그랬다.

“다른 말 하지 말고 노시더라도 몸 걱정 하며 노시라고만 얘기하게."

엄마가 자개 쟁반에 하얀 사발을 얹어 들었다.

"수호, 에미 따라가 아버지 기신 델 알리줘라. 아버지도 니가 부르고."

정미소 뒷방에 가 내가 아버지를 밖으로 불러냈다. 엄마는 약이 든 사발을 건네며 어머니가 하라고 한 말만 했다.

"철호(큰형) 에미가 시키더냐?"

아버지는 사발을 든 얼굴을 찡그렸다.

"형님은 왜요, 제가 당신 여러 날 안 들어와 걱정되니……. 어서 들기나 하셔요."

"다 안다. 한두 해 산 것도 아니고."

아버지는 며칠 동안 제대로 잠을 자지 못한 퀭한 얼굴로, 그러나 내 눈엔 싫은 걸 억지로라도 참고 용케 그것을 비우는구나 싶게 약을 비웠다. 아마 어머니보단 엄마를, 그것도 약을 비우게 하지 못했을 때의 엄마를 생각해서였을 것이다. 엄마가 주머니에서 박하사탕을 꺼냈다.

"벌 받으면서도 입에 단거 무나. 수호나 줘."

엄마는 그걸 내 입에 까 넣어주었다.

"밖에서 기다려라. 내 금방 들어갔다 나올 테니."

이후로 아버지는 다시 마작방에 가지 않았다. 그 엄마가 떠난 다음에도 그랬다. 그런 엄니가 지금은 나를 상대로 아내 편에 서서 옆에 있지도 않은 시애 싸움을 하고 있었다. 나는 다시 '아내는 이제 다시 서울로 돌아온다 해도 수색엔 절대 가지 않을 것이다.'라고 두드렸다. 강릉에서 가장 먼 거리에 수색이 있었고, 수색에서 가장 먼 거리에 강릉이 있었다. 그리고 그 어느 쪽도 멀리 할 수 없는 곳에 내가 있었고, 신사동 아파트가 있었다. 그러나 나는 내 쪽에서 먼저 아내를 부를 생각이 없었다. 전엔 그런 생각이 들지 않더니 자꾸만 강릉으로 간 아내가 괘씸스럽다는 생각이 들었다.

그러다 아파트의 잔금을 내고, 잔금을 낸 온라인 입금증을 들고 현장 사무실로 가 전에 월계동에서 받아 왔던 것보다 많으면 많았지 적지 않을 또 한 뭉치의 열쇠 꾸러미를 받아 왔다. 집도 넓지 않은데 웬 열쇠가 그렇게 많은지 몰랐다. 일일이 세어보니 스물네 개나 되었다. 현관에서 보일러실까지 여섯 개의 고리마다 세 개씩의 열쇠가 매달려 있었고, 제일 오른쪽에 '기타'라고 쓴 고리에 그것을 신청한 사람들에게만 주는 현관 보조 열쇠가 자그마치 여섯 개나 똑같은 것들이 징그럽게 매달려 있었다.

나는 자동차 조수석에 넣어두었던 월계동 아파트의 열쇠까지 꺼내 와 거의 쉰 개나 되는 것들을 마땅히 둘 데가 없어 가끔 곤로에다 라면을 끓여 먹는 냄비에 담아 책상 대용으로 쓰는 식탁(그러니 서랍이 없는 건 당연하고) 위에 올려놓았다. 처음 며칠 동안은 그걸 봐도 별다른 생각이 없었다.

그러다 어느 날 하숙으로 놀러 온 후배가 그게 뭐냐고 물었고, 나는 두 군데 아파트의 열쇤데 놔둘 데가 없어 그렇게 두고 있다고 말했다.

"이야, 그럼 이거 최소한 3억짜리 메뉴 아뇨? 이건 책상이라기보단 식탁이고 그 위에 냄비가 있고……."

나는 쓸쓸하게 웃었다. 후배는 월계동 아파트도 전세 아파트

가 아니라 내 이름으로 된 아파트이고, 내가 신수동으로 나와 있
는 것도 순전히 원고 때문인 것으로 알고 있었다.

"형수님은 언제 오시는데요?"

후배는 아내가 강릉으로 가 있는 것도 내가 원고 때문에 여기
로 나온 다음 갑자기 어머니가 편찮아서인 줄 알고 있었다. 하숙
으로 데리고 들어오기 전에 미리 그렇게 말을 해두었다.

"모르지 뭐. 어머니가 일어나셔야 오든 말든 할 테니."

"그럼 형이 다시 월계동으로 들어가 있어야겠네. 아니면 거기
짐을 신사동으로 옮겨 와 들어가든가."

"쓰던 데서 원고나 마저 끝내고."

그 원고는 마감을 보름 늦추어 이제 마지막 백 매 정도의 분량
만 남아 있었다. 마음을 다잡고 쓰면 사나흘 안으로도 끝 볼 수
있을 만큼 속도감도 붙어 있었다.

"그럼 형, 몇 집 살림을 하는 거요? 월계동에도 집이 있지, 신
사동에도 집이 있지, 여기도 있지. 그것만 해도 세 집 살림 아니
우? 아니지, 형수님 강릉에 가 있으니 네 집 살림을 하는 거네 뭐."

아마 후배가 그런 말을 하고 간 다음 날부터였을 것이다. 어느
정도 속도감을 붙여놓았던 글이 도대체 거기서부터 한 줄도 써지
지 않는 것이었다. 나는 며칠 동안, 나오지 않는 변을 보기 위해
애쓰는 사람처럼 책상에 앉아 원고를 잡고 낑낑거렸다. 얼마큼
썼다가 읽어보면 그게 아니어서 날려버리고 다시 썼다간 또 날려
버리곤 했다. 꼭 월계동에서 아내와 한창 냉전을 할 때처럼 앞뒤
가 꽉 막혀버리는 것이었다. 그러다 나중엔 억지 의무감으로 다
시 워드프로세서를 눌러대자 한 줄 한 줄 이어지는 문장 사이의

거리가 처음 썼다가 날려버린 것보다 더 나빠져 수색에서 강릉 사이만큼이나 멀게 뜨는 것이었다. 한 번 늦춘 마감일이 열흘 앞으로 다가오고 있는데, 다음 날은 신축 아파트의 입주 전 하자를 신고하는 마지막 날이어서 일찍 회사에서 나온다고 해도 거기 갔다 오다 보면 또 하루를 그냥 빼먹게 되어 있었다.

나는 의자 등받이에 기대 깊은 절망감으로 책상 한쪽 구석에 놓아둔 열쇠 냄비를 바라보았다. 전에도 느끼고 있었지만 후배가 다시 그것을 상기시켜 주듯 말하고 간 세 집 살림을 어떻게 정리해야 하나 그것이 더한 걱정으로 다가왔다. 나중엔 원고보다 그게 더 당장의 큰일처럼 느껴졌다.

나는 그냥 새 아파트를 아내에게 주기만 하면 모든 게 끝나지, 하는 생각을 해왔던 것이었다. 그러면 나는 여길 정리해 다시 월계동으로 들어갈 생각이었다. 그런데 그게 아니라는 생각이 들었다. 강릉 어머니에게 가 있는 아내가 순순히 열쇠를 받아 그곳에 들어갈 것 같진 않았고, 그렇다면 나야 여기에 계속 있으면서 아내의 태도를 관망할 수밖에 없다지만 내 집도 아닌 월계동 집은 들어가 살 것도 아니면서 언제까지고 그렇게 거기에 짐을 놔둔 채 전세로 가지고 있을 수도 없는 노릇이었다. 왜 그 단순한 생각을 이제야 하는지 모를 심정이었다. 나중엔 글 때문이 아니라 열쇠 냄비만 봐도 머릿속이 복잡해져 오는 것 같았다. 그래서 냄비는 냄비대로 치우고 열쇠는 책을 빼낸 『서양철학사(상)』 케이스에 담아 다른 책과 함께 구석 자리에 놓아 두고 다시 책상에 앉아 봤지만 그러나 그러곤 거기서 요지부동이었다.

다음 날 아침 자리에서 일어났을 때에도 제일 먼저 떠오른 것이 두 곳 아파트의 열쇠였고, 그것이 이 방에 있다는 생각만으로도 다시 머릿속이 찌근찌근해지는 것 같았다. 그러면서도 출근할 때 가방에 신사동 아파트의 열쇠를 챙겨 넣었다.

그날 오후, 나는 서울에 올라온 지 팔 년 만에 처음 수색엘 갔다. 그것도 거기에 가자고 해서 간 게 아니라 신사동 아파트로 가다가 모래내 부근에서 길을 잘못 들어 수색까지 가게 된 것이었다. 정말 그렇게 가게 되리라곤 꿈에도 생각하지 않았다. 나는 언젠가 거길 가더라도 아주 편한 상태에서 아주 편한 마음으로, 그리고 그 엄마에 대한 애틋한 기억들을 바람에 일렁이는 잔잔한 물빛처럼 하나하나 떠올리며, 자동차도 천천히, 아주 천천히 몰면서 가볼 생각이었다.

그러나 그날 수색행은 나도 그것이 수색 가는 길인지 모르게 엉겁결에, 이미 들어가 보니 거기가 수색인 것이었다. 아마 사람들은 이야기를 해도 그날 내가 그곳에서 느낀 이게 아닌데 하는 기분을 이해하지 못할 것이다. 전에도 여러 번 그런 경험이 있지만 길을 잘못 들었을 때 순간적으로 느끼는 당황감 같은 것은 오히려 문제가 아니었다. 왜 하필 잘못 든 길이 수색 가는 길이었는가 하는 것과, 그런 기분과 그런 식으로 수색엘 가고 싶지 않았는데 최악의 상황에서 최악의 방법으로 수색엘 가게 된 것에 대해 나는 우선 그런 어처구니없는 실수를 한 내 자신이, 아니 그런 실수가 벌어진 상황이 믿어지지 않는 것이었다. 이건 단순히 길을 잘못 들었다는 것이 아닌가. 그러나 그것도 막상 수색엘 들어가 느낀 정말 이게 아닌데 하는 느낌에 비하면 지극히 작고도 사소한 것이었다. 아무런 준비 없이, 최악의 상황에서 최악의 방법으로 들어간 길이긴 하지만 그전부터 나는 어떤 식으로 들어가든 들어가기만 하면 수색이라는 동네가 온통 물빛 무늬를 이루고 있을 줄 알았다. 최소한 내 눈에 그렇게 보일 줄 알았다.

그러나…… 그러나 그곳엔, 내가 마음속에 아껴두며 그토록 보고자 했던 무늬가 없었다. 물빛 무늬도, 물빛도 아닌 그 어떤 무늬도……. 정말 이것은 아니었다. 아니, 아니고 싶었다. 나는 '수색'이라는 표지판마저 믿을 수 없어 그 아래에 차를 세우고 지나가는 사람에게 이곳이 수색이 맞느냐고 물어보았다. 두 번 물어도 사람들은 맞다고 했다. 나는 자동차를 되돌려 천천히, 처음 그 길을 가게 되었을 때 내가 가야겠다고 마음먹은 속도대로 천천히, 수색을 나오며 그 길의 이쪽저쪽을 살폈다.

그리고 또다시, 이번엔 꼭 그 무늬 비슷한 거라도 봐야겠다는 심정으로 길을 따라 서울이 끝나고 수색이 끝나는 시계(市界)까지 들어갔다 나왔다. 그러나 그곳 어디에도 무늬는 없었다. 서울에 올라와서부터 살던 월계동이나 그동안 몇 번 가본 신사동 주변과 마찬가지로 그곳은 그냥 어떤 특색도 없는 서울 외곽 지역 중의 하나였다. 내가 거기에서 꼭 물빛 무늬를 봐야 함에도, 아니, 찾아갔을 때 그곳은 나에게 내 마음속에 있는 것과 똑같은 무늬를 보여주어야 함에도…….

아파트의 하자는 별로 눈에 띄지 않았다. 수색엘 갔다가 나는 그곳에 늦게 들어가 대충 한 번 거실과 방안들만 휘휘 둘러보고 나왔다.

"하자 많지 않아요?"

밖을 나오자 같은 직장에 다니는 사람이 하자가 많지요, 하는 얼굴로 물었다.

"별로 없는 것 같던데요."

"다행이네 그럼. 우린 뭐 제대로 된 게 없어요."

하며 그가 보여주는 하자 신고서엔 거의 빈 칸이 보이지 않았다. 아내와 함께 온 그는 안방 욕실 수건걸이의 나사가 하나 빠졌다는 것까지 적었다. 처음부터 난 언제 들어가더라도 아내가 들어갈 집인데 큰 하자 없었으면 좋겠다는 식으로 둘러보았고, 그는 작은 하자라도 꼭 찾아내야 겠다는 식으로 둘러본 차이일 것이다. 하긴 나는 욕실에 수건걸이가 있는지 없는지조차 모르고 나왔던 것이다.

"참, 이 동 몇 호예요?"

"505호요."

"그때 로얄층 뽑지 않았어요?"

"12층이었는데 나중에 변경 신청할 때 5층으로 바꿨어요."

"이런, 지금은 오백 더 들어간다 해도 나중에 팔 땐 그게 나은데. 입주는 언제 해요?"

"글쎄요……."

"전세 주실려고?"

나는 못 들은 척하고 입구에 세워둔 자동차의 문을 열었다. 그날도 원고는 한 줄도 나가지 않았다. 나는 더 애쓰지 않고 다른 날보다 일찍 자리에 누워 떠오르는 대로 이런저런 생각들을 했다. 병신도, 암만 그쪽을 처음 가보는 길이어도 그렇지 거기서 우회전을 했어야지, 우회전을. 모르지 또…… 수색이 거기 아니라 어디에 있어도 그런 생각이 들었을지. 이왕 들여다보는 거 찬찬히 볼 걸 그랬나. 창문틀은 제대로 살피지도 않고 보일러도 옳게 가동해 보지 않았는데. 한번 그래놨으니 다음에 편한 마음으로 가도 더 나은 느낌으로 오지 않을 거야. 그나저나 열쇠를 받아 가라고 얘기나 해야 되는 거 아니야. 하나하나 살펴보면 거기도 하자가 적지 않을 텐데. 징그럽게 웬 열쇠는 저렇게 주렁주렁 매달았는지. 무늬가 없어, 무늬가. 월계동에도 우편물이 꽤 쌓였을 텐데, 그러고 보니 거기 공과금하고 관리비도 두 달 내지 않았고. 열쇠 냄비가 뭐야 열쇠 냄비가. 그걸 그렇게 담을 데가 없었나. 거기선 다리를 건너자마자 우회전이라고. 원고 닷새만 더 늦춰달라고 하면 정 주간이 잡아먹으려고 달려들겠지. 해설이 붙는다면 그쪽도 빨리 받아 읽어야 뭘 쓰든 말든 할 테고. 그거야 처음부터 빈집이니 놔둬도 되지만 월계동은 어떻게 하지. 저놈의 열쇠 다 집어 내던질 수 없나. 거기 안 들어간다면(아내가) 나도 언제까지 여기 이러고 있을 수 없는데 말이지, 잘 나가다 왜 안 써지는지 모르겠어. 욕심이었는지도 모르지 무늬가 어디 있다고. 아니면 환상이었거나…….

정 주간의 전화는 다음 날 사무실로 왔다. 그는 닷새 후엔 틀림없는 거지, 했다. 나는 틀림없을 거라 했다. 쓰긴 다 썼는데 다시 한 번 읽어보고 있는 거라고. 그는 특유의 억양으로 오우케이, 하고 전화를 끊었다. 머릿속에 그 한 냄비 되는 열쇠들이 구멍 뚫린 눈들을 한 고기 떼들처럼 짤랑거리며 왔다 갔다 했다. 거기 들어가 살든 안 살든 일단 정리는 해둬야 하는 거 아니야…….

나는 사람들이 사무실을 좀 비워주길 기다리다 현관으로 내려가 전화를 했다. 아내가 바로 전화를 받았다. 나는 집이 다 지어져서 입주를 하란다 말하고, 처음엔 12층을 뽑았는데 당신과 아이가 살기에 편하게 5층으로 바꾸었다고 말했다. 아내는 요즘 어디에 있느냐고 물었다. 나는 마포라고 대답하고 올라와 들어가든 안 들어가든 열쇠를 받아 가라고 했다.

아내는 전화를 받는 중간 잠깐만요, 하고 수화기를 막은 채 어머니와 무슨 이야긴가 나누고 나더니(말로는 상인이가 자꾸 매달려서요, 했지만) 오늘, 하다가 아니 내일 올라갈 테니 낮에 자기가 들어갈 수 있도록 내가 먼저 월계동에 들어가 아침 출근할 때 경비실에 키를 맡겨달라고 했다.

나는 아내가 올라오겠다는 말을 너무도 선뜻하게 하는 것 같아 의사 전달이 잘못된 게 아닌가 싶어 다시 12층을 5층으로 바꾼 건 그 아파트가 내가 들어가 살 아파트가 아니라 당신이 들어가 살 아파트이기 때문이라고 했다. 전화를 하는 동안에도 눈에 구멍이 뚫린 고기 떼들은 여전히 내 머릿속을 짤랑거렸다.

저녁에 나는 그 고기 떼들을 편지 한 장과 함께 비닐봉지에 겹겹이 싸 월계동 아파트의 경비실에 맡기고 돌아왔다. 편지에 나는 원고 마감 때문에 그러니 꼭 필요하고 급한 연락이 있더라도 사무실로든 하숙으로든 닷새 후에 전화를 달라고 썼다. 열쇠를 담았던 냄비도 납작하게 밟아 대문 바깥 쓰레기통에 넣었다. 정말 거짓말처럼 다시 글이 써지기 시작했고 속도감이 붙기 시작했다.

아내는 정확하게 닷새 후 아이와 함께 회사 앞으로 나와 전화를 했다. 전화를 끊고 나가 나는 아이만 덥석 안아 들고 아내에겐 의도적으로 소홀한 듯 보이려 노력했다.

"일부러 그렇게 애쓰지 않아도 돼요."

어머니는 아내에게 어떤 가르침과 자신감을 주었던 것일까. 나만큼이나 서먹서먹한 얼굴을 할 줄 알았던 아내는 시작부터 생글생글 웃고 있었다. 떠날 땐 여기 들어와 있거나 그냥 거기 있을 거면 키라도 찾아가라고 전화를 해 난…… 난…… 먼저…… 못…… 끊겠어요, 하던 여자였다.

"원고는 다 넘겼어요?"

"어제."

"당신 몰랐죠? 내가 이런 모습으로 나올지는."

"낯설어."

"나도 낯설어요. 전 같으면 자존심 때문에라도 못 그랬는데."

"어머니가 시키더냐?"

나는 삼십 년 전의 아버지처럼 말했다.

"어머님한테 당신 살아온 얘기 많이 들었어요."

"수호 엄마 얘기?"

"예. 당신이 모르는 부분도 많아요. 훌륭하다는 생각을 했어요."

"어머니가?"

"아뇨. 나는 그분이요. 그리고 어머니두요."

"아프게 살면 훌륭해져. 누구나…… 그렇게 살고 그렇게 이별하면."

"어디 가서 식사해요."

"난 별로 생각이 없어."

"그래도 해요. 앉아서 할 이야기가 있어요."

식당에 가서도 나는 물수건으로 내 손을 닦고 얼굴을 닦고, 아

이의 손과 얼굴을 닦아주며 가능한 맞은편에 앉은 아내와 눈이
마주치지 않으려고 노력했다. 주문도 아내가 했다. 나는 물수건
을 만지작거리며 아무거나, 했다가 아내가 그런 음식이 어디 있
어요, 해서 그럼 당신 하는 걸로, 했다.

"이제 그만 해요. 꼭 전에 월계동 식탁에 앉은 것처럼……."

"할 얘기가 뭔데?"

"당신은 우리가 그때 무슨 일이 있었을 때부터 그렇게 되었는
지 알아요?"

"모르겠어. 그냥 모든 게 다 귀찮았으니까."

"나도 처음엔 우리가 권태기를 겪나 했는데 강릉 가서 생각하
니 그게 아니었어요. 그때 같이 신사동에 갔다 오고 나서 바로 그
랬어요, 당신은 차 안에서 꿈을 꾸는 듯한 얼굴이었고요, 그런데
가만히 생각하니 자동차에서 내리면서부터 얼굴이 굳어지기 시
작했던 것 같아요. 다음에 수색에 같이 가자고 했지만 나한테 해
선 안 될 얘기를 한 것처럼."

"어머니 얘길 듣고 나니까."

"아뇨, 당신이 당신도 못 느끼는 사이에요. 그날 저녁 당신이
서재에서 원고를 쓰고 있는데 내가 가만히 뒤로 다가가니까 언제
들어왔냐며 화를 내며 쾅 하고 워드프로세서 뚜껑을 닫았고요.
제목만 큰 글씨로 수색 가는 길이라고 쓰고요. 맞지요?"

"그런데?"

"그다음부터 당신은 집에서 원고를 잘 못 쓰는 것 같았어요,
나한테 말도 잘 하지 않고요."

"어머니는 뭐라셔?"

“상인아, 이제 수건 좀 거기 그만 놔두지 못하니?”

“뭐라시더냐니까?”

“니 생각엔 아범이 왜 그러는 것 같냐고 물으시기에 신사동 갔다 오던 날 얘기를 했어요. 당신이 차 안에서 한 얘기도 하고 방에 들어갔을 때 얘기도 하고요, 그러니까 어머님이 당신 자랄 때 얘기를 해줬어요, 그래서 자식이지만 미안한 것도 많으시다고…….”

“어머니가 나한테 미안할 게 뭐가 있어서.”

“왜 없으시겠어요. 당신도 알면서…….”

“지금도 어머닌 나한테 수호 엄마가 생겨서 그러는 게 아닌가 생각하시잖아.”

“다른 형제들이 그랬다면 덜 그렇게 생각하시겠대요. 그게 다 당신이 자꾸 마음에 밟히니까 그렇게 생각하시는 거지.”

“당신도 그렇게 생각했잖아.”

“그럼 부부 사이가 냉랭해지면 우선 그렇게 생각하지 않을 여자가 어디 있어요? 당신은 잡지사다 영화사다 하며 여자 전화도 자주 오고. 또 그거 아니어도 뭐 이번엔 그 어머니가 계셨고…….”

그러던 사이 식사가 나왔다. 아내와 나는 육개장이었고, 아이는 갈비탕이었다.

“나는 매운 것 싫은데.”

“그럼 당신 내가 뭘 시켰는지도 모르고 그거 달라고 했어요?”

“됐어. 먹지 뭐. 그런데 당신 신사동으로 들어갈 거지? 열쇠가 너무 많아서, 냄비는 보기만 해도 징그럽고.”

“무슨 얘긴데요?”

“먹기나 해. 그냥 그런 게 있으니까, 아버님 건강하셔?”

“예, 어머님은 올라가라는 말씀 안 하는데 아버님은 내려가던 날부터 올라가라고…….”

“당신은 왜 올 마음이 없었고?”

“갈 땐 누가 가고 싶어 갔나요? 아버님은 자꾸 올라가라고 하시는데 어머님이 그렇게 올라가면 다시 내려오게 된다니까 못 왔지. 전화도 하지 마라시고, 이런 얘기까지 하면 안 되는데…….”

“그래서 어머님이 무섭다는 거야, 그래서. 보내는 사람 언제 어떻게 보내야 다시 오지 않는지까지 아시는 분이니까. 당신뿐 아니라.”

“왜 먹지 않고요. 다른 거 시켜드려요?”

“됐다니까.”

“원고 쓰느라 제대로 먹지도 못했을 텐데.”

“그것보다 말해 봐. 나도 신사동으로 가야 할지, 월계동으로 가야 할지, 아니면 그대로 마포에 있어야 할지 결정해야 하니까.”

“뭘요?”

“다음에 나하고 수색 갈 수 있겠어?”

“그 소리가 왜 안 나오나 했어요. 지난봄부터 나는 가슴앓이 하고 당신은 수색병 앓고, 그 바람에 어머니는 어머니대로 생인손 앓으시고……. 그런데, 12층 그냥 놔두지 왜 바꿨어요? 엘리베이터 타고 올라가 계단 창문에서 내려다보니까 이쪽저쪽 양쪽으로 다 확 트이던데, 당신 늘 가고 싶어하는 수색 쪽도 보이는 것 같고.”

“거기 가봤어?”

“그럼요.”

아내는 올라와 월계동 아파트도 내놓고, 또 강릉에서 올라올 때 손 없는 날을 골라 이삿날도 잡아 왔다고 했다.

"날은 당신이 전화했던 날 어머님이 잡아 오셨어요. 9월 7일로. 그날이 당신한텐 제일 좋대요. 동방에서 서방으로 가는 거니까 그것도 당신한텐 아주 좋고요. 꼭 전세를 빼야 갈 수 있는 건 아니니까 그거야 뭐 차차 빼도 되고. 포장 이사도 알아봤어요."

"그러다 내가 안 간다면 어떻게 하려고 그랬어?"

"그럴 리가 있나요."

"그래. 다 어머니가 하라는 대로 하는 일인데 말이지?"

그날 우리는 거의 반년 만에 방을 같이 썼다. 내가 수색엘 다녀온 이야기를 했을 때 아내는 그렇게 가니 그렇지 자기와 함께 가면 무늬가 보일 거라며 이사를 하면 이번엔 꼭 함께 그곳으로 가보자고 했다.

그러나 나의 두 번째 수색행은 아내와 함께가 아니라 어머니와 함께였다.

이사를 한 후 일부러 다니러 오신 어머니를 모시고 나는 신촌 백화점엘 나갔다. 그리고 오던 길, 수색엘 갔던 것인데 사천교 다리를 건널 때까지만 해도 나는 늘 다니던 대로 모래내 길로 접어들려고 우회전 깜박이를 넣었다가 다리를 거의 다 건너와선 내 마음속의 무엇이 시켜 그렇게 했는지도 모르게 그대로 직진을 해 버렸던 것이다. 예전 수호 엄마가 약 쟁반을 들고 그랬던 것처럼 어머니도 가기 싫어도 한 번은 그곳엘 가봐야 한다고 생각했다. 남가좌동을 지나고 북가좌동을 지나 불광천에 이를 때까지 나는 제 길을 가는 것처럼 표정을 바꾸지 않고 천연덕스럽게 차를 몰

았다. 그러다 불광천을 건너면서부터 자동차의 속도를 떨어뜨리
고 아이구, 길을 잘못 들었구나, 잘못 들었어, 를 연발하며 창 이
쪽저쪽의 풍경과 옆 자리에 앉은 어머니의 얼굴을 살피기 시작했
다. 어머니가 여기가 어딘데, 하고 묻기라도 하면 여기가 수색이
잖아요, 예전 수호 엄마가 살았다는, 하고 큰 소리로 말하면서 그
때 어머니의 얼굴이 어떻게 변하는가를 보고 싶었던 것이었다.

"이런 정신도, 아까 거기 다리에서 오른쪽으로 가야 하는데 다
음번 다린 줄 알고……."

그래도 어머니는 그럼 여기가 어딘데, 하고 묻지 않았다. 바깥
풍경은 지난번 엉겁결에 왔을 때와 조금도 다르지 않았다. 어머
니와 함께 온 길이라면 최소한의 비극미 정도는 있어줘야 했다.
나는 다시 한 단계 속도를 떨어뜨리면서 연신 이쪽저쪽 창밖과
어머니의 얼굴을 흘끔거렸다.

그러다 수색시장 앞을 지나면서 어머니의 얼굴이 오히려 처음
보다 차라리 차분해지고 있음을 느꼈다.

"조금 더 가다 보면 버스 정류장이 있는데 거기 가서 차를 돌
려야겠어요. 길을 잘못 들어가지고……."

"길이야 잘못 들면 바로 찾아가면 되지. 무슨 걱정이겠냐."

저 놀랍고도 무서운…….

말을 안 해 그렇지 어머니는 내가 잘못 들었다는 길이 수색임
을 알고 있었다. 오면서 본 여러 군데의 표지판에도 그렇게 써 있
었고 도로에도 흰 글씨로 군데군데 큼지막하게 우리가 왔던 길이
수색 가는 길임이 써 있었다.

나는 수색교를 지나 시계(市界) 가까이 가 자동차를 돌렸다. 그

리고 내가 먼저 말하기로 했다.

"어머니는 여기가 어딘 줄 모르지요?"

"와보기는 처음 와봐도 어딘 줄은 알 것 같다."

"아시겠어요?"

"그래. 전에도 아범 여기 와봤다나?"

"예, 에미 강릉 내려가고 나서…… 일부러는 아니었고요."

"안다. 말하지 않아도. 에미한테 들은 얘기두 있구. 그러니 니가 얼매나 잘 살아야 것나. 이 에미 저 에미 한 다 받아가지구……."

나는 다시 액셀러레이터를 밟고 있는 오른쪽 발에 힘을 주었다.

"가시죠, 어머니……."

그러나 그날에도 나는 그곳에서 무늬를 보지 못했다. 또 다른 기분으로 아내와 함께 가도 그 무늬는 보이지 않을 것이다. 오직 내 마음속에서만 아련한 추억으로 일렁이는 그 물빛 무늬…….

나의 수호 엄마…….

수색, 그곳에 가지 않아도 보이는 무늬

무엇이 그 이야기를 하게 했던 것일까.

아내에게, 그날 어머니와 함께 수색에 다녀온 이야기를 한 건 어머니가 다시 강릉으로 내려가시고도 보름은 더 지난 다음의 일이었다. 어머니가 계실 땐 계실 때대로 이야기하지 못했고, 내려가신 다음엔 또 그때대로, 혼자 가슴속에 묻어두지 했던 일이었다. 그렇다고 언제 적당한 틈을 봐 이야기를 해야겠다거나 그 이야기를 하지 못해 조바심이 났던 것도 아니었다.

아마 그건 어머니도 같은 마음이셨을 것이다. 거길 갔다 오고도 며칠 더 아들 집에 머무는 동안 그 이야기를 며느리에게 할 수 없었던 것처럼 강릉으로 내려가서도 차마 다른 자식들에게나 아버지에게 할 수 없었을 것이다. 그곳에 아직 '수호 엄마'가 살고 있을 리 만무하다 하더라도 어쨌거나 이미 어머니에게 그 일은 젊은 시절 당신 속으로 낳은 한 자식의 이름까지 그 앞에 붙여 거두어야 했던 시애 이야기가 아니던가.

그런 걸 나는 아무렇지도 않게, 정말 아무 일도 아닌 것처럼 아내에게 이야기하고 말았다. 아니, 하고 말았다가 아니라 그런 말을 하기에 앞선 기본적인 망설임도 없이 그 말을 아까 당신 없을 때 누가 전화했어 하는 말처럼 지나가는 소리처럼 해버린 것이었다.

그때 나는 늦은 점심을 먹고 난 뒤 베란다 쪽 창가에 앉아 아침에 미처 보지 못한 신문을 뒤적이고 있었고, 아내는 맞은편 소파에 앉아 아이에게 책을 읽어주고 있었다. 동화 속엔 어여쁜 공주가 나오고, 세 천사가 나오고, 마음씨 나쁜 마녀가 나오고, 그 마녀의 저주로 공주의 손을 찔러 깊은 잠에 들게 한 물레가 나왔다. 처음엔 그 소리를 귓전으로 흘리다가 어느 부분부터 나도 모르게 신문보다 아내가 읽고 있는 동화에 더 귀를 기울였다. 아내는 무릎에 누운 아이와 이런저런 얘기를 주고받으며 세 천사와 마녀의 목소리를 번갈아 가며 책을 읽어 내려갔다. 그러다 나는, 얼마쯤 더 책을 읽어 내려가던 아내가 아이구, 우리 왕자님이 공주님보다 먼저 잠이 드셨네 하는 소리를 듣고 난 다음 무심히 창밖을 바라보다 그 이야기를 했던 것이다. 그날 백화점에 다녀오는 길에 어머니와 함께 수색에 다녀왔다고.

나로선 정말 무심히, 무심히 창밖을 바라보다 한 말이었다. 그러나 듣는 아내는 그게 아니었다. 아내는 아이의 어깨 밑으로 가져가려던 손을 멈추고 당신, 기어이…… 하는 얼굴로 이쪽을 쳐다보았다. 내겐 그런 아내의 눈빛이 순간적인 낯섦이었는데 뭐랄까, 그런 식으로 어머니를 모시고 거길 갔다 온 남편이 안타깝달까, 정말 당신, 어머니한테 그러면 안 되는데 하는 아내의 눈을 피해 나는 다시 들고 있는 신문에 눈을 떨구었다. 그러자 조금 전까지는 그렇게 강렬하게 느끼지 못했던 가을 오후 볕이 신문의 활자를 분해해 증발시키듯 그 위에 쏟아져 내린 작은 설탕 입자들처럼 반짝이며 부서지고 흩어졌다.

어쩌면 나도 모르게 아무 생각 없이 무슨 말인가 해놓고 나서 보니 그 말이 바로 누구한테도 쉽게 하지 못할 수색 이야기였고, 아직도 내 마음속에 아련한 물빛 무늬로 남아 있는 수호 엄마 이야기였던 것인지도 모른다.

"수색엘요?"

의외로 아내는 조심스럽고도 차분한 목소리로 물었다.

"그래, 돌아오는 길에 모래내 다리에서 바로 직진해서."

"어쩐지 그날 많이 늦는다 했어요. 난 그런 줄도 모르고 백화점에서 이것저것 둘러보느라고 늦는 줄 알았지……."

"그래서 늦었던 건 아니야. 거기 가서 오래 있었던 것도 아니고 그냥 자동차로 한번 죽 들어갔다 바로 나온 거지."

"암만 그래도 그렇지, 어머님한테 어떻게……."

"모르겠어, 나도. 내가 왜 그랬는지. 오늘 이 얘기를 꺼낸 것도 왜 꺼냈는지 모르겠고."

"그때 어머님이 우리 집에 어떻게 오셨는가 생각해 봐요. 우리가 새 아파트로 이사를 했다고만 해서 올라오신 게 아니잖아요. 이사하기 전 나하고 상인이가 강릉에 가 있었던 것도 그렇고, 월계동에 살 때부터 당신이 자꾸 수색 일로 그러니까 그 일 때문에 더 일부러 올라오신 거지."

　그 일이 아니라 평소 다른 일로 그랬다면 시작부터 아내는 나를 많이 책망하는 투로 말했을 것이다. 안타까움도 안타까움이지만 아내는 한마디 한마디 말을 할 때마다 행여 그 말이 내 기분을 다치게 하지 않을까 조심하고 있었다. 나는 그런 아내의 모습에서 우리가 이곳으로 이사를 해 다시 합치기 전 아내와 아이가 강릉으로 내려가 있었던 삼 개월 간의 별거가 아직 우리 사이에 다 아물지 않은 공백으로 남아 있음을 보았다. 여전히 넓고 쓸쓸하구나 그 빈 들은 우리에게……. 나도 조금은 안타까운 얼굴로 아내의 얼굴을 바라보았다.

　"알아. 그런 식으로 거기 간 게 어머니한테 좀 잔인한 일이었겠다 싶기도 하고, 당신한테도 그렇고."

　"그렇게 그 어머니 일이 안 잊혀지나요?"

　아내는 다시 조심스럽게 말을 해놓고 나를 바라보았다. 그러다 아이의 머리에서 무릎을 뺀 다음 방석을 끌어다 받쳐주고 일어나 내 옆으로 다가와 앉았다. 넓게 펼쳐 다리를 감추고 앉은 아내의 치마 위에도 가을볕이 쏟아지고 있었다. 아내는 볕 한가운데로 가만히 손을 내밀어 내 손을 끌어 치마 위에 놓았다. 이제 이렇게 내가 당신을 잡고 있잖아요. 아마 아내는 그렇게 말하고 싶었던 것인지 모른다. 그러나 담을 데 없이 흘러넘친다 해도 그건 아내의 무늬이지 어린 시절 내 마음속에 어떤 상실감처럼 자리를 잡은 수색의 빈 자리에 채워질 무늬는 아니었다. 아내가 안타까운 것처럼 나도 그것이 안타까웠다.

　"늘 생각 나는 건 아니야. 그날도 처음부터 거기 갈 생각을 했던 게 아니었고, 신촌에서 오다가 모래내 다리를 건널 때까지만 해도 우회전 깜박이까지 넣었다가 바로 직진을 했던 거지. 어머니한테 아직 지리에 서툴러 어디에서 우회전을 해야 되는지 몰라서 그러는 것처럼 하고. 그래서 자동차 속도를 줄이고 어머니의 얼굴을 살피면서 거기 수색을 지나 시계까지 죽 들어갔다 나온 거지. 지난번 길을 잘못 들어 다녀왔을 때처럼."

"그런다고 어머니가 모르셔요? 당신 눈치만 봐도 알지."

"그래. 처음부터 아셨겠지. 모래내 다리를 건널 때부터 그게 어디로 가는 길이라고 얘기를 하지 않더라도 도로에도 군데군데 그렇게 써 있고 공중에도 표지판이 매달려 있고 했으니까."

"그러면 당신이 왜 그랬는지도 아셨을 거 아니에요?"

"아셨겠지. 들어가면서 길을 잘못 들었다고 했을 때 '길이야 잘못 든 줄 알면 바로 찾아가면 되지.' 하셨던 것도 그냥 우리가 가는 길을 두고 하신 말씀이 아니었던 것 같고, 그러면서 어디로 가는 거냐고 묻지 않으셨던 것도 그렇고."

"거기 가선 뭐라셔요?"

"아무 말씀도 안하셨어. 어디냐고 묻지도 않으셨고. 그래서 오히려 내가 물었던 거지. 여기가 어딘지 알 것 같냐고. 그러니 와보기는 처음 와봐도 어딘지는 알 것 같다고 하셨어. 수색이란 말은 하지 않으시고 말이지. 그러니 처음부터 다 알고 계셨던 거지. 내가 거길 왜 갔는지도 아시고."

"같이 살아도 난 당신을 모를 때가 많아요. 어떻게 어머니를 모시고 거기 갔다 올 생각을 했는지도 모르겠구요. 어머님으로선 거의 다 잊으셨던 일이나 마찬가지였을 텐데. 난 그것도 모르고……. 어머님은 우리가 일부러 그랬는 줄 아실 것 아니에요."

“우리는 왜? 섭섭해도 나한테 섭섭하셨겠지.”

“어머님 생각에 그래요? 무엇 하러 돈 쓰러 가냐고 백화점에도 안 가시겠다는 걸 내가 억지로 밀어서 갔다 오신 건데.”

“하긴 당신이 갔으면 나도 거기까지 갈 생각은 안 했겠지.”

“난 지난번 당신이 그럴 때 강릉에 가 있으면서 어머니한테 들은 얘기도 있고 해서 이럴 때 당신이 어머님을 모시고 나들이라도 하고 오면 좋지 않을까 싶어 일부러 안 따라가고 두 분만 갔다 오시라고 했던 건데…….”

“지난번에 내가 뭘?”

“그때도 당신 그 어머니 때문에 그랬잖아요. 그러니 어머님은 당신한테 따로 보는 여자가 있어서 그러는 게 아닌가 하고 저보고 상인이 데리고 내려오라고 하시고.”

“당신은 안 그러고?”

“그럼 남편이 각방을 쓰다 아예 다른 데로 방을 얻어 짐을 싸 들고 나가는데 그렇게 생각하지 않을 여자가 어디 있어요?”

그러면서 아내는 거기 가서 당신 마음속의 무늬를 봤느냐고 물었다. 그렇게 가선 보이지 않을 거라는 걸 먼저 알아서일까, 아니면 그게 가장 묻기 조심스러운 말이어서일까, 그 말을 할 때 아내는 무늬라는 말을 들릴락말락하게 무늬처럼 말했다. 나는 대답 대신 가만히 아내가 잡고 있는 손을 풀고 일어섰다. 왜 그렇게 넓은지 모르겠어요, 당신의 그 빈 들은……. 다시 아내의 눈이 무늬처럼 말했다.

“우리가 아직 월계동에 살고 있으면 당신 그때 한 번 그러고 말았을 텐데 여기(은평구 신사동)로 이사 온 다음 집에 앉아서도 수색 쪽이 보이니까 더 그러는 게 아닌지 모르겠어요. 조금 전에 멍하니 창밖을 내다보다 그 얘기를 하는 것도 그렇고 ……."

"그냥 가깝다 뿐이지 보이는 건 아니잖아."

"바로 옆에 산이 있으니 그렇지, 저 산만 넘으면 수색이라면서요."

어쩌면 그래서였는지도 몰랐다. 아내의 말대로 창밖을 바라보다 나는 그 얘기를 했었고, 처음 수색이라는 말을 입에 올렸던 것도 지난봄 아직 다 지어지지 않은 아파트를 보러 왔을 때였다.

그때 나는 언제나 시간이 나면 서울로 올라와 아직 한 번 가보지 못한 수색에 가보고 싶다고 했다. 다른 뜻은 없었다. 그냥 한 번 가보고 싶었다. 그리고 가면 그곳에서, 내 어린 시절 감당하기 벅찼던 이별과 그 이별이 준 마음의 상처 한구석의 빈 자리를 채워줄 어떤 아련한 물빛 무늬를 볼 수 있을 것 같았다. 수색, 이름까지도 물빛으로 무늬를 이루고 있지 않은가.

내가 자리를 옮겨 소파에 앉아 있는 동안 아내는 강릉 큰형수님에게 전화를 걸었다. 아내는 짧게 몇 마디 인사를 나누고 나서 그때 어머니가 서울에 오셨다가 내려가신 다음 형님한테 무슨 섭섭한 말씀 같은 걸 하지 않으시더냐고 물었다. 저쪽에서 아니, 거기 계실 때 무슨 일이 있었어 하고 묻는지 아내는 아니에요, 와 계서도 제대로 해드리지 못한 것 같아서요 하곤 혹 스위치를 누르고 다시 번호판을 누르기 시작했다.

"그만둬."

"왜요?"

아내는 전화기를 든 채 이쪽을 바라보았다.

"어머니한테 거는 거지?"

"예. 여러 날 전화도 못 드리고……."

"그만두라니까."

명령하듯 말하거나 큰 소리로 말한 것도 아닌데 이쪽 눈치를 살피며 조심스럽게 전화기를 내려놓는 아내의 모습에서 다시 나는 아직 다 아물지 않은 우리 별거의 공백을 보았다. 앞산엔 한창 단풍이 들고 있었다. 노랗게 물든 아카시아 숲 사이사이로 붉은 잎들을 한 나무들이 눈에 들어왔다.

"아니야. 아닌 것 같애……."

나는 소파에 앉아 반쯤 밀어놓은 유리창을 통해 앞산을 바라보다 혼잣소리로 중얼거렸다. 이번에도 그 소리를 하는지 안 하는지 나 자신도 모르게 입 밖으로 냈다.

그러자 뭐가요? 하고 아내가 물었고 뭘 뭐가? 하고 내가 되물었다.

"지금 혼자 뭐라고 했잖아요."

"으응, 아니야, 아무것도……."

"아니라니까 더 궁금하잖아요. 뭐가 아무것도 아니라는 건지."

"그게 아닌 것 같다구. 그래서 그랬던 게……. 당신은 내가 여기로 이사 온 다음 수색 쪽이 보이니까 더 그러는 것 같다고 했는데 아까 어머니하고 수색에 갔다는 얘기를 한 게 꼭 그래서 그 얘길 했던 것 같지는 않다는 생각이 들어."

"그럼요?"

"모르겠어 잘…… 나도 얘길 해놓고 말이지, 가까이 오니까 더 생각나는 건 있겠지만 그 얘기는 여기서 가깝거나 보인다고 한

게 아닐 거야. 언제 해야겠다고 생각하던 적도 없는 얘기였고."

"지금 얘기도 창밖을 내다보다 하는 거잖아요. 그런데 가만히 있다가 그래서 그런 게 아닌 것 같다는 얘기는 또 왜 하는 건데요?"

"그냥 산을 바라보다 보니까 말이지. 오늘 아침에도 우리 저기 약수터에 다녀왔잖아. 숲 때문에 안 보여서 그렇지 그 아래가 바로 수색이고."

"그런데요?"

"아까 당신 얘기를 듣고 가만히 생각해 보니까 집에서 이렇게 산을 바라보거나, 또 물 뜨러 올라갈 때라든가 거기 가서는 정작 수색 생각을 하거나 그 엄마 생각을 했던 적이 한 번도 없는 것 같아. 물 뜨는 일에 신경 쓰고 차례 기다리는 일에 신경 써서 그런가, 생각났으면 거기 가서도 당신한테 몇 번은 얘기했을 텐데 말이지."

"이제 그만 내다봐요. 자꾸 그렇게 일없이 내다보니 이런저런 생각을 하는 거지. 당신이 자꾸 그러니까 나까지 이상해지는 것 같구……."

"그러지 말고 아주 확 털어버리게 수색 얘기를 쓸까?"

"수색 얘길요?"

아내는 내가 어머니를 모시고 수색에 다녀왔다는 얘기를 했을 때만큼이나 놀라는 얼굴을 했다. 아까는 안타까움이었지만 이번 엔 단순히 놀라움이 먼저인 얼굴이었다.

"그래."

나도 꼭 그러겠다고 생각을 가지고 한 말은 아니었지만 의외로 그래, 소리는 쉽게 나왔다.

"쓸 자신 있어요?"

아내는 없다고 판단하는 것 같았고, 나는 글쎄라고 대답했다.

"지난번에도 제목만 쓰고 말았잖아요. 그것 때문에 나만 혼나고……."

"써진다면 좋겠지. 써지기만 한다면…… 그러면 거기 가서 보지 못한 무늬, 글로선 또 다른 모습으로 보일 수도 있는 거고."

"쓰면 얘기는 되겠지만 쓸 수 있느냐가 문제지요. 그걸 쓰면 아버님도 보시고 어머님도 보시고 다른 형제 분들도 보실 텐데."

"쓰면 쓰는 거지 못 쓸 게 어디 있겠어? 어머니 모시고 거기까지도 다녀왔는데."

"그건 그래도 어머님이 말씀 안 하시고 우리가 얘기하지 않으면 비밀이잖아요. 그렇지만 글은 어디 그래요? 더구나 당신, 어떤 식으로든 어머님을 늘 의식하고 있다면서……."

왠지 그 말이 내겐 근거 없는 서자 의식의 자극처럼 느껴지고 어머니에 대한 금기의 도전처럼 느껴졌다. 그러자, 써도 우리가 아직 월계동에 있을 때, 내가 짐을 싸 들고 나올 때거나 아내가 어머니의 뜻에 따라 모든 열쇠를 내게 맡기고 강릉에 가 있을 때 썼어야 할 글처럼 생각되던 것이었다. 그리고 어떻게 써야 내가 두 번이나 그곳에 가서 보지 못한 무늬가 글에서 보일 수 있을지도 어렴풋이 보이는 것 같았다. 강릉에서 올라오던 날 아내가 얘기했던 대로 그만큼 나는 마음의 수색병을 앓고 있었다.

"쓰면 당신 얘기도 나오게 돼. 괜찮아?"

"내가 괜찮고 안 괜찮고가 어디 있겠어요? 그때 우리, 당신 마음속의 그 어머니 때문이었지 진짜 우리가 서로 싫어서 그랬던 것도 아닌데. 그리고 그걸 쓰고 나서 당신 마음에 수색 일이 조금이라도 정리된다면 좋은 일이겠고요."

대답은 그렇게 했어도 아내는 설마 내가 그걸 쓰랴 생각했을 것이다. 내가 이 세상에서 누구보다 조심스러워하고 어려워하는 어머니와 그런 어머니의 시애 얘기를. 그러면서도 그렇게 말했던 건 어떤 이유로든 석 달 간이나 별거를 했다가 다시 합친 우리 사이에 아직은 조심해야 하고 양보해야 할 쪽이 자신이라고 생각했기 때문일 것이다. 일부러 가슴을 열고 재보지 않더라도 그 빈 자리는 우리 사이에 그리고 아내의 마음속에서 또 얼마나 넓고 쓸쓸한가, 당신의 그 빈 들은 하고 느낄 정도라면…….

아내와 그런 말을 하고 나서 금방 쓴 건 아니지만 나는 두 편의 수색 연작을 썼다. 첫 이야기는 '수색 가는 길'을 지운 위에 '수색, 그 물빛 무늬를 찾아서'라는 제목으로 그때 아직 공사 중이던 아파트를 둘러보고 왔을 때부터 어머니가, 있지도 않은 나의 '보는 여자'를 견제해 월계동 아파트의 열쇠라는 열쇠는 모두 아내보다 먼저 집을 나가 있는 나에게 맡기게 하고 아내와 아이를 강릉으로 불러 내릴 때까지의 이야기를 썼고, 두 번째 이야기는 '수색, 그곳에 가도 보이지 않는 무늬'라는 제목으로 아내가 강릉으로 내려가 있는 동안 완공된 여기 아파트까지 두 곳 아파트의 쉰 개도 넘는 열쇠들과 징글징글한 전쟁을 치르며 서울에 혼자 있을 때 한 번, 나중에 이사를 하며 아내와 합치고 나서 어머니와 함께 한 번, 그렇게 두 번 수색에 갔다 온 이야기와 둘째 형님이 신수동 하숙을 찾아와 이야기해 준, 왜 모두들 그 엄마를 수호 엄마라고 불렀으며 떠날 때는 또 어떻게 떠났는가 하는 이야기를 썼다.

첫 번째, 두 번째 작품을 발표하고 났을 때, 글 쓰는 친구들도 전화를 하고 독자들도 전화를 했다. 아마 그 여자도 그래서 두 번, 세 번 전화를 했을 것이다.

처음 전화를 했을 때 여자는 그 두 이야기가 다 사실이냐고 물었다. 아니, 사실이냐고 물었던 게 아니라 사실이지요? 하고 물었다. 나는 대답하지 않았다. 여자는 아내와의 별거 과정이라든가 열쇠와의 징글징글한 전쟁으로 볼 때 작품 속에 나오는 현재의 일도 사실이 아니면 그렇게 쓸 수가 없고 또 유년 시절의 일도 그 엄마를 수호 엄마라고 부르게 된 내력과 그 엄마가 떠날 때의 일로 보면 실제 그렇게 겪지 않았으면 그 무늬가 안 나올 것 같다고 말했다. 나는 무늬를 보지 못했다고 썼는데 여자는 그렇게 쓴 글에서 무늬를 봤다고 말했다.

"무늬라고 했습니까?"

나는 그렇게 물었고 여자는 예, 무늬요, 어쩌면 선생님도 수색에 다시 오시면 보시려고 했던 무늬를 보실 수 있을지 모르겠어요, 라고 말했다.

"사실은 제가 수색에 살거든요. 그런데 우리 동네에 그런 사연을 가진 글을 읽고 나니까 왠지 반가워서 전화를 드렸어요. 전에도 선생님 소설 몇 편 읽었는데……. 정말 여기에 그렇게 오셨나요?"

"예. 뭐……."

"무늬는 못 보시고요?"

"예. 거기 쓴 대로……."

"그런데 왜 무늬를 못 보셨는지 모르겠어요. 글을 읽고 나니까

제 나름대로 선생님께서 찾는 무늬가 어떤 무늰지는 모르지만 아마 이런 무늬가 아닐까 생각되는 게 느껴지던데…… 선생님께서 제대로 못 찾으셔서 그렇지 제 생각에 수색엔 분명 그런 무늬가 있어요. 아니, 있을 것 같아요."

여자는 조금 당돌하게 말했다.

나는 여자의 나이를 물었다. 여자는 스물일곱 살이고, 태어나 지금까지 수색에서 살고 있다고 했다.

"내가 소설에서 말한 무늬라는 게 공중에 떠다니며 눈에 보이는 그런 무늬가 아니라 들어갔을 때 거기서 확 느껴지는 어떤 분위기 같은 건데…… 들어가며 기대를 너무 해서 그런지 막상 가보니까 수색이라는 동네가 서울 외곽의 다른 어떤 지역과도 분위기가 크게 차별되는 것 같지도 않고…… 그러니까 처음 내가 보고자 했던 무늬는 또 어떤 무늬인지 그것까지 혼동되고……."

"한 가지만 더 물을게요. 분위기라면 어떤 분위기를 말씀하시는 건지요."

"그것도 그냥 마음속에 있는 거지, 막상 그렇게 물으니까 잘 모르겠어요. 정미소가 있다면 좋고, 아직까지 판잣집이야 없겠지만 그런 흔적도 좀 남아 있고, 특별한 건 없어요. 1960년대 분위기 같은 게 좀 느껴지면 좋겠다고 생각한 거지."

"어머 어쩜. 제가 아까 이런 분위기가 아닐까 하고 말씀드렸던 게 바로 그 분위긴데……."

"그럼 아가씨가 보기엔 그런 분위기가 수색에 있단 말입니까?"

"예. 있어요. 수색역 부근인데 자동차를 가지고 오지 말고 버스를 타고 오면 더 찬찬히 둘러보실 수 있었을 텐데. 그 부근에

옛날에 지은 함석 지붕 창고도 있고, 방앗간도 서울보단 좀 더 시
골스러운 것도 있고……. 저는 태어나긴 1960년대에 태어났어도
어떤 게 1960년대 분위기인지는 잘 모르지만 아마 그런 분위기가
아닐까 싶은 사진관도 있고, 그 옆에 비슷한 분위기로 이발소도
있고요."

"이발소, 요?"

"예. 좀 허름하고, 거기 아저씨도 제가 어릴 때부터 이발소를
했는데 나이도 지긋이 드시고요. 조카들 머리 깎을 때 같이 가서
봤는데 아이들 머리를 깎을 땐 빨래판 같은 널빤지를 의자 팔걸
이에 걸쳐놓고, 거기에 아이를 올려놓고 세월아 네월아 머리를
깎고요."

"정말 가면 볼 수 있습니까? 수색역 부근 어딘데요?"

"어디라고 얘기하지 않아도 수색역까지 오시면 바로 보일 거
예요. 버스가 아니라 기차로 오시면 더 좋겠네요. 선생님께서 꼭
오신다면 제가 여기 그런 데만 골라 안내를 해드릴 수도 있고요."

"그러니 거기 꼭 한 번 더 가고 싶은데…… 창고도 보고, 방앗
간도 보고 사진관도 보고, 거기 이발소에 가서 머리도 한번 깎고
싶고……. 아무튼 전화를 해주셔서 감사합니다."

"그럼 다음에 제가 다시 한번 전화를 드릴게요. 그때까지도 안
가보셨다면 그땐 제가 안내를 해드리는 걸로 약속드리고요."

전화를 끊고 나서야 나는 여자 이름도, 또 수색 어디에 살며 무
얼 하는 여자인지도 물어보지 않았다는 것을 알았다. 하기야 얼
굴도 모르는 여자 이름은 알아서 무얼 하고, 또 어디에 살며 무얼
하는지는 알아서 무얼 하겠는가. 그러면서도 여자가 말한 대로

머릿속에 그림이 그려지며, 그 그림대로 무늬가, 수색의 물빛 무늬가 보이는 것 같았다. 안타까운 건 그토록 떠올리려 애써도 그 엄마의 얼굴이 전혀 기억나지 않는다는 것이었다. 참 이상도 한 것이 그 엄마와 관련된 어떤 일을 애써 기억해 내면 슬픈 얼굴, 덤덤한 얼굴, 놀라는 얼굴, 기뻐하는 얼굴, 나를 이뻐해 주는 얼굴들의 각기 다른 표정들은 머릿속에 그려지는 것 같은데 이마는 어떻게 생겼고, 눈은 어떻게 생겼고, 코는 어떻게 생겼고, 입은 어떻게 생겼고, 그래서 얼굴은 어떻게 생겼는지는 전혀 떠오르지 않는 것이었다. 그러니까 슬픈 얼굴일 때 어디가 어떻게 슬픈 얼굴인지 떠오르는 것이 아니라 어떤 때는 많이 슬픈 얼굴, 어떤 때는 조금 슬픈 얼굴이 어렴풋이 떠오르는 것이었다.

전화를 끊고 나는 그 엄마의 얼굴을 한 번이라도 떠올려보려고 무진 애를 썼다. 나를 학교에 데려다 줄 때의 얼굴, 업어줄 때의 얼굴, 형과 동생들 몰래 사탕을 줄 때의 얼굴, 어머니가 시켜서 아버지가 마작을 하고 있는 정미소 뒷방으로 약 그릇을 들고 갈 때의 무척이나 싫어하고 난감해하던 얼굴……. 그런 얼굴들은 특별히 눈, 코, 귀, 입을 생각하지 않아도 잘도 어렴풋이 떠오르는데 막상 눈은 어떻게 생겼고, 코는 어떻게 생겼고 입은 어떻게 생겼는지를 그리려 하면 어렴풋이 떠오르던 얼굴마저 지워지고 마는 것이었다. 몇 번이고, 정말 몇 번이고 번번이 그랬다.

그렇게 소파에 앉아 창밖을 바라보며 떠오르지 않는 그 엄마의 얼굴을 떠올리려 애쓰다 갑자기 나는 그래, 하고 소파 바닥을 손바닥으로 쳤다. 지난번 그 일, 무심히 창밖을 바라보다 아내에게 어머니와 함께 수색에 갔다 온 이야기를 한 건 그냥 창밖을 바라보다 한 소리가 아니었다. 아니, 손바닥으로 소파 바닥을 치기 전에 그 엄마의 또 다른 한 얼굴을 떠올렸던 것이었다.

여자의 전화 때문이었다. 여자는 내게 창고를 이야기하고 방앗간을 이야기하고 사진관을 이야기하고, 이발소를 이야기했다. 그리고 그 이야기를 듣던 중 내 목소리는 갑자기 뭐가 떠오르는 것처럼 달뜨기 시작했었다. 바로 사진관 다음에 이야기한 이발소 이야기에서였다. 뭔가 떠오를 것 같은데 떠오르지 않던 그것은 내게 「꿈을 찍는 사진관」이라는 동화를 읽어줄 때의 그 엄마 얼굴이었다. 사진관 이야기를 할 때가 아니라 이발소 이야기를 할 때 말이다. 그날 무릎을 베고 누운 아이에게 책을 읽어주는 아내의 모습에서 나는 내 스스로도 못 느끼는 사이에 어린 시절 내게 그 책을 읽어주던 그 엄마의 얼굴을 보았던 것인지 모른다. 그날 아이가 그랬던 것처럼 무릎을 베고 누웠는지, 아니면 엄마 옆에 나란히 앉아 있었던 건지, 또 그것도 아니면 잠들기 전 베개를 베고 누워 그 동화를 들었던 건지는 기억나지 않아도 그런 동화를 읽어주던 어머니와 그 동화 내용은 어렴풋이 기억나는 것이었다.

그런데 왜 동화의 제목대로 사진관 얘기를 들을 때가 아니라 이발소 얘기를 들을 때인가. 그건 내 머릿속에 그 꿈을 찍는 사진관이 진짜 사진관이 아니라 이발소로 남아 있는 때문이었다. 맞는지 틀리는지 모르지만 나는 그렇게 기억하고 있다. 그건 사진관이 아니라 이발소라고.

이발을 하다 잠이 들고 그러면 사진처럼 마음속에 무지개 빛깔과도 같은 꿈이 찍혀진다고. 그건 아마 형의 책이었을 것이고 그것 말고는 마땅히 읽어줄 만한 게 없는 집에서 그 엄마는 내게 그 책을 읽어주었을 것이다. 그리고 내가 고집스럽게 기억하고 있는 것과 달리 실제 동화의 내용은 이발소가 아니라 사진관일지 모른다. 아니, 그럴지 모르는 게 아니라 거의 틀림없이 그럴 것이다. 그런데도 내가 그것을 이발소로 기억하고 있는 것은 형들은 혼자 머리를 깎으러 가도 나는 꼭 그 엄마에게 업혀 이발소에 갔고, 거기에 아까 그 여자가 말한 것처럼 의자 팔걸이에 빨래판 같은 널빤지를 올려놓고 그 위에 엄마의 손을 잡고 앉아 머리를 깎다가 잠들곤 했기 때문일지 모른다. 그러다 엄마가 깨워 눈을 뜨면 바로 눈앞 거울에 머리를 깎아, 보다 밤톨 같아진 내가 꿈을 찍은 사진처럼 앉아 있고 엄마는 머리를 깎는 동안 잠들어 끄덕이는 내 얼굴을 바로 하기 위해 두 손으로 감싸 쥐듯 턱을 받치고 있었다.

그러나 나는 그 이야기를 아내에게 하지 않았다. 그리고 거의 일주일을 그 동화책을 구하는 데 허비했다. 전화를 걸었을 때 종로서적 동화 담당자는 컴퓨터엔 나와 있는데 하도 오래돼 매장엔 없다고 했다. 어디에서 나온 책이냐고 묻자 열음사에서 나온 책이라고 했다. 열음사에 전화를 해도 마찬가지였다. 예전 동화를 할 때 만든 책 같은데 창고에도 보관하고 있지 않다고 했다. 여러 군데 국민학교에도 도서관에 그런 동화가 있느냐고 전화를 걸어 보았다. 담당 선생님은 요즘 애들 뭐 그런 책 읽습니까? 했다.

그렇게 애를 썼는데도 결국 책을 구하지 못했다. 그때부터 나는 다시 같은 나이 또래의 글 쓰는 사람들에게 전화를 걸어 혹시 어릴 때 그런 책을 읽었느냐, 그게 사진관이나 이발소냐를 물어보았다. 다들 그런 책을 본 것 같기는 한데, 내용은 잘 기억 안 나

도 이발소보다는 사진관 같다고 했다. 하기야 이제 그게 어느 쪽
이든 내 기억 속의 꿈을 찍는 사진관과는 상관없는 일이었다.

여자의 전화는 처음 전화를 한 지 꼭 일주일 만인 다음 주 일요
일에 다시 걸려왔다.

"선생님, 어디 나갔다 오셨는가 봐요. 조금 전에도 몇 번 전화
를 걸었는데 안 받으시더라구요."

"아, 예. 어디 좀……."

그때 나는 아내와 아이를 데리고 막 서오릉을 다녀오던 길이었
다. 신사동에서 가깝기도 하거니와 아이가 늘 집 안에만 있어 갑
갑해하는 것 같아 일부러 데리고 나간 것이었다. 나갈 때 거기 가
서 단풍이라도 몇 잎 주워오려고 저금통장을 넣는 비닐 봉투(그
래야 구겨지지 않으니까.)도 식구 수대로 가지고 갔었는데 들어올
땐 나갈 때와는 영 다른 기분으로 돌아왔다.

아이는 아직 어리고 우리는 거기에 있는 능들을 차례로 둘러보
며 단풍도 줍고 또 그 능에 대한 이런저런 이야기를 나누었다. 그
때만 해도 우리는 모처럼만의 외출이었고, 서로의 기분에 충실하
려 노력했다. 그러다 세조의 원자이자 세자였던 덕종과 그의 비
한 씨의 묘인 경릉에 이르러 내가 먼저 실수를 했다.

"알지? 여기 묻힌 한 씨가 바로 사극에 자주 나오는 그 설중매
라는 거. 안 봐도 아마 우리 어머니 같았을 거야. 비슷한 데가 있
었을 거라고."

그때 아내는 조금 뜨악한 얼굴을 했다. 여기 나와서까지 꼭 그
렇게 말할 게 뭐냐는 얼굴이었다. 그리고 순창원을 지나 마지막
으로 희빈 장 씨의 묘인 대빈묘로 갔다. 그 묘는 광주군 오포면에

있던 걸 1970년에 그곳으로 이장한 것이라고 했다.

"저기 좀 봐요."

아내는 알듯 모를 듯 묘한 얼굴을 하고 묘의 뒷자락과 붙은 산쪽을 가리켰다.

"어디?"

"저기 바위 위에 난 나무 말이에요."

아내가 손으로 가리킨 묘 바로 뒤엔 커다란 바위가 있었고, 거기 바위 틈새로 소나무 한 그루가 밑둥에서부터 두 갈래로 갈라져 큰 칼처럼 앞으로 휘듯 하늘로 자라 올랐다.

"장희빈은 장희빈인가 봐요. 그러니 묘 바로 뒤의 나무도 저렇게 뭔가 반항하듯 억세게 바위 틈을 뚫고 자라지."

"아니지, 이 묘를 언제 이장했는데? 1970년 아니야? 굵기로 봐 저 나무는 아마 못 돼도 삼사십 년은 넘었을 것 같고."

"그렇다 해도 말이죠. 나무가 먼저 여기로 장희빈이 올 줄 알고 저렇게 자랄 수도 있고, 또 저 나무 때문에 이 자리가 장희빈 묫자리가 된 것일지도 모르잖아요. 그러니 희빈이 돼서도 과분한 줄 모르고 본 왕비를 모함하고 그러고 하죠. 옛날이나 지금이나."

"그만 해. 나무 한 그루 보고 나선 괜히 말 같지도 않은 소리를 하고……."

"왜 말 같지 않다고 그래요? 옛날 장희빈 때 여자나 요즘 여자나 뭐 다 그런 거지."

"당신 지금 수색 얘기 하는 거야?"

아내가 미처 조심하지 않은 탓일까, 아니면 내가 민감했던 것일까, 나는 옆에 우리 말고도 몇 명 더 사람이 있는 것도 의식하지 않고 버럭 소리를 질렀다. 아내의 얼굴이 그제서야 아, 그래 하고 굳어졌다. 나는 그래도 돌아서서 길을 따라 내려왔다. 아내도 뒤따라왔다. 오면서 아내는 그런 뜻으로 한 말이 아니라고 두 번 세 번 말했다. 나는 대답하지 않았다. 자동차 안에서 아이가 엄마 아빠 싸웠어? 할 때에도 나는 너도 조용히 해, 하고 아이의 입을 막았다.

그리고 들어와 그 여자의 전화를 받은 것이었다.

"선생님, 수색에 갔다 오셨어요?"

"아뇨, 아직……."

"그러실 줄 알았어요. 가실 마음을 먹었다가도 막상 나서려면 자신이 없으실 것 같더라구요. 그런 거죠? 선생님."

나는 대답하지 않았다. 불과 일주일 사이였고, 지난번에 이어 두 번째 거는 전화인데도 여자는 마치 우리가 예전부터 잘 알고 있는 사이인 것처럼 자연스럽게 선생님을 찾았다.

"뭐 언제 시간이 나면 한 번 더 가야지요. 나도 다시 거길 가자면 마음의 준비가 돼야 할 것 같고…… 이미 두 번 실망하고 온 길이라……."

"그러면 말이죠, 선생님. 다음 주 토요일은 시간이 어떠신지요? 제가 선생님께 여기 수색의 무늬를 안내해 드리겠습니다. 여길 잘 모르고 혼자 오셔서 그렇지, 저하고 둘러보면 아마 실망하지 않으실 거예요. 저도 선생님 소설을 읽고 나서 그게 우리 동네 무늬여서 그런지 왠지 그 무늬를 제가 꼭 보여드려야 할 것 같은 생각이 들었어요."

이번에도 나는 대답하지 않았다. 아까 서오릉에서 아내와 그러고 온 기분이 영 찜찜했다. 여자는 다시 다음 주 토요일에 특별한 약속이 있느냐고 물었고 나는 있다 없다 확실한 대답을 않고 머뭇거렸다. 그러자 여자는 그날 오후 3시에 수색역 앞으로 나오면 자기가 그 무늬가 있는 곳으로 안내를 하겠다고 말했다.

"선생님은 절 모르시겠지만 저는 책에서도 보고 해 선생님의 얼굴을 아니까요. 잊지 마세요, 선생님. 오후 3시요."

참 여러 마음이었다. 당장은 아내와 불편해진 사이가 그랬고, 여자의 전화가 그랬다.

그날 저녁, 역시 져주고 양보해야 할 사람은 자기라고 생각했던지 다시 아내가 서오릉에서의 일을 사과했다. 나는 오히려 사과해야 할 쪽이 나라는 걸 알면서도 앞으로 조심하라는 태도로 아내의 사과를 조금은 무뚝뚝하고 덤덤하게 받아들였다. 아내는 그 정도 양보로도 마음이 안 놓였던 건지, 아니면 적반하장의 사과를 그런 식으로 받아들이는 내 태도가 불안했던 건지 낮에 나가 주워 온 단풍 몇 잎을 내 책상 유리판 아래에 넣어주었다. 엷은 고동색의 원목 나뭇결 무늬와 어울려 붉은 단풍은 숲에 떨어져 있을 때보다 더 빛나 보이는 것 같았다.

"글을 쓰며 방 안에서도 가을을 느끼시라구요. 다음에 앞산에 가면 예쁜 걸로 몇 장 더 주워 오고요."

"이거 장희빈 묘 앞에서 주워 온 것 아니지?"

내 딴엔 서오릉에서 가졌던 기분을 많이 누그러뜨려 화해의 제스처로 한 말이었다.

"아니에요. 설중매 가지에서 떨어진 거지."

비로소 아내도 방긋 웃는 얼굴을 했다. 아마 당분간 더 우리는 서로를 그렇게 조심하고 양보하고 상대방의 기분을 헤아려가며 아직 다 아물지 않은 별거의 빈 자리를 메워나갈 것이다.

다음 주 토요일, 나는 수색에 나가지 않았다. 참 많은 생각이 그간 머릿속을 오락가락했다. 거기 가서 보게 되거나 보지 못하게 될지 모를 무늬는 둘째 치고 가도 되는지 아니면 가선 안 되는지 하는 판단이 잘 서지 않는 것이었다. 아니, 마음으론 몇 번이고 가고 싶었다. 아무리 처음 보는 여자의 안내라도 그렇지 어머니까지 모시고 거길 갔다 온 내가 아니던가. 또 가면 그 여자의 말대로 이번엔 그곳의 무늬를 볼 수 있을 것 같은 생각도 들었다. 그 여자의 이야기를 듣고 내 머릿속에 그렸던 창고 앞 공터에도 가보고 싶었고, 사진관에도 가보고 싶었고 꿈을 찍는 거울이 있는 그곳의 이발소에도 가 빨래판과도 같은 깔개를 이제 그 위에 앉지는 못한다 하더라도 어루만져라도 보고 싶었다. 그러면 누군가 내 턱을 쓰다듬듯 받치고 있지 않더라도 지그시 감은 내 눈앞에 펼쳐질 수색의 무늬를 볼 수 있을 것 같았다.

그러나 나는 가지 못했다. 지금 그 여자와 가지 않으면 영영 그곳의 무늬를 볼 수 없게 된다 하더라도 선뜻 갈 용기가 나지 않던 것이었다. 나는 가지 않는 쪽으로 마음을 굳히며 애써 전화를 해준 여자에게 참 많은 죄를 지었다. 어쩌면 한 독자의 단순한 호의일 수도 있는 일을 나는 나쁜 쪽으로 더 많이 생각했고, 나쁜 쪽으로 더 많이 부담을 느꼈고, 나쁜 쪽으로 더 많이 확대 해석 했다. 거기 가서 그 여자의 얼굴을 보고, 내 마음속의 물빛 무늬를 보고 난 다음, 그러다 내 마음이 또 다른 수색으로 물빛 무늬를 찾아 흐르게 된다면……. 나는 여자보다 나를 못 믿어 오히려 여

자를 불신했고, 여자의 단순한 것일 수도 있는 호의를 불신했고,
여자에게 모욕일 수 있는 내 마음속의 죄를 지었다.

여자의 전화는 다음 주 수요일 사무실로 왔다.

"기다렸어요, 선생님. 나중엔 안 오신다는 걸 알면서도 해가
질 때까지요."

나는 아무 말도 하지 못했다.

책상 위의 단풍은 곱게 자리를 잡았을 것이다.

그리고 이제 나는 다시 수색에 갈 수 없을 것이다. 왠지 그랬다.

그 물빛…….

수색, 내 마음속으로 흐르는 무늬

여자의 편지가 온 건 해가 바뀐 봄의 일이었다.

그날 나는 무슨 일론가 밖에 나갔다가 들어오던 길에 아파트 출입구 우편물 함에서 우편물을 챙겼다. 봉투에 인쇄한 주소를 붙인 계간 문예지 한 권과, 후배 소설가의 두 번째 창작집, 내용물을 안 봐도 짐작이 가는 또 다른 문예지 출판사의 행사 안내장, 그리고 조금은 두툼하게 보이는 편지 한 통이 들어 있었다. 나는 다른 우편물을 옆구리에 낀 채 편지만 손에 들었다. 우선 누가 보낸 것인지 확인할 사이도 없이 아직도 이렇게 손으로 주소를 써서 보내는 편지가 오고 가는구나, 하는 생각에 왠지 반가운 마음부터 들었다.

물론 모르는 건 아니었다. 여기저기에서 보내오는 간행물도, 원고 청탁서도, 은행 카드 청구서도, 하다못해 봉투 안에 든 광고지와 엽서에 인쇄한 공공요금 고지서까지도 다 우편물이라고 부른다는 걸. 그리고 그 우편물이라는 말 속에 편지도 작은 부분 포함된다는 걸. 그러나 그런 우편물 홍수 시대에 이렇게 손으로 주소를 쓴 편지를 주고받는다는 게 오히려 낯설고도 반가우며 어떤 순정처럼 기묘하게 느껴지던 것이었다.

엘리베이터 쪽으로 걸어가며 나는 손에 든 봉투를 찬찬히 살폈다. 아마 만년필로 쓴 글씨이기에 더 그런 느낌이 들지 않았나 싶을 만큼 시원한 필체의 달필이었다. 그러면서도 한눈에 여자 글씨임을 알아볼 수 있는 어떤 단정함이 이쪽 받을 사람의 주소를 적은 글자 하나하나에 배어나 있었다.

그런데 보낸 사람의 주소와 이름이 비어 있는 것이었다. 아니, 비어 있는 것이 아니라 그 자리에 이쪽 주소보다 작은 글씨로 '강소천 「꿈을 찍는 사진관」 복사본 재중' 이라고 씌어 있었다. 그러니까 두 줄로, '강소천 「꿈을 찍는 사진관」' 이라고 쓴 아래에 '복사본 재중' 이라고 써 처음 그것을 집어들 때 으레 보낸 사람의 주소와 이름이거니 생각했던 것이었다.

이상한 것은 아직 누가 보낸 것인지도 모르는 편지인데도 얼굴도 이름도 모른 채, 단지 느낌으로만 이쪽으로 다가오고 있다고 느껴지는 한 여자를 바라보는 기분이 들던 것이었다. 느낌으로든, 아니면 목소리거나 얼굴로든 그렇게 다가왔던 여자가 한둘이 아니었는데 유독 그 편지를 쓴 여자만은 전혀 다른 느낌으로 그렇게 다가왔던 것이었다. 누굴까. 내게 이런 편지를 보내 온 여자는…….

14층에 매달려 있던 엘리베이터가 내려오는 동안 나는 다른 우편물들을 옆구리에 긴 채 조금은 불편한 자세로 봉투를 찢었다. 안에 든 내용물도 봉투에 쓴 대로 강소천의 단편 동화 「꿈을 찍는 사진관」을 복사한 것 맨 윗장에 '강소천 전집 중에서' 라고만 씌어 있었다.

그러나 누가 보낸 것인지는 모르지만 왜 보냈는지는 알 것 같았다. 봉투를 열어보고 난 다음 안 것이 아니라 엘리베이터를 타기 전 봉투에 씌어진 '강소천 「꿈을 찍는 사진관」 복사본 재중'을 읽을 때부터 아, 그것 때문이구나 하고 짐작이 가는 것이 있었다.

바로 지난 달에 발표한 「수색……」 시리즈의 세 번째 작품을 보고 누가 보낸 것일 것이었다. 그 글 속에 나는 강소천의 「꿈을 찍는 사진관」 이야기를 했었다.

먼저 써서 발표한 소설이 그냥 그런 정도의 이야기로만 끝났다면, 그 동화를 복사해 보내준 편지에 대해서도 나는 어느 한 친절한 독자의 호의로만 생각하고 말았을 것이다. 어느 작가에게나 그런 일은 보통 있을 수 있는 일이 아니던가. 전에도 가끔 그런 일이 있었고, 더구나 그 편지를 받던 무렵엔 한 신문의 연재소설까지 맡고 있어 거의 매일이다시피 독자들의 전화가 걸려 오거나 비슷한 내용들의 편지가 오곤 했었다.

그러나 이 경우는 다르다고 생각했다. 아니, 다른 건 그렇게 온 편지가 아니라 먼저 발표한 「수색……」 세 번째 소설의 내용이었다. 그 소설 속에 나는 우리 집으로 여러 번 전화를 걸던 한 여자 독자 이야기를 함께 했던 것이었다.

"저는 그 이발소가 있는 곳이 어딘지 알아요."

실제로도 그랬고, 소설 속에서도 나는 여자가 두 번 세 번 그곳

부근 어디에서의 약속 시간과 장소를 가르쳐주는 전화를 해도 끝내 그곳으로 나가지 못하는 것으로 이야기를 맺었던 것이었다.

그리고 작품을 발표한 지 한 달이 지나 이번엔 소설에 대한 전화가 아니라 봉투에 적은 주소도 없이 안에 「꿈을 찍는 사진관」의 복사본만 넣어 보낸 어느 여자 독자의 편지를 받은 것이었다. 봉투 안의 내용까지 확인하고 나자 지난번 그런 전화를 받았을 때보다 더 기묘해지는 마음이었다. 여자는 왜 봉투에 자신이 누구라는 것을 밝힐 아무 말도 쓰지 않은 것일까. 정말 쓰고 싶지 않았던 것일까, 아니면 쓰고는 싶은데 쓸 수 없다고 생각했던 것일까.

다시 봉투를 살피고, 내용물을 살펴도 정말 한 독자가, 작가가 모르고 있는 것을 챙겨준다는 단순한 호의로 보낸 우편물 같지가 않았다. 그렇다고 호의가 아닌 다른 뜻을 가지고 보낸 우편물은 더더욱 아니게 보였다. 그것은 그렇게 자료를 챙겨 보내는 정성만으로 생각한다 하더라도 한 독자가 한 작가거나 그 작가의 작품에 대해 갖는 깊은 관심과 애정일 것이다.

그러다 나는 그것이 한 독자의 단순한 호의냐 아니냐 하는 생각보다 왜 봉투 겉에든 내용물에든 보낸 사람의 주소를 쓰지 않았을까 하는 데 더 깊은 생각을 하고 있었다. 정말 쓰고 싶지 않았던 것일까. 아니면 차마 쓸 수가 없었던 것일까. 마음속으로 스스로에게 물을 때 나는 이미 내 마음을 뒤쪽으로 생각하고 있었다.

물론 그런 자료를 챙겨 보내며 처음 대하는 작가에게 자신의 주소를 적는다는 것도 쉬운 일이 아닐 것이다. 써야 하나 말아야 하나 생각하다 쓰지 않을 수도 있는 일이었다. 막상 주소를 쓴다 해도 그걸 복사해 보낸 자신의 수고거나 작품에 대한 깊은 관심을 작가에게 알아달라는 뜻으로 보이는 게 싫어 안 쓸 수도 있는 일이었다.

그러나 그런 자료를 챙겨 보낼 때 누군들 왜 자신이 어떤 사람인지, 어디에 사는 누군인지 정도는 밝히고 싶지 않을까. 아니, 주소까지는 아니라 하더라도 이왕 그것을 보내주기로 한 작은 친절 속에 이것이 당신의 소설에 나오는 강소천의 「꿈을 찍는 사진관」이다, 하는 말 정도는 얼마든지 할 수 있는 일이었다. 그리고 그간 먼저 읽은 작품에 대해서든 아니면 그것 한 작품에 대해서든 짧게 자신의 생각을 적을 수도 있고, 그러지 않으면 안녕하시냐는, 그리고 안녕하시라는 의례적인 인사말을 적을 수도 있다. 이제까지 가끔 엽서나 편지를 보내 온 독자들은 그랬다.

그럼에도 나는 그것을 보내 온 독자가 차마 봉투든 봉투 안의 내용물에든 주소를 쓸 수 없었던 건 바로 먼저 발표한 소설 내용 때문이라고 생각했다. 내가 그 독자에게 자료를 챙겨 보내는 편지에조차 주소를 쓰지 못하게 만든 때문이라고. 소설 속의 여자가 어떤 호의에서든 아니면 다른 뜻에서든 두 번 세 번 약속 시간과 장소를 가르쳐주는 전화를 해도 끝내 나는 자신을 경계하는 것으로 이야기의 끝을 맺었다. 어쩌면 자료를 챙겨 보내며 여자도 그 생각을 했는지 모른다. 봉투에 쓰든 내용물에 쓰든 작가에게 그 자료를 보내는 자신이 어디에 사는 누구라는 것쯤 밝혀도 상관없는 일이지만, 그렇게 했을 때 그런 자신이 전화를 걸던 여자의 모습과 크게 다르지 않다는 생각을 했을지도 모른다. 아니, 틀림없이 그렇게 생각했을 것이다. 그래서 자신이 가지고 있는 작품에 대한 깊은 관심만 그렇게 표현하고 말았을지도 모른다.

'잘 받았습니다. 이걸 보내주신 당신이 누군지 알고 싶군요.'

집 안으로 들어온 다음 오히려 봉투 안의 내용물에 그렇게 쓴 건 나였다. 보내 온 동화 속의 사진관도 애초의 내 짐작대로 이 세상에 존재하지는 않을 말 그대로 사진기 앞의 의자에 앉아 잠이 들면 그렇게 잠든 사람의 '꿈을 찍는' 사진관 이야기였다. 물론 먼저 발표한 소설을 쓰기 전 그것을 읽었다고 해서 소설의 내용이 크게 달라질 것은 없었을 것이었다. 달라질 부분이 있다면 그 글을 쓰면서 그 동화를 찾아 읽지 못했다고 한 부분을 어느 독자의 도움으로 읽게 되었다고 쓰는 차이뿐일 것이었다. 그런데도 나는 그것을 읽고 난 다음에도 여전히 그 '꿈을 찍는 사진관'을 어떤 사진관으로 생각하고 있는 것이 아니라 유년 시절 새엄마와 함께 다니던 '이발소'로 기억을 더 고집하고 있다고.

소설 속의 이발소에 대한 기억의 고집도 그랬지만 이상하게 나는 그렇게 내게 「꿈을 찍는 사진관」 복사본을 보내 온 여자에게 깊은 관심을 느꼈다. 이 여자는 자료를 그렇게 보내면 내가 그것을 보낸 사람에 대해 알고 싶어 한다는 걸 전혀 생각도 하지 않은 것일까. 아니면 그것을 받고 내가 고맙다고 인사할 전화가 부담스럽다고 여긴 것일까.

나는 그것을 다른 독자들에게서 온 편지거나 엽서처럼 책상 서랍에 넣지 않고 책상 위 한 귀퉁이 다른 자료들과 함께 놓아두었다. 그러면서 일없이 서재를 서성이거나, 혹은 책상에 앉아 글을 쓰던 중 가끔 손을 내밀어 그것을 집어 겉봉의 글씨를 찬찬히 살펴보곤 했다. '강소천의 「꿈을 찍는 사진관」 복사본 재중' 그리고 오른쪽 아래 받을 사람의 주소로 적은 이쪽 아파트의 주소와 내 이름.

아마 여자는 어느 문예지의 권말 부록에 적힌 문인 주소록에서 그것을 알아냈을 것이다. 지난해까지는 문인 주소록에 먼저 살던 월계동 아파트 주소가 적혀 있었다. 그러다 지난 가을 이쪽으로 이사를 하며 그 문예지의 편집부에 전화를 걸어 거기에 적힌 주소와 전화번호를 바꾸었던 것이었다.

정말 누굴까. 내게 이것을 보내 온 여자는. 아직 얼굴도 모른 채, 단지 내 마음속의 느낌으로만 이쪽으로 다가오고 있다고 느껴지는 이 여자는……

책상 위의 편지를 바라볼 때마다 나는 문득문득 그런 생각을 했다. 아마 다른 자료를 챙겨 보낸 독자에게였다면 그렇게 깊은 생각을 하지 않았을 것이다. 그것이 자신의 유년 시절의 어떤 무늬와도 같은 '꿈을 찍는 사진관' 이야기였기에 이제는 그것의 내용보다 그것을 보내 온 여자에 대해 더 깊은 생각을 하고 있는 것인지도 몰랐다.

비록 봉투에 적은 이쪽의 짧은 주소와 내용물 설명뿐이지만 만년필로 단정하면서도 활달하게 써 내려간 필체와 뒤늦게 발견해 낸 여의도 우체국의 소인. 그것이 전부인데도 그랬다. 물론 그것을 보낸 봉투에 여의도 우체국의 소인이 찍혔다 해서 특별히 범위가 좁아지는 것도 아니었다. 마포 우체국의 소인이든, 영등포 우체국의 소인이든 아니면 어느 대학 우체국의 소인이든 모르는 여자가 보낸 것이기엔 마찬가지인데도 처음 봉투에 찍힌 우체국의 소인을 발견했을 때, 나는 여자가 먼 곳에 있지 않다는 생각을

했다. 아니, 어쩌면 아주 가까운 곳에 있을지 모른다는 생각을 했
었다.

물론 아내에게는 편지 이야기를 하지 않았다. 그러면서도 그
편지를 내 책상 한 귀퉁이에 다른 자료들과 함께 놓아두고 있었
고, 틈틈이 그 편지를 보내 온 여자를 생각하기도 했고, 또 때로
는 다른 원고 때문에 물끄러미 그것을 바라보면서도 여러 날 그
런 편지를 받았다는 사실조차 잊고 지내기도 했다. 막연하게나마
어떤 느낌으로는 이미 내 곁에 다가와 있으나 아직은 어디에 사
는 누구인지조차 모르는 여자가 내 책상 바로 위에 있었던 것이
었다.

그런 '그 어떤 여자'가 바로 '그 여자'가 아닐까 하는 생각을
했던 건 편지를 받고 나서도 여름과 가을, 두 계절이 지나 다시
겨울이 되었을 때의 일이었다.

꿈결에서처럼 길게 전화벨이 울릴 때 나는 그대로 서재 소파에
누워 있었다. 깊이 잠이 든 게 아니어서 벨 소리를 고스란히 따라
세면서도 나는 지금 깊이 잠이 든 것이라고 생각했다. 두 번만 울
리면 저절로 자동 응답 메시지가 나갈 것이었다. 아직 다니고 있
는 회사를 완전히 정리한 것은 아니었지만 다음 달(그러니까 다음
해 초) 회사를 그만두겠다고 말하고 미리 집에 들어와 있던 참이
었다. 사무실에 나가 일을 할 때 같으면 한나절 같은 시간에야 나
는 막 밤샘 작업을 마치고 책상에서 내려와 소파에 누운 것이었다.

"지금은 부재중이라 전화를 받을 수가 없습니다. 삐이 소리가
난 후 용건을 말씀해 주세요."

일이 바쁠 땐, 내가 책상에 앉아 있고 또 전화를 받아줄 아내가

집 안에 있을 때에도 나는 늘 그렇게 전화기에 원래 입력되어 있는 여자 목소리로 자동 응답 장치를 걸곤 했다. 아예 전화를 안받겠다는 것이 아니라 전화를 건 사람들에겐 미안한 일이긴 하지만 저쪽에서 출판사라거나 원고 소리만 하면 아내는 무조건 내게 전화를 받으라고 해 내가 직접 상대방의 목소리와 용건을 들은 다음 꼭 필요한 전화만 급한 대로 받겠다는 뜻이었다. 그럴 경우 그냥 전화를 끊는 사람들은 대개 신문 연재소설의 독자들이거나 해도 그만 안 해도 그만인 안부 전화를 하는 사람들이었다. 처음엔 내 목소리로 자동 응답을 걸었는데 그땐 아내 친구들까지도 그냥 전화를 끊어 좀 성의 없이 들리긴 하지만 전화기 안에 입력되어 있는 여자 목소리를 쓰고 있는 것이었다.

"안녕하세요. 저는 제이비에스 티브이 '문학 여행'을 진행하는 유서아 아나운서입니다. 어제도 피디 선생님이 전화를 걸었는데 안 계시기에 우리 프로에 선생님을 꼭 모시고 싶은 마음에 제가 전화를 걸었습니다. 오후쯤 피디 선생님이 다시 연락드릴 것입니다. 저희가 전화를 걸기 전 다시 밖으로 나가실 일이 있으면 선생님께서 저희한테 전화를 주시던가요. 이쪽 '문학 여행' 팀의 전화번호는……."

전화기에 대고 말하는 것이 아니라 꼭 마이크 앞에 서서 말하는 것 같은 여자의 낭랑한 목소리가 들려왔다. 그리고 보니 어제 오후 책상에 앉아 있을 때에도 같은 일로 걸려 왔던 전화였다. 여자 아나운서의 목소리를 들으며 처음엔 무슨 프로가 아나운서까지 나서서 출연 섭외를 하나 생각하다 오랫동안 잊고 있었던 일을 생각해 내듯 나는 다시 여의도 우체국의 소인이 찍힌 '강소천의 「꿈을 찍는 사진관」복사본 재중’을 떠올린 것이었다. 방송국이 여의도에 있다는 생각 때문만도 아니었고, 또 그 여자를 지금 전화를 하고 있는 아나운서로 생각해 그랬던 것도 아니었다. 전화를 건 여자가 저는 제이비에스 티브이 ‘문학 여행’을 진행하는 유서아 아나운서입니다, 할 때 문득 지난봄 그 편지를 받았을 때부터 내 의식 속에 미늘처럼 걸려 있는 이름도 얼굴도 사는 곳도 모르는 그 여자가 우리가 살아가는 동안 길 위에서 꼭 나를 만나러 오는 듯한, 아니 이미 내 살아온 길 위에서 만났던 적이 있는 바로 그 여자가 아닐까 하는 생각을 했던 것이었다. 왠지 느낌이 그랬다.

나는 소파에 누운 채로 손을 내밀어 소파 탁자 위의 전화를 받았다.

“안녕하세요. 이수호입니다.”

“어머, 선생님. 그럼 지금 댁에 계시면서 안 받으신 거예요?”

“아닙니다. 지금 막 들어오는 길입니다.”

나는 자리에서 일어나 자세를 고쳐 앉았다.

“그럼 잠시만 기다리세요. 피디 선생님 바꿔드릴게요.”

저쪽도 피디와 함께 있으면서 아나운서가 전화를 건 모양이었다. 프로그램 진행에 관해 회의를 하던 중 다시 섭외 전화를 걸 생각을 했으며, 이번에도 부재중일 때 어제 메시지를 남긴 같은 목소리의 피디보다는 압력을 다양화한다는 점에서 아나운서에게 대신 전화를 걸어달라고 했던 것인지도 모른다.

“안녕하십니까? ‘문학 여행’ 정진국 피디입니다.”

인사를 하고 나서 저쪽 사내는 프로그램에 대한 설명을 했다.

"저희 프로그램이 어떤 것인지는 아시죠? 유서아 아나운서가 진행하는…….."

"예, 전에도 여러 번 봤습니다."

사내는 사십 분짜리 프로그램의 절반은 작품 무대라든가 작품과 관계 있는 곳에 가 야외 녹화를 따고 나머지 이십 분은 대담 식으로 진행한다고 말했다.

"야외 녹화는 며칠 걸리는데요?"

"제대로 하자면 여기저기 다니며 사흘은 꼬박 해야 하는데, 선생님들이 바쁘셔서 이틀 정도로 하고 있습니다. 지방일 때는 하루 더 잡고요. 그리고 대담은 우리가 늘 하는 장소가 있고…….."

"대담이라는 것도 이틀 중에 포함되는 건가요?"

"아닙니다. 그건 따로 하니까."

"그럼 삼 일이군요."

"그런 셈입니다."

"하면 언제 하실 건데요?"

나는 소파 뒷벽에 걸려 있는 달력을 쳐다보았다. 이번 주와 다음 주에 들어갈 원고가 적지 않았다. 연재야 매주 들어가는 것이고 또 수요일마다 일주일 분을 넘기니 그렇다 치더라도 다음 주에 삼백 매가량의 중편 원고 하나가 마감에 걸려 있었다.

"저희는 다음 주 수요일부터 시작해 금요일까지로 일을 끝냈으면 싶은데 선생님 일정은 어떻게 되시는지요?"

"다음 주라면 좀 어렵겠는데요. 저도 원고들이 밀려서…….."

"좀 서두르면 안 되겠습니까?"

"이건 촬영이 아니니까…….."

　말을 하고 보니 좀 그랬다. 내가 쓰는 원고야 그럴 수 없지만 너희들이 하는 촬영 같은 건 아무렇게나 서둘러 끝내도 좋을 일이라고 들었을지도 모를 일이었다.

　"이번 이 선생님 편은 우리 프로의 대담을 진행하는 유서아 아나운서가 적극 추천을 했습니다. 아시죠? 유서아 아나운서……. 다른 분 때는 안 그러다가 아까 전화도 그래서 유서아 아나운서가 직접 걸었던 거구요. 그리고 저희들도 꼭 한번 선생님을 모시고 싶었습니다."

　"다음 주는 좀 힘들어요. 지금 다니고 있는 회사 정리할 것도 좀 있고 해서……."

　"그럼 저쪽 사무실은 개인 사무실이 아닌 모양이군요."

　"예. 곧 그만둘 사무실이라 미리 집에 들어와 있는 겁니다."

　"저는 쓰시는 데가 많아 전업이신 줄 알고 있었는데……. 그럼 다음다음 주는 어떻습니까?"

　"어떤 작품을 중심으로 찍으실 건데요?"

　"저희들은 「수색……」을 생각하고 있습니다."

　"수색이요?"

　나는 책상 앞으로 다가가 그곳 한쪽 귀퉁이에 오래도록 올려놓아 두었던 강소천의 「꿈을 찍는 사진관」 복사본을 집어 들었다. 잘 받았습니다. 이걸 보내주신 당신이 누군지 알고 싶군요. 아니, 이걸 보내준 당신이 누군지 이제야 알 것 같군요. 그 느낌 속에 나는 저쪽의 요구대로 다음다음 주 촬영을 약속했다. 계간지 중편 원고야 못 들어가면 다음번에 넣지 뭐, 할 만큼 나는 그 여자를 만나야겠다는 생각을 하고 있었다.

"이 주일 후에 찍으면 나오는 건 언제 나오는데요?"

"찍고 나서 사 주 있다가 나올 겁니다."

"그렇게 늦게요?"

"제작 팀 둘이 번갈아 가며 준비를 하는데, 팀마다 하나씩 준비를 해두고 다시 이 주일 후에 나갈 걸 준비하는 거니까……."

티브이 출연 얘기를 했을 때, 아내는 다시 그걸 아버지 어머니가 보시면 어떻게 하려고 그러냐고 했고, 나는 이미 책으로 쓴 것이니까 나중에 알아도 어차피 아시게 될 일이라고 말했다.

"나는 잘 모르겠어요. 정말 그래도 되는 건지……."

"못 그럴 건 또 뭐가 있는데?"

"강릉 아버님 어머님도 그렇지만 만약 그분이라도 당신이 나온 그 프로를 보고 찾아와 보세요."

"찾아오면 왜?"

시작부터 나는 어긋 가고 있었다. 아니, 어긋 가는 것처럼 말했지만 내 마음속의 생각들은 정말 그렇게라도 해서 그 엄마를 만났으면 좋겠다고 생각하고 있던 것인지도 몰랐다.

"모르겠어요, 난."

"내가 알아서 해."

"그렇다고 어른들한테 당신이 나오니 보시라고 말씀드릴 수도 없고……."

"내가 알아서 한다니까."

"어떤 때 보면 당신이 일부러 그러는 것 같기도 하고……."

"뭘 일부러 그래?"

"다른 작품들도 있잖아요. 굳이 「수색……」이 아니더라도. 얼마 전에 낸 장편소설도 있고…….”

“그걸 내 마음대로 결정해?”

“그래도 출연하고 안 하고는 당신 마음에 달린 거잖아요. 당신
이 싫다면 저쪽에서 다른 작품으로도 할 수 있는 거구요.”

“늘 그렇게 살아왔어. 이쪽저쪽 눈치를 보며. 이젠 그렇게 하
지도 않을 거고.”

“당신이 무슨 눈치를 보고 산다고 그러세요? 하고 싶은 말 다 하
고 쓰고 싶은 글 다 쓰면서. 이제는 아버지 어머니 얘기까지…….”

“내가 눈치를 보며 살았던 건 당신이 더 잘 알잖아? 결혼하자
마자 당신이 내게 그런 말까지 했을 정도로.”

“내가 무슨 말을 했다고 자꾸 그래요?”

“처음 결혼해 집에 내려갔을 때 당신이 그랬잖아. 내가 의붓자
식이거나 어디서 낳아 온 자식이 아닌가 생각했다고.”

“또 그 얘기……. 그건 막 결혼해서 몰라서 그랬던 거잖아요.”

“그래. 막 결혼해서 아무것도 모를 때. 그때 느낌이 정직한 거
아니야? 아무것도 모르는 당신 눈에도 그렇게 보일 만큼 내가 눈
치를 보고 살았던 거라고. 정말 의붓자식이거나 어디서 낳아 온
자식처럼 늘 어머니에게 마음의 어떤 빚을 느끼면서…….”

다시 내 감정이 격해지고 있었다. 그동안 서로 아무리 노력하
고 아무 일이 없었던 것처럼 지내려 해도 불쑥불쑥 그렇게 터져
나오는 그 문제에 이르면 내 마음은 다시 지난해 여름 우리의 짧
은 별거 때로 돌아가곤 했다. 차라리 그때 거기 내려간 김에 아예
그곳에서 어머니와 함께 눌러 살지 올라오긴 왜 올라왔느냐는 식
으로. 언제부턴가 아내에게도 그 일이 아내 자신도 모르는 사이

에 어떤 아킬레스건이 되어가고 있었고, 나 역시 다른 일로도 화
가 나면 대놓고 공격을 하듯 그 일을 입에 올렸다. 단지 그간 우
리는 그 일에 대해 서로 조심하고 있었을 뿐이었다. 그러다 억지
로 막고 있는 물이 넘칠 만큼 넘치게 되면 그 둑의 제일 약한 부
분을 뚫고 나오듯 나는 그 이야기를 꺼냈고, 아내는 그런 내 모습
에 속수무책으로 어쩔 줄 몰라 했다.

한번 그런 식으로 다시 어색해진 우리 사이는 연말에 내가 방
송국 촬영 팀을 따라 강릉으로 내려갈 때까지도 계속 이어졌다.

"전에는 출연하시는 선생님 혼자 작품 무대를 둘러보고 설명하
고 했는데, 좀 썰렁한 느낌이 들어 이번 선생님 때부터 독자와 함
께 떠나는 여행 식으로 바꾸기로 했습니다. 그래서 저희가……."

촬영팀과 합류하기 위해 방송국으로 나갔을 때 피디는 그 프로
에 함께 출연할 어느 대학 국문학과 3학년에 재학 중인 한 여학생
을 소개시켰다. 처음 보는 얼굴인데도 어디선가 많이 본 듯한 얼
굴이었다. 아니, 내가 살아온 길 위 어디에선가 꼭 한번 만난 것
같은 얼굴이었다. 그때는 그냥 그런 정도의 느낌이었다.

"저희들은 크게 나누어 우선 세 군데를 찍을 생각입니다. 우선
작품 무대가 되는 강릉과 수색, 그리고 선생님 댁으로요."

"생각보다 해야 할 데가 많군요."

"그렇습니다. 방송 일이라는 게 보기보다 그렇게 소모적이기
도 하고……."

"소모적이라서가 아니라 내 생각엔……."

나는 피디보다 방금 피디가 인사를 시킨 여학생의 눈치를 살피
며 작품 무대 쪽만 찍고 집에서 찍는 건 생략하자고 했다. 다시

수색 쪽으로 흘러 아내와 서먹해지고 있는 집안 분위기 때문이었다.

"그래도 가족들도 좀 나오고 해야 되지 않겠습니까? 그 작품은 어떻게 보면 집안 자체가 배경일 수도 있는데……."

"그래도 집안을 공개하는 건 왠지……."

"가끔 그렇게 말씀하시는 분들이 있는데 저희들의 욕심은 그렇습니다. 이왕 찍는 것 꼭 작품 무대가 아니더라도 작가의 집하고 가족들도 몇 컷 소개하고 싶고. 또 선생님이 책상에서 작업하는 모습도 담아야 하고……."

"그거야 아무 데서나 컴퓨터만 열어놓고 두드리면 되는 거니까. 곧 그만둘 거긴 하지만 먼저 다니는 사무실에 가서 해도 되고……. 요즘 집안이 좀 그렇습니다. 아내 몸도 좋지 않고, 또 그런 데 나오는 거 별로 좋아하는 성격도 아니고 해서……."

"그럼 그건 일을 해나가면서 생각을 하고 우선 강릉으로 내려가도록 하죠. 집안을 찍는 건 강릉 걸 찍고 와서 수색 걸 찍을 때 찍을 건지 말 건지 다시 얘기하기로 하고요."

강릉에 가서도 내내 무거운 마음이었다. 뭔가 서울에 다 마무리짓지 못한 일을 두고 온 느낌처럼 고향에 내려와서도 편하지가 않았다. 아내에겐 강릉으로 떠나는 아침에야 내려가면 그곳에서 하루 자고 올라올 것 같다는 이야기를 했다. 아마 그곳에서 이틀간 이것저것 찍을 것 같다고. 아내는 걱정스러운 얼굴로 그럼 아버지와 어머니가 계시는 본가까지도 가서 찍을 거냐고 물었고, 나는 그렇게까지야 할 수 있겠느냐고 말했다.

"그러세요, 그럼."

가방을 내주며 문 앞에서 어두운 얼굴로 말했다. 아마 전날 저녁이든 그보다 미리 이야기를 했다 해도 아내는 같은 얼굴을 지었을 것이다. 다시 집안에 흐르는 공기가 그랬고 집안에서 느껴지는 분위기가 그랬다. 아이는 아직 일어나지 않은 듯했다.

집을 나설 때 이렇게 훌쩍 며칠 그것을 핑계 삼아 바람이라도 쐬고 오면 한결 낫겠지 생각했었는데, 무거운 마음은 강릉에 가서도 마찬가지였다. 일 때문에 자주 내려오지도 못하는 고향에 오랜만에 내려와서도 고향에 내려왔다는 느낌이 들지 않았다. 아주 낯선 곳에 또 다른 일 때문에 내려온 듯한 심정이었다.

저녁에 가볍게 한잔하자던 술이 생각보다 몸에 잘 받지도 않았고, 또 받지도 않는데 취할 만큼 많이 마신 것도 아마 그런 기분 때문이었을 것이다. 낯선 곳에 낯선 사람들에게 끌려 내려온 기분 그대로 술을 마셨고, 또 금방 술기운이 오르는 것 같았다. 고향에 와서도 다른 사람들과 마찬가지로 여관에서 잠을 잔다는 것도 그런 기분을 더하게 했는지 모른다.

"선생님은 댁에 전화하지 않으셔도 됩니까?"

술을 마시던 중 젊은 에이디가 그렇게 말을 해서야 나는 카메라맨이고 카메라 보조고 다들 중간 중간 일어나 서울 집으로 전화를 거는데 나만 혼자 그렇게 엉덩이를 붙이고 앉아 있다는 걸 알았다.

"뭐 며칠이나 있을 거라고⋯⋯."

"그래도 어디 그렇습니까?"

"그쪽은 신혼이고 우리는 구혼이니까."

그러면서 나는 조금은 쓸쓸하게 웃었다. 방금도 젊은 에이디가 이야기 중 전화를 좀 걸고 오겠다는 말을 그렇게 한 것이었다. 정말 왜 이 일로 내가 아내에게 전화 한 통조차 마음 편하게 걸 수 없게 되었는지 모를 심정이었다. 억지로라도 걸면 못 걸 것은 없겠지만 걸고 나면 또 아내의 가라앉은 목소리를 듣고 난 다음 내 마음도 그렇게 더 우울하게 가라앉고 말 것 같았다. 촬영 중에도 낯선 일을 한다는 생각이었지 수색이거나 그 엄마 생각을 하지 않았는데도 그랬다. 그런데도 아내와 나는 언제부턴가 다시 수색으로 가고 있는 것이었다.

아침에 피디는 작품의 직접적 무대가 되는 본가로 가서 찍었으면 좋겠다고 말했지만 나는 그것만은 할 수가 없다고 말했다. 아들이 무얼 찍으러 온 것인지 모르는 어른들이야 당장 텔레비전 카메라 앞에 선 아들의 모습을 출세한 아들의 모습을 바라보듯 흐뭇하게 여기겠지만, 어쨌거나 뒤의 일들은 그런 어른들에 대해 더없이 잔인해질 수도 있는 것들이었다.

그래서 내가 자란 본가가 있는 마을이 아닌 다른 동네를 찾아가 그 동네 입구에서부터 바다까지 나가며 함께 출연하는 학생과 이런저런 이야기를 주고받는 것으로 그것을 대신했는데, 학생의 질문에 대해 내가 하나하나 작품 배경과 관련해 대답해 나가는 식이었다. 그때에도 나는 수색이거나 어린 시절 가슴 아프게 헤어진 그 엄마 생각보다 서울에 혼자 남아 이 일을 걱정할 아내 생각을 했었다. 왜 우리가 다시 수색으로 가게 되었나. 그 엄마의 수색이 아니라 우리의 수색으로. 불편하면 불편할수록 더 착실하게 서로를 감싸 안아야 한다는 것을 알면서도. 한때는 잠시 동안 외출을 했다가도 집으로 돌아갈 때면 그게 늘 기쁨이고 했는데.

꼭 신혼 때가 아니더라도…….

서울로 돌아와 방송국 사람들과 늦은 저녁을 먹고 집으로 들어오던 택시 안에서도 그랬다. 내가 세상의 모든 고민을 하듯 무거운 얼굴을 하고 있어서인지 방송국에서 집 쪽으로 오는 다리를 건너는 동안에도 여러 차례 택시 기사가 내 얼굴을 살폈고, 나는 전화를 좀 걸어도 되겠느냐고 물었다.

"예, 그러십시오."

택시 기사가 한 손으로 운전석 바로 옆에 고정되어 있는 전화기를 떼어 뒷좌석으로 넘겼다. 나는 전화기 상단의 붉은 버튼을 누르고 나서 지역 번호를 포함해 아홉 자리의 집 전화번호를 눌렀다.

"여보세요."

짧은 한마디를 하는데도 아내의 목소리는 터널 속의 통화처럼 낮게 가라앉아 있었다.

"나야."

어쩔 수 없이 나도 낮게 목소리를 깔아 말했다. 그러면서 이러자고 전화를 거는 게 아닌데 하는 생각을 했다.

"어디예요?"

"여의도에서 택시를 타고 다리를 건너고 있어."

"일은 다 끝났어요?"

"내일도 계속할 모양이야. 오늘 강릉선 끝내고."

"지금 집으로 들어오는 거예요?"

"그래."

묻는 것도 그랬고, 대답하는 것도 그랬다. 아마 다른 부부들이라면 너무도 당연한 것을 두고 그렇게 묻고 그렇게 대답하지 않았을 것이다. 짧은 물음과 짧은 대답 속에서이지만 나는 어쩌다 우리가 다시 그런 식의 말을 주고받는 사이가 되었나 하는 생각을 했다.

"상인이는?"

갑자기 생각난 것처럼 아이에 대해 물은 것도 먼저 주고받은 그런 느낌의 말들을 덮기 위해서였을 것이다. 그러나 이어 나온 아내의 대답 역시 키보다 짧아 발이 나오는 이불처럼 인색했다.

"자요."

그러면 더 할 말이 없었다.

"그럼 들어가서 보지."

나는 전화기의 뚜껑을 닫아 기사에게 건넸다. 어제 저녁 강릉에서 전화를 걸어도 이랬을까. 그러면서 나는 잠시 전 방송국 사람들과 식사를 했던 곳이 여의도였다는 데 생각이 미쳤고, 언제가 「꿈을 찍는 사진관」을 보내 온 그 독자 편지의 봉투에 찍힌 소인이 여의도였다는 것에 다시 생각이 닿았다. 그러고 보니 같은 서울 안인데도 참으로 오랜만에 그 다리를 건너왔다가 다시 건너간다는 생각이 들었다. 그 편지를 받은 게 언젠데. 이제 나는 안다. 그걸 보내준 당신이 누군지…….

"최근 발표하시는 '수색 시리즈'를 쓰시면서 정말 전화를 그렇게 많이 받으셨는가 봐요."

강릉에서 잠시 촬영을 쉴 때 함께 출연한 학생도 그것을 물었다.

"문예지에 발표하는 원고니까 많이 오는 건 아닌데 가끔……."

그 얘기를 할 땐 생각나지 않던 편지가 서울로 돌아온 다음 여

의도에서 마포 다리를 건너는 동안 다시 머릿속에 떠올랐던 것이
었다.

　다음 날 수색에서 촬영을 할 때에도 그랬다. 촬영 팀은 작품 속
에 나오는 독자가 전화로 말한「꿈을 찍는 사진관」같은 분위기
의 이발소를 찾기 위해 그곳의 이곳저곳을 둘러보았지만 처음부
터 그런 곳은 없는 듯했다. 아니면 두 번째 작품을 읽고 내게 전
화를 걸었던 그 독자만 혼자 알고 있는 그런 곳이 있거나. 서울의
다른 외곽과 마찬가지로 그곳 역시 그냥 서울의 한 주변일 뿐이
었다. 이제 새롭게 눈에 보이거나 보일 어떤 무늬가 있는 것도
아닌.

　"그때 전화가 왔을 때 한번 가보지 그랬습니까?"

　오히려 아쉬워하는 건 담당 피디였다. 그리고 함께 출연하는
학생도 그걸 좀 아쉬워하는 눈치였다.

　"대개 전화를 걸면 어떻게 거는데요?"

　쉬는 시간 학생이 물었다.

　"그냥 거는 거지. 다른 집 전화를 걸듯이 번호판을 눌러서."

　"그렇게 말고요."

　"그럼 번호판도 안 누르고 전화를 걸어?"

　"아뇨, 그런 얘기가 아니라 그렇게 전화를 거는 사람들은 작가
선생님한테 어떤 이야기들을 할까 궁금했었거든요. 선생님 그 작
품을 읽고 나서도."

　"그럼 학생도 한번 전화를 걸어봐. 무슨 얘기를 할지는 전화를
걸면서 생각하면 될 테고."

　이번 촬영까지 포함한다면 나는 수색에 세 번 나오는 셈이었

다. 아주 어린 시절 어른들이 나누는 말 속에 얼핏 새엄마가 서울 어딘가에 있는 수색이란 곳에서 살다가 아버지에게 온 것이라는 이야기를 들었고, 삼십 년이 흐른 후 나는 그런 내 먼 기억 속에 예전 새엄마가 살았다는 수색을 떠올리고, 그 수색에 대한 느낌들과 아버지와 새엄마의 관계, 아버지와 어머니의 관계, 그리고 어머니와 새엄마의 관계, 그 속에서 새엄마가 여러 형제 중 유독 나에게만 정을 쏟게 되었던 이야기들을 이제는 내 마음속에 무늬처럼 언뜻언뜻 떠오르는 대로 하나하나 정리해 나갔던 것이었다. 그러면서 그 이야기 중간에 이상한 형태의 별거로 서먹해져 있는 나와 아내와의 관계를 복선으로 깔았다.

"그런데 저도 그걸 읽으면서 궁금한 게 있었어요."

방송 팀이 간신히 찾은 수색역 앞의 조금은 허술한 이발소 앞에서 카메라를 들이댔을 때 학생이 물었다.

"뭐가?"

삼 일째 촬영이어서인지 이젠 나도 학생도 전혀 카메라를 의식하지 않고 작품 속의 이야기를 주고받았다.

"이게 정말 선생님 이야긴가 아닌가 하는 거요."

"내 이야기든 아니든 중요한 건 그렇게 쓰고 나면 그게 하나의 소설이 된다는 거지. 작가의 옛 기억이라든가 내면의 단순한 고백이 아니라."

"전 그 작품을 읽으면서 선생님의 옛 기억에 대한 부분보다 현재의 이야기가 더 사실처럼 들렸어요."

"현재의 이야기?"

"그러니까 사모님하고 현재 어떤 특별한 원인도 없이 불화를 겪고 있다는 부분의 이야기가요. 작품 속엔 몇 달 별거하는 이야기도 나오고…….”

“잠깐만…….”

학생의 말에 나는 손으로 허공에 가위표를 그리며 피디를 돌아다보았다.

“왜 무슨 문제 있습니까?”

카메라 뒤에 섰던 피디가 다가오며 물었다.

“예. 이 부분이 좀…….”

“어느 부분 말씀입니까?”

“조금 전 학생이 물었던 것부터 다시 했으면 싶은데요. 아내하고 지금 어떤 특별한 원인도 없이 불화를 겪고 있는 게 사실이 아니냐고 묻는 얘기 말입니다. 작품 속에 별거 이야기가 나오는 것도 여기서 찍는 대화에서는 뺐으면 싶고…….”

“그럼 작품에 쓰신 게 사실인 모양이군요?”

“사실이어서가 아니라…… 그런 이야기가 전파를 타면 좀 그렇잖습니까? 나중에 집에서 아내하고 같이 보더라도 좀 어색할 테고…….”

피디는 웃으면서 농담처럼 물었지만 나는 조금은 붉어진 얼굴로 대답했다.

“그럼 다시 하죠. 학생, 그 얘기는 빼고 그냥 편하게 작품을 쓰는 동안 이곳 수색엔 여러 번 나와봤느냐는 식으로 묻지. 그럼 되겠지요?”

“예. 그렇게 합시다. 미안해, 학생. 애쓰게 했는데…….”

“아니에요.”

학생은 자기가 무슨 큰 잘못이나 실수라도 한 듯 어쩔 줄 몰라 했다.

"그건 나중에 카메라 대지 않을 때 얘기를 하자구."

그리고 나는 다시 학생과 함께 처음 카메라를 댔던 자리로 돌아갔다. 거기서 처음 시작은 내가 앞쪽의 이발소를 가리키며, 나한텐 저게 사진관으로 보인단 말이지, 하는 것이었다.

그런 식으로 수색에서의 촬영도 점심 시간이 조금 지났을 때 끝이 났다. 그것을 찍는 동안 나는 처음에 말했던 것처럼 집 안을 찍는 건 하지 않았으면 좋겠다고 말했고, 잠시 전의 일로 어떤 감을 잡았는지 피디도 선생님이 정 그러시면, 하고 지금까지 찍은 걸로만 편집을 해도 충분히 그림이 나올 것 같다고 말했다. 그러면서 사십 분짜리 프로그램의 이십 분가량을 채울 대담은 내일이라고 말했다.

"아까는 죄송했어요, 선생님."

방송국 팀이 장비를 챙겨 돌아간 다음 둘만 남은 수색의 한 다방에서 학생이 말했다. 아마 아까 일이 없었다면 학생도 바로 촬영 팀을 따라 시내로 들어갔을 것이었다. 일을 다 마치고 난 다음 방송국 팀이 장비를 챙길 때 나는 피디에게 집이 여기서 멀지 않으니 바로 들어가겠다고 말했고, 그러자 학생도 잠시 무언가를 생각하더니 자기도 이곳에서 버스를 타고 들어가겠다는 말로 내 옆에 남은 것이었다. 학생은 꼭 그 말을 해야 한다고 생각했던 것인지도 모른다.

"아니, 내가 미안했어. 학생한테."

"그냥 저도 모르고 물어봤어요. 카메라가 앞에 있는데도 그게 방송에 나갈 거라는 생각도 않고 그냥 선생님 작품을 읽은 대로……."

"아니, 괜찮아. 그걸 발표하고 나서 누구나 제일 먼저 알고 싶은 게 그것이고 또 묻는 게 그거였으니까. 함께 소설 쓰는 친구들도 그걸 묻고, 소설 쓰는 여자 후배들도 그것부터 묻고. 그래서 내가 더 민감하게 생각하고 있는 것인지도 모르고."

"죄송해요, 선생님."

"그런데 학생 소설 공부하고 있나?"

"아니에요."

짧은 대답을 하면서도 학생은 여전히 아까의 일이 신경 쓰이는 모양이었다.

"참 아까 학생이 물었던 것 지금 대답해 줄까?"

"아니에요, 선생님."

그렇게 대답하는 건 그게 보기보다 미묘한 문제라는 것을 나이 어린 학생도 이제는 안다는 뜻이었다.

"그럼 이제 내가 몇 가지 물어도 될까? 지금까지는 학생이 내게 물었으니까."

"예."

"다른 작가의 글도 내 글 챙겨 읽듯이 그렇게 챙겨 읽나?"

"사실은……."

그러면서 학생은 앞에 놓인 주스 컵을 입으로 가져갔다. 그러고보니 처음 강릉에 갔을 때부터 학생은 차를 마실 때 한 번도 커피를 시키지 않은 것 같았다. 그리고 나는 그때마다 열이면 열 번다 커피를 시키곤 했다. 꼭 그 뒤에 아무것도 타지 말고, 하는 말을 붙여서.

"저보다 언니가 선생님 작품을 많이 읽어요. 제가 선생님 작품을 거의 다 읽은 것도 그런 언니가 옆에 있어서인지 모르고요. 언니도 다른 분의 작품은 그렇게 열심히 챙겨 읽지 않는데 선생님 작품은 이상하게 잘 챙기구요."

"언니?"

"예. 말씀을 안 드렸는데 사실은 이 프로그램에 나오게 된 것도 언니 때문이었구요."

나는 무슨 말인지 얼른 이해가 가지 않았다. 이번엔 내가 반쯤 남은 커피를 입으로 가져갔다.

"말씀을 안 드렸는데, 제일 위의 언니가 방송국에 다니고 있어요. 그런데 며칠 전 이런 프로그램이 있는데 한번 나가보지 않겠느냐고 물어서 그동안 저도 작품을 읽고 했으니까 나가보겠다고 말했던 거구요."

"언니가?"

"언니가 아나운서실에 있어요."

하마터면 나는 거기서 그 언니의 이름을 댈 뻔했다. 처음 유서아 아나운서가 전화를 걸어왔을 때, 이제 나는 내게 「꿈을 찍는 사진관」 복사본을 보내준 당신이 누군지 안다고 했던 바로 그 여자의 이름을. 방송국에서 처음 만나 피디가 학생을 소개할 때 분명 처음 보는 얼굴인데도 내가 살아온 길 위 어디에선가 꼭 한번 만난 것 같은 느낌으로 겹치게 하던 그 여자의 이름을.

그런데도 첫날 강릉 촬영을 마치고 저녁을 먹을 때 젊은 에이디가 유서아 아나운서가 추천한 학생이라고 말해 얼굴도 그렇고 이미지도 그렇고 닮아도 참 많이 닮았다는 생각만 했었다.

"유서아 아나운서가 소개했다고 하지 않았던가?"

"예. 유서아 아나운서가 아나운서실에서 이번 프로그램에 대해 어디 출연할 만한 학생이 없느냐고 다른 아나운서들에게 그냥 지나가는 말처럼 물었는가 봐요. 신분이 학생이어야 하고, 또 선생님 작품을 어느 정도 읽고 이해하는 사람이었으면 좋겠다면서. 그래서 언니가 저한테 출연할 생각이 없느냐고 했던 거구요."

"그래?"

"처음엔 자신이 없어 싫다고 하다가 다음 날 방송국에서 언니가 다시 전화를 해서 그럼 하겠다고 했어요. 저도 선생님을 한번 뵙고 싶었고요."

어쩐지 첫날부터 함께 문학 여행을 떠날 파트너를 제대로 골라 온 듯하다는 느낌이 들었었다. 그런데 피디와 에이디는 왜 거기에 대해서 아무 말도 하지 않았던 것일까. 우리 회사 어느 아나운서 동생입니다, 하는 말 정도는 얼마든지 해줄 수 있는 것인데 첫날 사람을 소개하면서도 피디는 그냥 길가 아무 곳에서나 불러온 사람처럼 그냥 학교와 이름만으로 학생을 소개했던 것이었다.

"난 전혀 몰랐군. 그런 걸."

"저도 촬영하는 동안엔 일부러 얘기하지 않았어요. 언니가 그 얘기는 하지 마라고 해서. 아마 언니가 유서아 아나운서한테도 그렇게 부탁했을 거예요."

"그랬구만. 며칠 동안 애썼어. 재미도 없는 작품 가지고 이야기를 하느라고."

"아니에요, 선생님. 즐거웠어요. 또 많이 배운 것 같다는 생각도 들고요."

몇 마디 더 학생과 이런저런 이야기를 주고받다가 나는 이제 일어서자고 말했다. 촬영 때문에 그동안 써야 할 원고들이 많이 밀렸다고. 그러면서 나는 지나가는 말처럼 언니의 나이가 어떻게 되느냐고 물었고, 결혼은 했느냐고 물었다. 학생은 서른넷이라고 했고, 아뇨, 아직, 이라고 말했다. '강소천의 「꿈을 찍는 사진관」 복사본 재중' …….

십 년도 넘게 오래전, 내가 군에서 제대를 해 막 복학을 하고 그 여자가 3학년이었을 때 잠시 연애 비슷한 감정으로, 아니, 연애 비슷한 감정이 아니라 바로 그 자체의 연애 감정으로 서로 몇 번 만나다 이렇다 할 어떤 뚜렷한 일도 없이 헤어진 다음(그래, 왜 이유가 없겠는가. 그때 나는 다시 휴학을 하고 이곳저곳 떠돌아다녔던 것 같다.), 그로부터 사 년인가 오 년인가 지나 문단 말석에 얼굴을 내밀고 첫 장편소설을 발표했을 때 딱 한 번 그 여자의 전화가 왔었다. 그때 여자는 방송국에 있다고 말했고 내게 결혼을 했느냐고 물었다. 나는 결혼을 했다고 말했고, 같은 말을 묻는 게 쑥스러워 지금도 그때처럼 이쁩니까, 하고 물었다. 여자가 무어라고 대답했는지는 생각나지 않는다.

그 여자의 동생과 헤어진 다음 그날 저녁 나는 늦게 집으로 들어갔다. 정직하게 말하자면 참 여러 마음이었다. 우선 내일 남은 부분의 대담을 하러 나갈 때 유서아 아나운서 편에 내 손으로 책이라도 몇 권 전해야겠다고 생각했고, 언제 시간을 내 한번 찾아보아야겠다고도 생각했다. 그리고 그때 내가 지금도 그때처럼 이쁘냐고 물었던 말에 그 여자가 어떻게 대답을 했는지 떠오르지 않는 기억을 떠올리려고도 애를 쓰기도 했다. 불과 몇 시간 전 수색에서 돌아온 다음, 몸은 그렇게 집으로 돌아왔지만 내 마음속은 예전 아버지와 그 엄마의 수색이 아니라 내 마음속의 또 다른 수색으로 어떤 물빛 무늬를 이루며 흐르고 있었고, 나는 그런 내 감정을 속이려 하지 않았다. 어느 만큼 술을 마시고 집으로 들어갈 때만 해도 내 마음은 그랬다. 흘러도 그 짧은 시간 내 마음은 이미 흐를 대로 수색으로 흐르고 있었다.

그러나 다음 날 나는 빈손으로 방송국으로 나갔다. 아니, 전날 그 짧은 시간에도 내가 수색으로 흐를 대로 흐르고 있는 마음을 안고 집으로 들어왔을 때, 내 눈앞에 펼쳐져 있던 우리 집 늦은 저녁 풍경을 이야기하는 게 순서일 것 같다.

내가 들어올 때 문을 열어주고 나서 아무 말 없이 다시 거실 소파 쪽으로 가 앉는 아내의 눈가에 나는 취한 눈에도 어떤 물기 같은 것이 어려 있는 것을 보았다.

"왜 그래? 또……."

방송 출연 이야기가 나오고 나서부터 우리 사이에 다시 묘하게 흐르기 시작하던 '수색' 분위기만으로 그러는 게 아닐 거라는 걸 느끼면서도 나는 거친 짜증처럼 그렇게 말했다.

"오늘 상인이가 태권도 체육관에서 썰매장 갔다 왔잖아요."

그 얘기는 아침에 나갈 때 들었다. 아침 일찍 한나절 버스를 타고 어디 가까운 데 다녀온다고.

"그런데?"

"일찍 돌아왔더라구요. 그러고는 하루 종일 말도 안 듣고 베란다에 나가 호스로 아래 다른 집 차들 주차해 놓은 데다가 물을 뿌리고…….”

“그런 거야 못하게 야단을 치면 되지.”

“내가 은행에 간 동안에 그래 놓은 걸 어떻게 말려요. 그러니
까 내가 돌아올 때 동네 여자들이 와서 막 뭐라고 그러고.”

“그래서?”

“속이 상해 많이 혼을 했어요. 매도 많이 대고…….”

“애들이 다 그렇지. 야단 듣기도 하고 맞기도 하면서 크는 거고.”

“그랬더니 혼자 흐느껴 울더니 저녁에 밥도 먹지 않고 그냥 자
잖아요.”

“그래서 지금 혼자 그러고 앉아 있는 거야?”

“아뇨. 그래서 그런 건 아니고…….”

“그럼 또 뭐?”

“그러고 자는 걸 보니 마음이 안 좋아서 방에 들어가 봤더니
상인이가…….”

그러면서 아내는 다시 훌쩍이듯 눈물을 흘리며 쥐고 있던 손을
펴 보였다. 어른 손가락에 들어갈 만큼 크고 굵은, 금도금을 한
반지 두 개가 아내의 손안에 쥐어져 있었다.

“한쪽 손 주먹을 꼭 쥐고 자길래 펴보았더니…….”

“그게 뭔데?”

“아침에 거기 가서 뭘 사 먹고 싶은 것 사 먹으라고 이천 원을
주었거든요. 그랬더니 뭘 사 먹지 않고 엄마 아빠 주겠다고 이걸
사가지고 왔는가 봐요.”

그런데도 낮에 잘못한 일로 혼난 다음 그걸 어른 앞에 내놓지
도 못하고 그냥 그렇게 손안에 꼭 쥐고 잠든 아이를 보자니 아내

는 또 아내대로 마음이 아팠다고 했다.

"애를 애답게 키우지 않으니까 그러지. 남의 차에다 대고 물장난하는 게 애라구. 어른 주겠다고 그런 걸 사 오는 게 애가 아니라……."

나는 그것까지도 당신이 잘못하는 것이라는 식으로 퉁명스럽게 말했다.

"아뇨, 그래서 그런 게 아니라 며칠 전 상인이가 나한테 묻더라구요. 당신한테 말은 안했는데 엄마 아빠는 손에 반지를 안 껴서 자꾸 싸우느냐고……."

아내는 또 눈물을 흘리며 말했다.

"반지 줘봐."

아내가 손을 펴 내밀었다.

"아니, 하나는 당신이 끼고……."

그날 우리는 그 반지를 끼고 잤다.

다음 날 방송국에 가서도 나는 유서아 아나운서에게 그 여자에 대해서는 한마디도 하지 않았다. 처음 그 여자에게 주어야겠다고 생각한 책도 들고 나가지 않았다. 그러다 녹화를 끝내고 유서아 아나운서가 먼저 그 여자 이야기를 할 때에도 그랬다.

"우리 방송국 아나운서실에 선생님의 열렬한 팬이 한 명 있어요. 이번 프로그램에도 왜 선생님을 빨리 하지 않느냐고 저한테 막 조르고…… 그래서 제가 피디 선생님한테 선생님 말씀을 드렸던 거예요. 선생님은 누군지 궁금하지 않으세요?"

나는 대답하지 않았다. 아니, 그 말엔 대답하지 않았지만 일을 끝내고 나올 때 꼭 한마디만 물었다.

“나이가 많다면서 아직도 이쁩니까?”
그 여자…….
내 마음속 수색 저편의…….

수색, 어머니 가슴속으로 흐르는 무늬

1

"가만있어라. 이게 어디로 갔는지 모르겠네."

아버지는 뭔가 이해할 수 없다는 얼굴로 밑에 깐 낡은 군용 담요의 한쪽 귀를 걷어 아래를 살폈다. 아침에 아이가 뚫어놓은 창호지 문 구멍을 통해 들어온 겨울 햇빛 사이로 부산스레 먼지가 솟아올랐다. 그 모습이 꼭 그 부분에만 먼지가 있는 것처럼 보여 마치 먼지 하나 없이 깨끗한 방에 그런 먼지를 가득 담은 햇빛 투명관을 문 구멍을 통해 비스듬히 방 안에 걸쳐놓은 것같이 보였다.

"참, 귀신도 모를 조화라더니 이걸 두고 하는 얘긴갑네……."

아버지는 다시 화투를 간추려 들고선 담요의 다른 쪽 귀를 들고 아래를 살폈다. 아까보다 더 요란스레 먼지가 솟아올랐다. 먼지들은 빠른 속도로 관처럼 생긴 햇빛 속으로 빨려 들어갔다간 이내 흔적도 없이 위쪽으로 사라지곤 했다. 그때 나는 윗목 벽에 기대 앉은 채 서울에서 가지고 내려간 어느 재(在)캐나다 작가의 소설을 읽고 있었다. 서울에서도 여러 번 읽다가 여러 번 덮어두었던 책이었다. 나는 어른이 무얼 찾는 옆에서 그냥 책에 눈을 두기가 뭐해 그것을 가만히 무릎 위에 내려놓았다.

"무얼 찾으시는데요?"

"화투 한 장이 없어졌어야."

"어디 담요 사이에 끼었겠지요."

나는 그거야 늘 그럴 수 있는 일이잖아요, 하는 얼굴로 말했다.

"그런데 암만 찾아도 없으니 하는 얘기지. 조금 전까지도 짝이 맞던 게 그새 어디로 달아났는지……."

"그럼 상인이 손을 탄 모양이네요."

아침을 먹고 난 후에도 아이는 딱지놀이를 한다면서 그걸 만지며 같은 그림들을 골라내곤 했다. 어른들이 말리면 잠시 쉬었다간 다시 틈을 봐 손을 그쪽으로 가져가곤 했다.

"방금 전에도 내가 짝을 맞춰봤는데 뭘."

"그럼 그게 어딜 가겠어요?"

"그러니 귀신이 곡할 노릇이라는 거지. 여기 그대로 둔 물건이……."

아버지는 화투를 한쪽 옆으로 치우곤 네 겹으로 접은 담요의 양쪽 귀퉁이를 잡고 흔들었다. 담요가 흔들릴 때마다 중간에서 잘라졌다 이어졌다 하는 햇빛 속으로 먼지만 더 요란스럽게 일 뿐 아버지가 찾는 화투는 나오지 않았다. 아버지가 엉덩이를 붙이고 앉았다가 무릎을 들어본 자리도 마찬가지였다.

"거 참 모를 일이로세."

"따로 어디 있겠지요. 구석에 들어갔거나…….."

"이거야 원 발이 달린 짐승도 아니고."

아버지는 다시 큰 책갈피 속을 살피듯 담요 귀퉁이를 한 장 한 장 들치면서 안으로 깊숙이 손을 넣어 쓰다듬었다. 그런 아버지 옆에서 책을 더 볼 생각도 또 계속 그럴 자리도 아닌 것 같아 나는 무릎 위에 놓았던 책을 조심스럽게 옆으로 밀쳐두었다.

"뭐가 없어졌는데 그러세요?"

"흑싸리 껍질 하나가 달아났어야."

"나중에 어디서 나오겠죠 뭐."

"아주 없어진 게 아니면 나오기야 하겠지만…… 니가 치운 건 아니지야?"

"제가 왜 치워요, 그걸…….."

"하긴…….."

묻고 나서 아버지도 좀 그런 것 같았고, 대답하고 나서 나도 좀 그런 것 같았다. 이제 내일모레면 마흔이 다 되어가는 자식에게 화투 한 장 어디 치우지 않았느냐고 묻는 아버지와 그런 아버지에게 웃음 속에서도 은연중 정색을 하듯 그걸 내가 왜 치우겠냐고 대답하는 아들의 대화라는 게. 그리고 시골집 안방에서 아랫목에 담요를 깔고 혼자 화투로 재수 점을 떼고 있는 아버지와 그 옆에 책을 들고 앉아 있는 아들이 그려내는 늦은 겨울 한낮 풍경이라는 게. 처음부터 부자연스러운 그림은 아니었겠지만 화투 한 장이 없어지고 난 다음 그런 이야기까지 나누고 보니 어떻게 그런 모습으로 부자가 한방에 앉아 서로 말도 없이 다른 일에 열중

할 수 있었을까 싶게 옆에 밀쳐둔 책까지 아버지에게 민망스러워 보이는 것이었다. 더구나 잠시 전까지 들고 있던 책의 제목이라는 게 '죽음의 한 연구'이고 보면 내용이야 그것과는 또 다른 것이라 하더라도 나로선 더욱 그런 마음이 드는 것이었다.

"남는 것 한 장 없어요?"

그렇게 물은 것도 아버지가 떼는 재수 점에 흥미를 느껴서라기보다는 내 스스로 느끼는 민망함을 가리기 위해 일부러 찾아 물은 말이었다. 화투가 꼭 마흔여덟 장인 것은 아니니까. 어떤 상표의 화투든 '다이아몬드표'라든가 '승리표' 같은 또 한 장의 화투가 그 위에 얹혀 있으니까. 그리고 마흔여덟 장 중 어느 것 하나가 없어졌을 때 그것처럼 요긴하게 쓰이는 것도 없으니까. 또 아주 어렸을 때부터의 경험으로도 그건 솔광에서부터 비껍데기까지 이게 무엇이다, 하고 정하기만 하면 되는 거니까.

"있긴 하지만 옳게 된 것으로 뭘 좀 알아보려니 그러지."

아버지는 '재수 점'이라고 하지 않고 '뭘 좀 알아보려는 것'이라고 말했다. 전에도 별 차이 없이 그렇게 말했는지 모르지만 그 말이 내겐 이상하게 그냥 재수 점이라면 남는 것 한 장으로 짝을 맞추어 떼어봐도 되지만 '뭘 좀 알아보려는 것'은 제대로 짝이 맞는, 그러니까 '옳게 된 것'으로 떼어봐야 한다는 말처럼 들렸다. 그래서 남는 것 한 장이 있긴 하지만 그것으로 짝을 맞추지 않고 없어진 화투를 찾고 있다는 뜻으로.

아버지는 그것이 혹시 주머니로 흘러들어가지 않았나 싶은지 앉은 채로 양손으로 바지 주머니를 뒤졌다. 한쪽 주머니에선 빈 손이 나왔고, 다른 한쪽 주머니에선 낱장으로 반씩 접은 천 원짜리 몇 장과 만 원짜리 몇 장, 그리고 역시 반으로 접은 흰 봉투 두 개가 나왔다. 아버지는 그렇게 꺼낸 돈과 봉투를 한 장 한 장 다른 손으로 옮겨 살피곤 다시 한 장 한 장 이쪽 손으로 옮겨 그것을 원래 있던 주머니 속에 넣었다. 손놀림이 느려서인지 그런 아버지의 모습이 잠시 전보다 더 늙고 쓸쓸해 보이는 것 같았다. 하기야 우리가 한 살 한 살 나이를 먹으며 성장하는 사이 아버지 역시 그렇게 나이를 먹어 일흔 고개를 다 다가서고 있었다. 정확하게 예순여섯이던가 일곱이던가, 아버지의 나이를 계산할 때 나는 아버지의 지난해의 나이에 한 살을 더하는 것이 아니라 언제나 내 나이에 우선 서른을 더하고 거기에서 다시 두 살을 빼곤 했다. 아마 그런 계산법은 다른 형제들도 비슷할 것이었다. 내 나이에 얼마를 더하면 아버지의 나이가 된다, 하는 식으로. 그건 어머니의 나이를 계산할 때에도 마찬가지였다. 어머니는 내 나이에 서른을 더하고 네 살을 빼면 되었다. 처음부터 스물여덟을 더하거나 스물여섯을 더하는 것이 쉽지 않아 어렸을 때부터 우선 서른을 더하고 거기에서 둘을 빼거나 넷을 빼던 것에 익숙해져 지금도 두 분의 나이만큼은 꼭 그런 식으로 계산을 했다.

"참 희한도 한 노릇이다."

사실 그때쯤 나는 아버지의 얼굴에서 어떤 일말의 불안 같은 것을 읽어냈어야 했다. '옳게 된 것'으로 '뭘 좀 알아보려' 한다고 할 때 그 말에 대한 의미만큼이나 주의 깊게 아버지의 얼굴을 살폈다면 그것을 읽어냈을 것이다. 그러나 나는 갑자기 더 늙고 쓸쓸해 보이는 아버지의 모습에만 신경 쓰느라 미처 그것을 읽어내지 못했다. 나이가 들면 모든 일이 저렇게 느리고 무료해 보이는가 하는 생각만 했던 것이었다.

"심심하시면 저하고 육백 치시겠어요?"

나는 단지 아버지가 무료해서 그럴 거라고 생각했다. 한방에 앉아서도 아무 기척 없이 책에 얼굴을 박고 있는 아들에게 무어라 말을 시키기가 뭐해서 혼자 재수 점이라도 떼어볼 생각으로 화투를 꺼낸 것이라고.

"그건 해서 뭘 하게?"

"뭘 하긴요. 저도 심심하니까 아버님 마른벌이라도 시켜드리려고 그러는 거죠."

나는 엉덩이 걸음으로 한 발 담요 앞으로 다가가 앉았다.

"아서……."

"그래도 재수 점보다는 육백이 낫지요."

"그거야 느 에미 일이 답답두 하구 하니 이냥저냥 한번 떼어보려는 거지."

그제서야 나는 아, 그래, 하고 낮에 어머니가 아내와 함께 병원에 갔다는 생각을 떠올렸다. 그래서 어머니가 나간 다음 아버지 혼자 심심하거나 무료한 것과는 또 다른 마음으로 '뭘 좀 알아보려고' 화투를 꺼냈던 것이라는 걸.

"그 망할 게 느 에미를 따라간 게 아닌지 모르겠다."

"뭐가요?"

"화투 말이다. 없어진 게."

"어머니가 그걸 왜 들고 나가시겠어요? 또 어머니가 나가시고 나서도 있었다면서요."

"그러니 뒤에 따라갔을지도 모른다는 거지. 흑싸리는 가시밭

길이라는데 병원에서 뭐 안 좋은 얘기를 들으려고 그러나……."

아버지는 담요를 한 번 더 접어 구석으로 밀치며 말했다.

"참 아버님도, 그런 게 어디 있어요?"

"조금 전까지도 있던 게 없어졌으니 하는 얘기지."

"그런 생각 마시고 저하고 육백이나 치세요."

"아녀. 집 안에 앉아 있자니 답답두 하고 나 저 아래 좀 다녀와 야겠다."

"그냥 계세요, 밖에 날도 추운데……."

"춥기는 뭐, 이제 겨울이 다 가는구만."

아버지는 자리에서 일어나 한쪽 벽에 걸어둔 윗옷을 내렸다. 생각을 그렇게 해서인지 아버지의 등이 한결 더 굽어 보이고 머리도 예전보다 많이 희어진 것 같았다.

"참 이상도 하네. 대체 어디로 갔다는 건지……."

방을 나서며 아버지는 다시 몸을 돌려 담요를 밀쳐둔 쪽으로 눈길을 주었다. 아마 그래서였을 것이다. 아버지가 나간 다음 내가 온 방을 다 뒤지듯 그 흑싸리 껍질 한 장을 찾아나선 것은…….

어머니가 병원에 갔는데…….

그리고 아내도 함께 병원에 갔는데…….

2

닷새 전 아내와 함께 아이를 데리고 시골로 내려온 건 어머니가 병원에 간 일과는 전혀 상관도 없이였다.

지난달, 햇수로 꼭 십 년을 다니던 직장을 그만두고 글만 써서 먹고살겠다고 전업 선언을 하고 들어앉을 때 내가 제일 먼저 떠올린 생각은 이제 아무 때고 움직이고 싶을 때 움직일 수 있게 되었구나 하는 것이었다. 한 달 후 날짜로 미리 사직서를 써낸 다음 책상 서랍을 정리할 때에도 나는 대관령과 설악산의 눈을 생각했다. 마치 지금이라도 그곳으로 떠나기만 하면 이미 수년 전에 녹아버린 '우리 시대 최고의 눈'을 볼 수 있기라도 할 듯.

적자면, 그 눈 얘기는 이랬다. 연도도 잊지 않고 있는 1989년 2월, 나는 그해 겨울 영동 지방에 내린 전설적인 폭설을 잊을 수가 없다. 아니, 내 눈으로 직접 그 눈을 본 게 아니니까 전설적인 폭설이었던 게 아니라 그렇게 내린 폭설에 대한 한 친구와 한 선배의 전설적인 과장과 흥분, 그리고 어떤 황당함과 혼자 서울에 남은 그 뒤끝의 쓸쓸한 소외감을 잊을 수가 없는 것이다.

"여보게 곤로한테서 전화가 왔던가?"

사무실에 앉아 일을 하고 있는데 나보다 몇 해 전에 등단한 고등학교 선배 김 형한테서 전화가 왔다. '곤로'라면 설악산 어느 호텔에서 부지배인 노릇을 하고 있는 환기라는 이름의 내 동창 녀석이었다. 학교는 나하고 같은 학년이었지만 문예반 선후배 인연으로 학교 다닐 때에도 나보다 김 선배와 더 가깝게 지내던 친구였다.

"아뇨, 오지 않았는데, 무슨 일인데요?"

"아니, 무슨 일이 있는 건 아니고, 아직 오지 않았으면 좀 기다려 보게. 곤로한테서 곧 기막힌 연락이 올 테니까."

"무슨 일인데 그래요?"

"무슨 일이 있는 게 아니라니까. 내가 설명하는 것보다 곤로가 직접 설명하는 게 나을 것 같아서 그러는 거지. 자네, 내가 이렇게 전화를 하니까 뭔지 모르지만 되게 궁금하지?"

김 선배의 목소리는 나 모르게 곤로라는 친구와 무슨 일을 꾸며 놀라게 하려는 사람처럼 들떠 있었다.

"그렇게 말하면 궁금하지 않은 사람이 어디 있어요?"

"그래, 궁금하면 그만 전화를 끊게. 곤로가 자네한테도 곧 전화한다고 했으니까. 나는 잠시 후 다시 하기로 하고."

그런 식으로 마치 땅도 밟지 않고 선 사람과 전화를 하고 난 기분으로 잠시 창밖을 바라보고 있는데 다시 누군가 편집장님, 전화요, 했다.

"야, 여기 눈이 엄청 왔어야."

내가 미처 여보세요, 하는 말도 끝내기 전에 친구는 대뜸 눈 이야기부터 했다. 아까 김 선배보다 더 들뜬 목소리였다.

"정말 엄청 왔다구."

"얼마큼 왔는데?"

"아주 장서리(장설, 어른 키 높이의 눈)가 푹 빠졌다니까."

나는 어젯밤 뉴스 시간에 그 소식을 듣고 보았다고 말했다. 그래서 전화를 해 시내(강릉)에서 우리 집으로 들어가는 우추리 길이 막혔다는 얘기도 들었다고.

"야, 우추리 길이 다 뭐야. 그거야 토끼 길인데. 강릉에서 서울 가는 고속도로도 막히고, 삼척 나가는 길도 막히고 속초 들어오는 길도 다 막혔어야. 내다보면 정말 어엽다(엄청나다)니까. 하애. 새하얀 정도가 아니라 아주 샛하얗다구, 온 세상이. 산에 나무가 안 보여. 다 파묻혀서⋯⋯."

그러면서 친구는 지금 자기가 있는 곳이 2층인데 오늘만 이런 식으로 내리면 그곳이 마당이 될 거라고 했다. 이미 시내에선 눈 때문에 공중전화 부스 위로 사람이 걸어다닌다고.

"정말 그 정도야?"

"그 정도가 다 뭐야? 이러다 지붕에 쌓인 눈이 미끄러져 내리면 2층 위로 사람이 걸어다닐 텐데. 방송에선 지금까지 내린 게 170센티라는데 내가 보기엔 2미터가 훨씬 넘어. 강릉보다 이쪽 설악산이 더 내렸어야."

"정말 우리 시대 최고의 눈이구나."

"그렇지, 우리 시대 최고의 눈이지. 아까 전화를 하니 김 선배도 그렇게 말하더라. 우리 시대 최고의 눈이라고. 그렇지만 그건 여기서 우리처럼 직접 그 눈을 본 사람한테만 해당되는 거고 보지 않은 사람한테는 우리 시대가 아닌 거지."

"그럼 뭐야? 남의 시대야?"

"남의 시대까지는 아니더라도 보다 객관적으로 설명될 거라는 거지. 기상관측 이후 최고 기록의 눈이라든가 아니면 금세기 최고의 눈, 하는 식으로."

"야, 섭섭하다 그 말. 고향 친구한테 그런 말 들으니까."

"섭섭하지 않으려면 지금 내려오라는 얘기야. 그래서 여기 와서 우리 시대 최고의 눈을 보라구. 눈 속에서 소주도 마시고."

"길이 막혔다면서 어떻게 가? 속초 가는 비행기는 떠?"

"뜨긴 어떻게 떠? 이 눈 속에."

"그럼 방법이 없잖아."

"그렇지만 아주 없는 것도 아니니까 내가 전화를 하는 거지. 강릉에서 우추리까지는 못 들어가도 여기 속초로 와 설악산 우리 호텔까지는 들어올 수 있으니까."

"어떻게?"

그러자 친구는 정말 만화 같은 눈 나라 속의 이동 방법을 이야기했다. 아직 기차는 다니니까 우선 청량리역에 나가서 태백선과 영동선을 잇는 기차표를 끊으라고. 그러면 정확하게 열한 시간 후 강릉역에 도착할 것이고, 거기서 강문이거나 안목까지 걷는 길은 났을 테니까 걸어서 바닷가 쪽으로 오라고. 그리고 다시 거기서 속초(설악산 입구 대포항)까지 배를 빌려 타라고. 배는 일부러 빌리지 않아도 강문이나 안목으로 나가면 급한 일로 그렇게라도 속초로 가는 사람들이 있을 테니 뱃삯만 좀 후하게 주면 될 거라고.

"너, 지금 눈에 홀린 것 아니냐?"

"그래, 홀렸지. 이런 눈에 안 홀리면 그건 사람도 아니니까."

"지금 그게 가능한 얘기라고 떠드는 거냐구?"

"가능하지 않으면? 우리가 몰라서 그렇지 난리 전엔 눈이 아니더라도 그렇게들 많이 이동했어 인마. 또 강릉에서 속초로 들어오는 길이 포장되기 전에도 눈 때문에 길이 막히면 볼일 급한 사람들이 그렇게 움직였고."

"그럼 대포에선? 거기서 다시 설악산까지 걸어 들어가란 얘기야?"

"걷긴 무슨 수로. 일단 거기까지 그런 식으로 오면 그다음엔 내가 수를 내는 거지."

“어떻게?”

“우리 호텔에 스노우시클 한 대가 있거든. 잠시 전에도 내가 연습 삼아 우리 직원을 태우고 앞마당 한 바퀴를 돌아봤는데 잘하면 대포까지도 나갈 수 있겠더라구. 그러면 한 사람씩 태우고 들어오면 되는 거구.”

“김 선배는 뭐래?”

“뭐라긴, 좋다지. 그 선배는 원래 그런 모험 좋아하잖아. 옛날 나하고 뗏목으로 태평양도 한 번 횡단했었고. 그리고 이건 거기에 비하면 사실 모험인 것도 아니고 말이지.”

“야, 그게 횡단이냐?”

“횡단이 아니면? 실패해도 횡단은 횡단인 거지.”

그 사건이 있었던 건 우리가 고등학교 2학년이었고, 그 선배가 3학년이었던 때의 일이었다. 여름방학 동안 하루는 이 친구가 김 선배와 뗏목으로 바다 여행을 떠난다는 것이었다. 이미 보름 넘게 만반의 준비를 갖춰 이제 떠나는 일만 남았다고 했다. 목적지도 태평양으로 떠나는 게 아니라 우선 동해 해변을 따라 부산까지 내려가는 것이라고 했다. 그래서 그날 다른 문예반 친구들과 함께 안목으로 나가봤는데(해변에 만들어놓은 뗏목을 바다까지 들고 가서 밀어주기 위해) 보름 동안 만반의 준비를 갖추었다는 뗏목이라는 게 시내 공사장을 돌아다니며 훔쳐낸 별로 굵지도 않은 나무 동발을 못과 철사로 가로 4미터 세로 6미터 정도 크기로 촘촘하게 엮은 것이 고작이었다. 그리고 노는 다른 배에서 짝이 틀리게 훔쳐 온 것이었고, 닻 역시 다른 배에서 훔쳐 온 마(麻) 밧줄에 7파운드 곡괭이 세 개를 함께 묶어 매단 것이었다. 꼭 물이 필요할 때가 아니면 밤에도 그렇게 닻을 내리고 바다 위 뗏목에서 잠을 잘 것이라고 했다. 그 외에도 준비는 더 있었다. 우선 보름 간의 식량으로 겹겹이 비닐로 싼 쌀 한 자루와 며칠분의 식수를 담은 통자(플라스틱 술통) 세 개, 고추장과 김치, 감자와 파 등의 부식 거리, 버너를 대신한 석유곤로, 작은 솥단지, 플래시, 트럭 바퀴에서 빼낸 비상용 튜브 두 개, 꿈도 야무진 부식 조달용 낚싯대 등이 갖추어져 있었다. 어쨌거나 보름을 넘게 공사장 물건들을 훔쳐내 애쓰게 만든 뗏목을 보고 선배 앞에서 감히 허술하다거나 실패할 것 같다는 말을 할 수가 없어 일고여덟 명이 한 시간가량 땀을 뻘뻘 흘리며 그것을 모래사장 저편에서 바다까지 끌고 왔는데 그다음이 문제였다. 어떤 영화에서 본 대로 제법 크게 달려왔다가 크게 밀려가는 파도를 이용해 어떻게 겨우겨우 뗏목을 물 위에 띄우고 그 위에 준비한 물건들을 올리려고 할 때 다시 다가온 별로 높지도 않은 파도 한 방에 뗏목이 마름모꼴로 일그러지더니 이내 제각각의 동발로 흩어지고 만 것이었다. 그러니까 그 선배는 아래에서 올려주는 물건을 받아 싣느라 일단 뗏목 위에 올라서 보기라도 했지만 이 친구는 물에 몸을 담근 채 노를 거느라 뗏목 위에조차 올라가 보지 못한 것인데 그때 이 친구가 뱉은 첫마디가 "야, 곤로 건져!"였다.

"그래, 횡단이든 곤로 건져든 설악산까지 들어갈 수가 없다면 강릉까지라도 가보고 싶다. 정말……."

"그러니까 김 선배하고 일단 출발부터 하라구. 난 여기 있으니까 강릉 와서 연락하면 되고. 어쩌면 우리 평생 다시 그런 기회가 없을지 몰라. 니 말대로 우리 시대 최고의 눈을 볼 기회가 말이지."

"알았어."

"우리 시대 최고의 눈이냐, 아니면 내가 보지 않은 금세기 최고의 눈이냐 하는 문제야. 어느 누구도 보지 않으면 그건 우리 시대가 아니니까."

"알았다니까. 일단 가는 걸로 할 테니까 넌 곤로나 건지고 있어."

친구가 예전의 '태평양 횡단' 식으로 얼마간 그것을 과장하여 말한 부분이 있다 하더라도, 그래서 그걸 액면대로 믿지 않는다 하더라도 나는 우리 시대 최고의 눈을 보러 가고 싶었다. 친구의 전화로 그 생각이 더욱 간절해진 게 사실이지만 전날 밤 텔레비전으로 눈 풍경을 볼 때 이미 나는 그 눈에 취해 있었다. 그걸 보고 난 다음 어른들에게 안부 전화를 드렸던 것도 사실은 보다 생생한 눈 소식이 궁금해서였다. 다 편하시죠, 한 다음 쌓인 눈 높이가 처마와는 얼마큼 남았느냐, 퇴청 마루에선 또 얼마나 올라와 있느냐, 다 녹자면 얼마나 걸릴 것 같으냐, 하고 줄줄이 물었던 걸 어떻게 설명하면 이해할 수 있을까. 고기도 늘 먹어본 사람이 먹고, 선운사 동백과 나주 배꽃도 늘 다니며 구경하던 사람이 다시 찾아간다는 식으로 눈도 늘 봤던 사람이 더 그리워하는 것이라면 이해될 수 있을까. 온통 세상이 새하얀 그 눈 천지의 황홀함을. 친구의 전화로 더 자극받은 것이 있다면 같은 고향 친구에게까지 직접 와서 보지 않으면 그건 '우리 시대'가 아니라는 말에서 느껴지는 어떤 야릇한 소외감과 또 그 친구의 전화가 아니었으면 내가 끝까지 생각해 내지 못했을 기차 여행에 대한 정보였다.

그러나 나는 삼 일 휴가까지 올리고도 '우리 시대 최고의 눈'

구경을 떠나지 못했다. 중간에 한 번 더 전화를 한 김 선배가 기차표 두 장을 끊어 사무실로 왔을 때 엉뚱한 곳에서 일이 터져버린 것이었다.

비록 비매품 월간지이긴 하지만 재무부 출연 금융기관의 사외보에 실은 장관 세미나 원고가 말 그대로 개판으로 나와버린 것이었다. 인쇄소로 넘기기 전 그래도 장관 원고라고 대지 상태에서 3차 교정까지 봤는데도 막상 책이 나왔을 땐 '공공차관' 이란 말이 두 군데나 '중공차관' 으로 나와 문맥상 우리나라가 이미 1960년대부터 중공으로부터 차관을 들여왔다는 식이 되어버리고, '흑자' 와 '적자' 가 뒤바뀌어 쓰인 데가 여섯 페이지 지면에 열 군데도 넘게 나온 것이었다. 그렇게 되면 다른 방법이 없었다. 실무를 모르더라도 명목상 상급 책임을 맡고 있는 실장과 편집장이 함께 목을 내놓거나, 두 사람 선에서 회사 윗선 모르게 그것을 해결하는 방법밖에 없었다. 하지만 무슨 수로 백오십 페이지나 되는 책자 삼만 오천 부를 실장과 편집장이 개인 부담으로 재인쇄를 하겠는가. 교정 자를 따 붙이는 것도 만만한 지면의 한두 군데 오자 얘기지 이건 기관 입장으로 보면 시어머니나 다름없는 재무부 장관의 책머리 원고였다. 일이 그렇게 되자 잠시 전 꿈꾸었던 우리 시대 최고의 눈이고 뭐고 없었다. 새파랗게 질려 있는 실장을 진정시킨 다음 일단 납품된 책 삼만 오천 부를 창고에 입고시키고, 마지막 수단처럼 인쇄소 영업부장을 삐삐로 호출해 불러들여 회사 내부로 돌릴 책과 재무부로 보낼 책 삼백 부에 대해서만 소문 없이 그 부분만 급히 수정 인쇄해 갈아 끼우기로 한 것이었다.

김 선배가 사무실로 나온 건 퇴근 시간이 거의 다 되어 겨우 사람을 불러 급한 대로 일을 그렇게 수습하고 난 다음이었다.

"방법이(떠날) 없겠는가? 일단 불은 껐다면서."

"지금으로선요. 다 때려치우고 말 게 아니라면 남아서 지켜봐야 해요. 떠난다 해도 불안해 견디지 못할 거고."

"그럼 이 기회에 자네도 아주 전업을 하지 그러는가."

"쉽지 않네요. 아직 나도 그러기가 쉽지 않고 만약 내가 없는 사이 일이 터지기라도 하면 또 한 사람이 옷을 벗어야 할지도 모르니까."

"할 수 없구만. 가능할지 불가능할지 모르지만 우리 생애에 다시 한 번 그런 눈이 내리기를 기다리는 수밖엔. 그럼 애쓰게. 난 혼자서라도 우리 시대 최고의 눈을 보러 갈 거니까."

"그래요. 잠시 전엔 같은 눈이었는데 지금은 다르군요. 형한테는 우리 시대고 나한테는 금세기고. 미안해요, 같이 못 가서……."

"그럼 가서 전화하지. 나중에라도 내려올 수 있으면 내려오고."

그러나 나중에도 나는 내려가지 못했다. 김 선배가 도착한 다음 그곳엔 더 많은 눈이 내렸고, 이내 강릉 태백 간 기차마저 그날 낮 도계에서 끊기고 만 것이었다.

"자네, 닥터 지바고 봤는가. 거기 나오는 눈은 아무것도 아니야."

그게 강릉에 도착한 김 선배의 제일신이었다.

"이제 나에겐 이 눈이 우리 시대 최고의 눈이 되었네. 자네 정말 오고 싶지 않은가. 여기 와보면 그걸 느껴. 정말 본 사람한테만 우리 시대라는 말이 해당되겠구나 하는걸."

전향한 사람이 더 무섭고 뒤늦게 합류한 사람이 더 야박하다더니 강릉으로 내려간 선배까지 내게 어떤 선을 긋듯 '우리 시대'를 강조했다. 결국 그해 눈 소식을 나는 강릉에 간 선배와 대관령 아래의 아버지와 어머니, 설악산 친구로부터 전화로만 들어야 했다. 지금 친구들과 2층 방에서 맥주를 마시고 있는데 지붕의 눈들이 골목에 쌓여 창문을 열면 지나가는 사람들의 발밖에 보이지 않는다거나, 쌓인 눈이 처마에 닿아 김칫독을 묻은 데까지 아버지가 굴을 팠다거나, 눈이 현관 입구를 막아 안에 들여놓은 스노우시클조차 밖으로 내갈 수 없다거나, 길이 미끄러워 발밑만 보고 걷다 보면 늘어진 전화 줄이 목에 턱턱 걸린다거나, 아름드리 나무들이 중동에서 툭툭 부러져 나갔다거나, 신호등이 눈에 짓눌려 도로 한 중간에 비스듬히 휘어져 있기도 하다는, 어려서부터 겨울이면 눈 속에서 자랐으면서도 감히 상상이 되지 않는 '금세기 최고의 눈' 이야기들이었다.

그런데도 나는 그 눈을 '우리 시대 최고의 눈'으로 보지 못했고, 그로부터 육 년이 지난 다음 사직서를 쓰는 순간에도 이제 전업 작가가 되었으니 보다 더 열심히 써야지 하는 생각보다 내게는 끝내 '우리 시대'의 것이 되지 못한 그때의 눈 생각을 했던 것이었다. 물론 그 일 이후에도 육 년 동안 직장에 매인 몸이라 쉽게 떠나지 못했던 아쉬운 여행들이 많았다. 어떤 단체에서 일체의 경비를 부담해 주는 중국 여행과 인도 여행도 그랬고, 또 사회주의 몰락 이후 어느 신문사의 특집부와 함께 떠나는 동구권 경제 취재 여행도 그랬다. 그러나 그런 제의를 사양하면서도 두고 두고 아쉽지는 않았다. 그건 언제라도 다시 떠나면 되니까. 선운사의 동백꽃이나 나주의 배꽃 역시 해마다 새롭게 피는 것이긴

하지만 늘 그 높이만큼의 가지에서 그 모양 그대로 그렇게 꽃이
피는 거니까. 올해 못 보면 내년에라도 보면 되고, 또 이번에 못
가면 다음에라도 가면 되니까. 그러나 '우리 시대 최고의 눈'은
우리 생애에 다시 한 번 그런 눈이 내리기를 기다리는 수밖에 없
었다. 백 번이 아니라 천 번을 가더라도 다시 한 번 '기상 관측 이
후 최고 기록'의 눈이 내리지 않으면 안 되는 것이었다.

그런데, 그런 눈 소식이 없기도 했지만(그래, 무릎 정도 높이라
도) 막상 회사를 그만두고 난 다음 이제 아무 때고 움직이고 싶을
때 움직일 수는 있게 되니 또 그게 아니었다. 아무 때고 움직일
수 있다 해도 실제 움직이는 일이 생각처럼 쉽지 않았고 금방 내
키지도 않는 것이었다. 그동안 내가 움직인 거라곤 방송 팀을 따
라 잠시 강릉에 내려가 하루 여관 잠을 자고 올라온 것(그러니 고
향에 갔었다고 말할 수도 없는)과 연재를 하고 있는 신문사에 점심
을 하러 나갔던 것 한 번, 그리고 다른 신문사에 인터뷰를 하러
나갔던 것 한 번이 고작이었다. 그런데도 이상하게 답답하다거나
갑갑하다는 생각이 들지 않았다. 그런 생각이 들기는커녕 이상하
게 매일 서재에 틀어박혀 앉아 있는데도 마치 온 세상을 주유하
고 있는 듯한 느낌이었다. 무엇보다 예전 같으면 9시면 어김없이
회사로 나가 책상에 앉아 있을 그 시간까지도 침대에 누워 게으
름을 피울 수 있다는 게 나를 행복하게 했다. 어떤 때는 사흘이고
나흘간 현관문 손잡이조차 잡아보지 않고 지내는 날도 있었다.

"매일 나다니던 사람이 그렇게 들어앉아 있으면 답답하지 않
아요?"

아내가 그렇게 물을 때에도 내 대답은 한결같았다.

“아니, 신선 같은데 뭘.”

아버지 어머니거나 형제들이 전화를 걸어 물을 때에도 그랬다.

“출입 없이 들어앉아 있으니 답답하지 않냐?”

“아뇨, 신선 같은데요, 뭘.”

“한번 안 내려오냐?”

“내려가야죠.”

그러나 그것도 말뿐이었다. 자주 전화를 했고, 전화를 할 때마다 끝에 가서 내 대답은 항상 ‘내려가겠습니다’가 아니라 ‘내려가야죠’였다.

그러다 동사무소에서 아이의 취학 통지서가 날아왔고, 그걸 보자 이제 얼마 안 있으면 아이 학교 때문에라도 다시 온 가족이 움직이는 일이 쉽지 않겠구나 싶어 그날로 부랴부랴 몇 가지 짐만 싸들고 강릉으로 내려온 것이었다. 원고를 주고받는 일이야 팩스 모뎀이 내장된 노트북만 들고 다니면 전국 어디서나 가능하니까. 자동 응답으로 맞추어놓은 전화 역시 버튼 몇 개와 비밀번호만 누르면 누가 어떤 메시지를 남겼는지 금방 들을 수 있는 일이었다.

어른들한텐 짐을 챙기며 내가 한 번, 문을 걸고 나오기 전 아내가 한 번 전화를 걸었지만 두 분 다 집을 비우고 없었다. 내려오는 길 중간 소사 휴게소에서 전화를 했을 때에도 마찬가지였다.

“놀라시겠는데.”

“그래요, 놀라시겠죠.”

“어딜 가셨을까, 세 시간씩이나 집을 비우고.”

“시내 형님 댁에 가신 것 아닐까요?”

“글쎄…… 대관령 넘을 때 눈이나 펑펑 쏟아졌으면 좋겠다.”

그러고 보니 강릉엔 내려간다는 연락도 없이 닿은 것이었다.

3

나는 아버지가 밀쳐둔 담요를 다시 앞뒤로 펼쳐보고 나서 비를 들고 안방 구석에 놓인 물건들을 하나하나 정리해 나가며 없어진 화투를 찾아보았다. 어머니가 어머니 물건들을 늘 놓아두는 아랫목 머리맡엔 며느리들이 사다 준 몇 가지의 로션과 크림을 담은 통이 있었다. 그것을 사준 사람 따라 상표도 제각각이었다. 그리고 그 통 안에 중독성 강한 가루 진통제 몇 갑이 있었다. 꼭 써야 하고 먹어야 한다면 알약으로 된 것으로 드시라고 해도 어머니는 알약은 잘 듣지 않는다며 늘 그 가루 진통제를 찾곤 했다. 내가 어릴 때부터 어머니는 그렇게 자주 머리와 골치가 아프다고 했다.

"왜 그렇게 머리가 아프신데요?"
하고 물으면 어머니는 어머니가 살아온 날 모두가 그렇다고 했다.

"그러니 느들은 제발 커서 여편네 속 썩이지 말고 에미 가슴 썩이지 마라."

그때 어머니는 지금보다 자주 가루 진통제를 먹었다. 우리는 그 약을 골 아픈 데 먹는 약이라고 불렀다. 그때처럼 자주는 아니지만 어쩌면 지금도 어머니가 그것을 늘 머리맡에 두고 있는 것은 그것에 이제 인이 박혀서인지 모른다. 이제 어머니가 그렇게 늘 머리가 아프고 골치가 아파야 할 일은 사실 그렇게 없었다.

나는 약통을 치울까 하다 그냥 그것을 화장품을 담은 통에 놓아두었다. 치운다고 해도 어머니는 다시 그것을 사 올 것이고, 또 이따금 내려와 봐도 예전보다는 자주 그것을 찾지 않았다. 어떤 때는 사나흘을 내려와 있어도 약을 먹는 모습을 보지 못한 적도 많았다.

또 화장품을 담은 통을 놓은 옆에는 앞뒷장이 거의 나달나달하게 닳은 토정비결이 놓여 있었다. 대충 책장을 넘겨보자 짐작대로 몇 군데가 접혀 있었다. 어머니는 아버지의 것과 오 남매 자식의 것을 정초마다 찾아 그것을 접어놓고 한 해가 가도록 가끔 열어보곤 했다. 특히 토정비결에 무얼 조심하라든가 손재수가 있다고 한 달은 어김없이 전화를 해서 그것을 알려주며 조심시켰다. 그러면서 어머니는 좋은 것은 안 맞아도 나쁜 것은 귀신처럼 맞는 것이 토정비결이라고 말했다. 그러나 우리는 어머니가 한 번도 어머니의 토정비결을 찾아 읽는 것을 보지 못했다. 어릴 때 아버지가 한 해거나 이태씩 집을 비울 때에도 어머니는 늘 아버지의 것을 찾아 읽었다. 나는 그중 내 것을 찾아보려다 그냥 있는 자리에 놓아두고 먼지를 털어내듯 문 쪽으로 쓸고 온 방을 뒤돌아보았다.

아까 아버지가 분명 짝이 맞는 걸 확인한 것이라면 어느 구석에서든 화투가 나와야 했다. 혹시 저 밑에? 하고 나는 방 안 안쪽으로 놓인 어머니의 장롱을 바라보았다. 큰형님 나이가 나보다 일곱 살 많은 마흔다섯이니까 저 장롱이 이 집에 들어온 마흔여섯 해 전인 셈이었다.

"느 외증조할아버님께서 맏손주딸 시집보내는 거라고 일부러 오동나무 장롱을 짜 보낸 게다 그게. 농쟁이 둘이 이레를 묵으며 짠 물건이야."

지금도 어머니는 그것을 자랑으로 여겼다.

"방구들을 뜯을 때 말고는 한 번도 이 방을 나가본 적이 없는 장롱이다."

그건 어머니가 그렇게 말하지 않아도 자식들 모두 알고 있는 일이었다. 우리가 어렸을 때부터 그 장롱은 늘 그 자리에 있었다. 자리를 새로 깔거나 장판을 새로 깔 때에도 잠시 자리만 옮겼다 그곳에 도로 놓고 했다. 그러니까 어머니는 시집을 오면서부터 안방을 맡았고, 그전까지 안방을 지키던 할머니가 샛사랑(사이 사랑, 사랑 바로 전의 사랑채 쪽으로 붙은 중간 방)으로 나가셨다고 했다. 자식들이 성장을 해 이제 그만 장롱을 바꾸라고 해도 어머니는 듣지 않았다.

"장롱 그렇게 함부로 바꾸는 것이 아니다. 오래돼 그렇지 베니어판에 겉만 번지르하게 칠한 물건들에 델 것도 아니고."

그 한마디면 그만이었다. 몇 년에 한 번씩 붉은 옻칠을 하거나 니스 칠을 다시 하는 게 고작이었다. 보다 못한 큰형수가 어른들과 상의 없이 새 장롱을 들여다 놓아주었을 때 어머니는 왜 시키지도 않은 일을 하느냐며 새 장롱을 중간 방에 놓으셨다. 장롱에 대한 어머니의 고집은 유독 그 장롱 하나에만 그랬던 것은 아니었다. 언젠가는 둘째 형수가 중고물 시장에 나가 반닫이장 두 벌을 들여놓은 것을 뒤늦게 가 보고는 당장 그 물건들을 치우지 못하겠느냐고 야단을 친 적이 있었다. 예전 어느 집의 어느 여자가 어떤 한을 가지고 쓰던 물건인지도 모르고 그런 걸 함부로 집 안에 들여놓느냐는 것이었다.

"정 그런 물건이 좋아 그런다면 내가 죽거든 샛사랑에 있는 할머니 반닫이를 가져가 쓰거라."

결국 작은형수는 그 반닫이를 치울 수밖에 없었다. 할머니의 반닫이를 지금 주지 않는 건 함께 모시고 살던 어른 물건을 당신 생전에 치울 수 없기 때문이라고 했다.

어머니가 그 장롱만큼이나 또 자랑스럽게 여긴 것이 있다면 지금은 어디에 가 있는지도 모를 가마에 대해서였다.

"내가 시집올 때 어떤 가마를 타고 온지 아느냐? 느 할아버님께서 이 사람 저 사람 타던 가마에 새며느리를 태워 올 수 없다고 해서 동네에 있던 가마를 두고 일부러 짜서 보낸 거였단다."

어머니는 그 이야기를 요즘 최고급 승용차와 비교하여 말했다. 그때는 어느 친정 마을에서든 누가 시집을 가는데 시가에서 가마를 새로 짜서 보냈다면 그것만으로도 저쪽의 가세가 어느 정도인지 짐작했다는 것이었다. 어머니가 타고 온 가마는 내가 국민학교 때 작은댁 큰당숙모가 타고 왔고, 일가의 한 아줌이 시집 올 때 타고 온 것을 끝으로 더 이상 시골 결혼식에도 쓰이지 않았다. 그리고 내가 중학교 때인가 밤중에 할아버지가 몹시 아프셔서 그 가마에 요를 깔고 자동차 길까지 타고 나가신 적이 있었다. 아마 찾으면 어디 헛간이나 광 한쪽 구석에 해체된 채로 차곡차곡 놓여 있을 것이었다. 그러니까 어머니는 이쪽에서 짜 보낸 새 가마를 타고, 그 뒤에 외가에서 짜 보낸 오동나무 장롱을 네 자씩 두 짐꾼에게 나누어 지게 해서 시집을 온 셈이었다.

어머니의 장롱 밑을 살펴보는 건 그다지 어려운 일이 아니었다. 지금 장롱처럼 전부를 들어내야 밑을 살필 수 있는 게 아니라 제일 밑의 서랍만 밖으로 꺼내면 바로 방바닥을 들여다볼 수 있었다. 나는 서랍을 꺼내고 그곳에 플래시를 비춰보았다. 방바닥을 나뒹굴다 들어간 연하장 두 장과 부고 한 장, 그리고 납작하게 구겨진 어머니의 가루 진통제 빈 갑, 나로선 누구의 것인지 알 수 없는 명함 두 장만 나오고 없어진 화투는 그곳에도 들어가 있지 않았다.

나는 농 밑에까지 들어가 있는 부고를 보고 십여 년 전 할아버지가 살아 계실 때와 할아버지가 돌아가신 다음의 한 작은 차이를 떠올렸다. 할아버지가 살아 계실 땐 일가의 것이더라도 절대 집 안 방 안에 부고를 들이게 하는 법이 없었다. 우체부를 통해서든 아니면 인편을 통해서든 부고를 받으면 그것을 마루에서 뜯어보았고, 다 보고 나선 사랑 쪽 처마 깊숙이에 매단 '부고 망태'에 넣어 보관했다. 어쩌다 편지와 부고를 구분 못한 우리가 그것을 방 안으로까지 가지고 가 아버지나 할아버지에게 드리면 할아버지는 어떻게 그렇게 조심성이 없느냐, 학교에선 대체 무얼 배우고 가르치느냐고 꾸중하셨다. 학교에선 그런 거 안 가르쳐요, 하면 그럼 그런 걸 안 가르치고 무얼 가르치느냐고 또 꾸중하셨다. 또 예전엔 주로 그런 일에 대한 부조라는 게 돈보다는 곡식이라든가 장례에 필요한 편(떡)을 주로 해 보내고 또 받는 것이어서 할아버지는 그 부고장에 스스로 적은 양만큼의 곡식이거나 편을 해 보내라고 일렀다. 왜 부고를 방 안으로 들여오면 안 되냐고 물으면 할아버지는 집 안엔 조상의 혼령만 들이는 것이라고 했다.

그러던 것이 할아버지가 돌아가신 다음 내가 군에서 제대해 돌아왔을 때 언제부턴가 사랑 처마 녘의 부고 망태도 없어지고, 또 아버지도 어머니도 예전 우리를 야단칠 때와는 다르게 아무렇지도 않게 그것을 방 안으로 들였다. 농 밑에서 꺼낸 부고는 지난해 봄에 세상을 떴다는 '강에 일효자' 김진달 노인의 부음을 적은 것이었다.

나는 그 이야기를 지난여름 직장의 휴가를 받아 집에 내려왔을 때 들었다.

"느도 알재. 강에 일효자 양반 얘기."

무슨 얘긴가 끝에 아버지가 김진달 노인 이야기를 했다. 우리는 한 번도 그 사람을 직접 본 적이 없지만 어릴 때부터 '강에 일효자' 니 '산에 일효자' 니 하는 얘기는 많이 들었다. '강에 일효자' 라는 말은 강릉 근교 계강면(溪江面)에서 첫째가는 효자라는 뜻이었고 '산에 일효자' 라는 말은 계산면(溪山面)에서 첫째가는 효자라는 뜻이었다. 이제는 그 말을 전해 들은 나이 든 사람들 말고는 '강에 일효자' 니 '산에 일효자' 니 하는 사람도 없고, 그런 말이 있었다는 것을 아는 사람도 많지 않을 것이다. 그 말을 만든 노인들은 많이 사셨다고 해도 이미 십 년 전에 다 세상을 떴을 테고, 계강도 계산도 예전의 계강과 계산이 아니었다.

"얘기야 많이 들었지요. 아직도 근동에 사십니까?"

"애비보다 다섯 살 위인데 지난봄에 상세하셨다. 나도 더러 봤다만 그 양반 '강에 일효자' 가 아니라 강릉 근동 일효자였던 양반이셨다. 나이 쉰에도 요강 부시고 갈잎에 고기 싸 들고 다니던 양반이셨으니 더 얘기할 것도 없는 것이고……."

쉰에 요강을 부셨다는 건 그 집 큰어른이 정정하실 때에도 어른 주무시는 방에 요강을 넣어드렸다가 아침이면 그것을 비우고 수세미로 깨끗이 닦아 말려 저녁에 넣어드렸다는 얘기이고, 갈잎에 고기를 싸 들고 다녔다는 건 모내기 때든 가을 추수 때든 남의 집 들일을 나가서 점심 반찬으로 고등어자반이거나 조린 꽁치가 나오면 그것을 갈잎에 싸 나무에 매달아 두었다가 저녁때 돌아와 어른 밥상에 올렸다는 얘기였다.

"생각해 봐라. 예전에 생선이 얼마나 귀했겠는가. 그러니 봄 모내기 때보다 입 인심이 후한 가을 추수 때에도 일꾼 한 사람 앞에 한 토막 겨우 굽거나 쪄내는데, 그걸 갈잎에 싸서 개미가 못 달겨들도록 나무에 매달아 놓고 그 양반은 다른 풀 반찬으로 점심을 먹었단다. 그걸 알고 처음엔 동네에서도 무슨 일을 하느라고 그 양반을 부를 때면 한 사람의 고기 반찬을 더 준비해 내오고 했는데, 그 양반이 그러면 그게 어디 아버지를 얻어 먹이는 거지 내 품을 팔아 공경하는 거냐고 따로 내주는 고기 반찬엔 손도 안 내밀더란다. 그러니 '강에 일효자' 소리를 들었던 거고. 부모한테 한 걸로 보면 책에 나와도 아깝잖을 양반이다."

어릴 때 어머니한테도 많이 듣고 할머니한테도 많이 들었던 얘기였다. 제 살을 베어 부모를 공경했다는 식의 얘기 말고는 그 어떤 옛 얘기도 살아 있는 김진달 어른 얘기만 하지 못했다. 장거리에 나뭇짐을 지고 와 팔든, 곡식을 내와 팔든 저녁이면 그 돈을 아버지 손에부터 먼저 쥐여 보였다고 했던가. 아이들 입은 점심 깡보리 한 끼 못 먹여 굶기는 한이 있어도 어른 머리맡엔 그 귀한 박하사탕이 떨어질 날이 없다고 했다. 오죽하면 강릉 읍내 전방에 사탕이 떨어지면 떨어졌지 진달이 부친 괘하(주머니)에 사탕이 빌까, 하는 얘기까지 있었겠는가.

“그 양반이 어떻게 상세하셨는지 아나?”

“어떻게 돌아가셨는데요?”

“약을 먹었다.”

“약이라니요?”

“농약 말이다. 그게 지난봄 어버이날인가 뭔가 하는 날이었을 게다. 옷 깨끗이 갈아입고는 선산과 전답을 둘러보고 와서는 신발까지 깨끗하게 씻어놓고는 방에서 약을 먹었다는구나.”

“자식들은요?”

“육 남매를 둔 게 육 남매가 이젠 다 제 나름대로 산다는 게…… 장례에 모인 사람들도 입을 모아 하는 얘기가 그거였다. 부모 살아생전엔 강에 일효자 소리 듣더니, 그런 효자 어른을 자식들이 마지막 불효를 시켰다고. 모인 아들딸들은 번듯하더구마는. 다들 가까이 살아도 누구 하나 일 년이 가도 들여다 보는 자식이 없었더란다. 그러니 죽은 그 양반만 불쌍한 거지. 약도 제 설움에 못 겨워 먹은 게구…….”

그때 그 말을 들으며 나는 아버지에게 죄송스러웠다. 직장에 매여 있던 때이기도 했지만 이곳저곳 보내야 할 원고를 핑계대고 어느 일요일 하루 편하게 시간을 내 내려오지 못했다. 그나마 가까이 있는 형제들이 자주 집을 찾았다. 그래서 아버지 어머니도 내겐 으레 그렇거니 여기는 부분도 많았다.

부고엔 그 어른이 세상을 뜬 날이 음력 3월 28일이라고 적혀 있었다. 나는 장롱 서랍을 제자리에 디밀어 넣고 그 속에서 나온 먼지와 쓰레기들을 쓰레받기 대신 그 부고지에 쓸어담아 그것과 함께 사랑 쪽 아궁이에 넣었다. 산간 마을인데도 이젠 화목을 때는 집이 많지 않다고 들었다. 기름보일러를 쓰는 게 편하기도 하고 비용도 덜 든다는데 사랑 쪽 아궁이는 그대로 장작 아궁이를 두고 있었다. 그것도 아버지와 어머니의 한 고집일 것이다.

아마 화투는 아버지의 말대로 어머니를 따라 병원에 간 것인지도 모르겠다.

어쩌면 아내를 따라간 것인지도…….

어머니의 몸에 뭔가 이상이 있는 것 같다는 걸 안 건 강릉으로 내려온 다음다음 날 밤의 일이었다.

"어머니의 연세가 어떻게 되지요?"

예전 할머니가 쓰던 샛사랑에 누워 아내가 물었다. 형제들은 자기 식구들만 데리고 시골집으로 올 땐 돌아가며 그 방을 썼다. 아이는 안방에서 아버지 어머니와 함께 잠들었다.

"잘한다. 며느리가 돼서 어머니 연세도 모르고."

"모르긴 왜 몰라요."

"알면 말해 봐. 올해 몇이신지."

"예순셋 아니에요?"

"잘도 안다. 그건 작년 나이고. 해가 바뀐 게 언젠데……."

"넷이에요, 그럼?"

"그래. 당신 나이에 서른하나 더하면 된다고 그랬잖아. 잊어버리지 않고 계산하기 좋도록 서른을 더한 다음 다시 하나를 더 더하던가."

"자꾸 헷갈려요."

"그런데 어머니 연세는 왜?"

"뭔가 이상해서요."

"뭐가 이상한데?"

"당신한테 얘기를 해야 하나 말아야 하나도 잘 모르겠고……."

"무슨 얘긴데 그래?"

"그게 왜…… 여자들 그런 거 있잖아요."

"여자들 뭐?"

"왜, 여자들 그거요. 손님……."

"얘기를 하려거든 알아듣게 해. 아니면 처음부터 얘기를 꺼내지 말든가."

아내는 낮에 빨래를 하려다가 빨랫감 밑에서 다른 빨래감으로 한 겹 더 싸놓은 어머니의 피 묻은 개짐을 보았다고 했다.

"그게 뭐?"

"이이는? 어머니 연세가 얼만데 그런 빨래가 있냐는 거지요. 어디 몸이 안 좋으신가. 하혈하시는 것 같기도 하고……."

"아니겠지."

"아니긴요? 내가 빨랫감을 열어 확인까지 해봤는데."

"그럼 내일 물어보든가."

나는 아내 쪽으로 몸을 돌려 누웠다.

"가만히 좀 가지고 있어요, 손……. 나도 요즘 그것 때문에 심란해 죽겠는데."

"당신은 또 왜?"

"날짜가 지났는데 소식이 없으니까 그러지요. 기미도 보이지 않고……. 지난번 우리 집 갔을 때 당신이……."

아내는 서울 가까이 있는 친정집을 꼭 우리 집이라고 말했다. 그리고 우리가 살고 있는 정말 우리 집은 그냥 집이라고 했다.

"내가 뭘?"

"그때 위험하다고 그러지 말라는데도 그랬잖아요. 집에선 안 그러다가 다른 데 나오면 꼭……."

"그러면 낳으면 되는 거지. 아이가 둘인 것도 아니고, 하나 더 낳는다고 못 키울 것도 없는 거고……."

"힘드니까 그러지요."

"어머니는 다섯씩도 낳아 키웠어."

"그때하고 지금하고 같애요?"

"애 낳는 거야 같지. 애 갖는 방법도 같고."

"이이는……."

"가졌으면 어떻게 할 건데?"

"아직 확실히 모른다니까요. 날짜가 지나긴 해도……."

"그래도 가졌으면 어떻게 할 거냐구?"

"확실히 알아야 어떻게 하고 말고 하지요. 자꾸 말하지 말아요. 그러면 더 심란하기만 하니까……."

말은 그렇게 해도 아내는 만약 아이를 가진 게 확실하다면 어쩔 수 없이 낳아야 되지 않겠느냐는 쪽인 것 같았다. 그럴 경우 싫다는 쪽이면 확실히 알고 모르고 간에 낳지 않겠다는 말부터 분명하게 할 것이었다. 첫애를 낳을 때에도 수술을 하거나 그렇게 힘들게 낳은 것은 아니었다. 전에도 누군가 둘째 이야기를 했을 때 아내는 하나 있는 아이를 다 키워놓아 이제 겨우 어느 정도 자기 시간을 갖게 되었는데 어떻게 다시 또 그 고생을 하라는 얘기냐고 말했다. 둘을 낳을 생각이었으면 힘들더라도 한꺼번에 힘들고 말도록 낳아도 벌써 낳았을 것이라고 말했다. 심란하다고 말하는 것도 만약 가진 것이 확실하다면 다시 낳아 키울 일이 그렇다는 얘기일 것이다.

그러고 보니 나 역시 둘째에 대해선 별 생각을 않고 지냈던 것 같았다. 하나만 낳고 말겠다고 딱 결심을 한 것도 아니고 그렇다고 둘째를 낳았으면 하고 생각했던 것도 아니었다. 전에 직장 동료들과 예비군 훈련을 받으러 갔을 때에도 그랬고, 후에 민방위 훈련을 받으러 갔을 때에도 나는 남들이 쭈뼛쭈뼛 일어나서 가받는 무료 시술의 정관수술에 대해 한 번도 생각해 보지 않았다. 둘째를 낳겠다는 생각도 또 안 낳겠다는 생각도 없이 그냥 그런 수술을 받는다는 것 자체를 꺼림칙하게 여겼던 것뿐이었다. 어쩌면 이제까지 우리는 하나 있는 아이에게 익숙해져 왔고, 더 이상 아이를 낳지 않겠다는 확실한 계획에서보다는 그냥 그 생활에 서로를 더욱 익숙하게 만들듯 둘째 아이를 피해 왔던 것인지도 몰랐다. 그러나 그동안 습관적으로(그래, 습관적으로) 아내의 피임을 당연한 일로 받아들여 왔다 하더라도 둘째 아이를 가진 게 확실하다면 나는 다른 생각을 하지 않겠다는 쪽이었다. 내 나이도 그렇고 아내 나이 역시 아직은 충분히 그럴 수 있으니까.

"그나저나 어머니가 걱정이네요. 어디가 안 좋으신 건지……."

"내일 당신이 여쭤봐. 무슨 일인지……. 당신이 또 잘못 알 수도 있는 거고."

"아무래도 그래야겠어요. 몸에 대한 얘긴데 이럴 땐 며느리보다는 딸이 묻기가 편한데. 어머니도 딸한테 말하는 게 편하실 테고."

"정혜한테 그 말을 해봐라. 내 몸으로 낳은 딸보다는 데리고 온 며느리한테 말하는 게 편하다고 그러지."

"그런가……."

"그런지 안 그런지 제대로 알기 위해서라도 당신도 가졌으면
낳고. 당신 닮은 딸을 낳으면 되잖아……."

"자꾸 그런 말 하지 말라니까요. 아직 제대로 아는 것도 아
닌데……."

잠자리에 누워 이야기는 서로 그렇게 했지만 다음 날 아내는
어머니에게 그 이야기를 제대로 묻지도 하지도 못한 모양이었다.
어머니가 여기 놓아둔 빨래 네가 했느냐고 물었을 때 한 번 그럴
기회가 있었지만 어물어물하는 사이 놓치고 말았다고 했다.

"내가 그렇게 생각하고 봐서 그런지, 놔두지, 내가 할 텐데, 하
시는 얼굴이 좀 당혹스러워하시는 것 같기도 하고. 그래서 더 못
물었는지도 몰라요."

"그래도 물을 건 물어봐야지."

"내일 묻죠, 뭐. 일부러 말을 꺼내서라도…… 그리고 정말 그
런 거라면 우리가 내려왔을 때 병원에도 한번 가보시게 하고요."

결국 그렇게 된 것이었다. 아내는 힘들게 어머니에게 그것을
묻고, 어머니는 몇 번 아니라는 식으로 대답하다가 함께 병원으
로 가보자는 얘기를 하게 된 것이었다. 병원에 가는 걸 한사코 마
다하는 걸 아내가 간신히 설득했다고 말했다.

"처음엔 아니라고 그러시더니 나중엔 전에도 가끔씩 그러다가
말았다면서 이번에도 그러다 말겠지, 그러세요."

"그래서?"

"아무리 병원에 가보시자고 해도 안 가시겠다는 걸 어떻게 해

요? 그래서 할 수 없이 제 얘기를 했죠. 그러니 제가 상인이 동생을 가졌는지 안 가졌는지 알아보러 갈 때 어머니도 함께 가보시자고."

"당신은 어떻게 할 건데 이제?"

"뭘요?"

"만약 가졌으면?"

"어떻게 하긴요? 어머니한테 그런 말씀까지 드렸는데. 처음엔 그 얘기를 안하고 모시고 갈 생각이었는데. 알아보더라도 나중에 서울에 가서 알아볼 생각이었구……."

그러니까 어머니는 어머니의 몸 때문에 병원으로 간 것이 아니라 혹시 둘째를 가졌을지 모를 며느리를 데리고 병원에 간 셈이었다.

"니는 아이를 가졌는지도 모른다면서 그렇게 운전을 해도 되나?"

병원으로 갈 때에도 어머니는 아내가 먼저 운전석에 앉아 시동을 건 자동차에 오르면서 그렇게 말했다. 아마 어머니로선 끝까지 당신 몸 때문이 아니라 며느리 몸 때문에 어른의 도리로서 함께 따라가는 마음처럼 병원에 가고 싶었을 것이다. 그러면서 내가 병원까지 모셔드리겠다고 했을 땐 그런 델 남자가 따라가는 것도 모양이 안 좋다고 했다.

"그래요. 당신은 그냥 집에 있어요."

가는 거야 어떻게 가든 그곳에 가서 아내는 어머니의 몸도 진찰을 받게 할 것이라고 했다.

4

　나흘 후, 어머니가 입원을 하던 날엔 새벽부터 내린 눈이 아침
엔 거의 발목을 덮을 정도로 내렸다. 강릉 시내 고등학교의 선생
으로 있는 형님까지 일부러 휴가를 내 형수와 함께 시골집으로
들어왔다.
　"준비 다 되셨어요?"
　아내와 형수가 어머니의 외출 준비를 도왔다. 건넌방에서 안
방을 바라보았을 때 어머니는 장롱을 열고 내복을 찾아 입고 있
었다. 포장도 뜯지 않은 어머니의 것도 많을 텐데 어머니는 조금
은 낡은 누런 빛깔의 남자용 내복 두 개를 꺼내놓고 그것을 껴입
었다.
　"밖에 날씨가 그렇게 춥지 않아요, 어머니."
　아내가 말했다.
　"춥지 않긴 눈까지 오는데……."
　"자동차를 타고 가실 건데요, 뭐."
　"그래도 나는 춥다."
　어머니는 부직부직 고집을 쓰듯 내의를 껴입었다.
　"가서도 진찰을 받으시자면 벗으셔야 해요."
　이번엔 형수가 말했다.
　"벗을 때 벗더라도 나는 입고 갈란다."
　"그러면 어머니."
　형수는 장롱 속에서 포장을 뜯지 않은 새 내의를 꺼냈다. 목 부
분에 레이스가 달린 분홍색 내의였다.

“이걸 입으세요. 상표를 보니 막내가 사 온 것 같은데······.”

“놔둬라, 그건. 얇기도 하고 이 다음날 풀리면 입지 뭐.”

“그래도 어떻게 남자 내의를 입으세요?”

“왜 입으면 안 될 일이라도 있나?”

조금 전의 모습에 비해 어머니는 어떤 위엄을 되찾듯 두 며느리를 돌아보았다.

“그런 건 아니지만······.”

“느들 보기엔 어떻게 보일지 모르겠다만 내가 굳이 그걸 입고 싶어서 그런다.”

“가서 또 벗으셔야 하고 그러니까······.”

“왜, 그래서 남들이 보면 우세스러울까 봐 그러나? 자식들이 에미 내복 하나 제대로 못 사줘 이런 걸 입고 있다고 그럴까 싶어서?”

“아뇨, 그게 아니라······.”

“느 눈엔 헌 내복이지만 내 눈엔 그렇지 않다. 아범들이 젊을 때 입던 내복들이다. 자식들이 입던 내복 에미가 껴입는다고 해서 흉될 일인 것도 아니고.”

형수가 조금은 당황하고 놀라는 얼굴로 아내 쪽을 돌아보았다. 아내 역시 같은 얼굴로 멀거니 어머니와 형수를 바라보았다. 그러다 이내 나와 눈이 마주치자 당신이 어떻게 좀 해봐요, 하는 눈빛을 했다. 그러나 어머니가 굳이 그러시겠다는 걸 어느 자식인들 말릴 수 있겠는가. 아버지 역시 같이 방 안에 있으면서도 거기에 대해서는 입을 다물고 있었다.

그런데 어머니는 왜 굳이 그것을 입고 싶으셨을까. 이제 병원에 입원까지 해야 한다니까 갑자기 어떤 의지처럼 그것을 입고 싶은 마음이 들었던 것은 아닐까. 아직 어머니는 입원을 하게 되면 수술까지 해야 한다는 걸 모르고 있었다. 첫날 병원에 갔을 때 아내가 먼저 진찰을 받으며 의사에게 그렇게 부탁을 했다는 것이었다. 그래서 집으로 돌아왔을 때에도 어머니의 얼굴은 어떤 기대 반 걱정 반, 그런 얼굴이었다.

"우리 상인이가 동생을 볼 모양인가 봐요. 말은 안 해도 둘째가 늦다고 늘 걱정을 했더니만."

아버지가 물었을 때 어머니는 아내에 대한 이야기부터 했다.

"그리고 당신이 갔던 일은?"

"그거야 뭐……."

"뭐라고 그래?"

"별일인 것은 아니고 그냥 병원에 다니며 약도 먹고 주사도 맞고 그래야 한다네요. 크게 아픈 것도 아니구마는."

"그냥 그 정도인 거야?"

"말로는 며칠 입원해서 치료를 받으면 좋겠다구두 하고……하지만 뭐 그럴 거야 있어요? 야들 내려와 있는 동안 매일 차 얻어 타구 다니면서 약도 받아먹고 주사도 맞고 하면 되지."

"정말 그만만 한 거야?"

"그렇다니까요. 전에도 좀 아프다가는 말구, 또 잊을 만하면 그러다 말구 했으니까."

그러나 나중에 들은 아내의 말로는 별일이 아닌 게 아니었다. 아내는 어머니가 하혈까지 하기에 혹시 그 연세에 암이라도 오지 않았나 걱정을 했는데, 그 정도까지는 아니라 하더라도 자궁 내의 염증이 심각해 하루라도 빨리 수술을 받아야겠다고 그러더라는 것이었다.

　"나이 든 분들도 그런 걸 앓아?"

　나는 자궁암이니 자궁염이니 하는 것들은 아이를 낳을 수 있는 젊은 여자들에게만 해당되는 얘기인 줄 알았다. 환갑이 지나 예순넷이나 된 노인네에게 다른 것도 아닌 자궁과 관련된 암이고 염증이라니, 처음 아내로부터 피 묻은 개짐 얘기를 들었을 때에도 그런 상황에 대해서는 전혀 생각하지 않고 있었다.

　"정확하게는 자궁 근종인가 뭐라고 했어요."

　그러면서 아내는 내게 의사에게 들은 말을 설명했다. 그것은 자궁 내의 근육에서 생기는 일종의 혹과 같은 것이라는 것, 다행히 악성이 아니라 양성이라서 수술만 하면 금방 나을 수 있는 것이라고 했다.

　"이름이야 뭐든 어머니 연세가 얼만데 그런 게……."

　"어머니 같은 경우는 드물고 보통 30대에서 40대에 잘 생기는데 특히 우리나라 사람들은 40대에 많이 생긴대요. 그런데 폐경이 된 후에도 그 근종이——그러니까 혹 말이에요——커지면 악성이 될 경우가 많은데 다행히 어머니는 그런 경우까지는 아니라고 했어요."

　"그럼 지난번에 당신이 봤다는 빨랫감도 그래서 그랬던 거야?"

　"그 혹 때문에 몸 안이 헐어서 그렇대요. 그런데, 그런 혹이 말이죠, 처음엔 작은 혹에서부터 시작해 그냥 두면 감자알만 하게 자라기도 하고, 또 크게 자라면 수박만 하게도 자란대요."

　"그렇게 크게?"

“예. 드문 경우지만요.”

“어머니는?”

“아주 크지는 않지만 그래도 많이 자랐는가 봐요. 전에도 어머니가 늘 소화가 안 된다고 말씀하시던 것도 그게 크게 자라서 아래에서 오히려 위에 있는 위장을 압박해서라고 했어요.”

“정말 괜찮은 거야?”

“예. 수술만 받으시면 괜찮대요.”

“어머니는 뭐라셔.”

“놀라실까 봐 자세한 말씀은 안 드렸어요. 의사도 일단 증세만 듣고 진찰만 한 거니까. 내일은 좀 일찍 나오라고 했어요.”

“그럼 곧 입원도 하고 수술도 하셔야겠네.”

“형님한테 의논을 좀 드려야겠어요. 병원 갔다 오면서 어머니하고 이런저런 얘기를 나누었는데 어머니가 다른 건 몰라도 수술하는 건 무척 꺼려하시는 것 같았어요.”

“자세한 말씀 안 드렸다면서 수술 얘기는 또 어떻게⋯⋯.”

“말을 돌려서 여쭤봤거든요. 친구 어머니 경우에 보니까 오랫동안 통원 치료를 받는 것보다 수술을 받으니까 금방 좋아지시더라고⋯⋯.”

“그랬더니?”

“어머니는 수술은 안 받으시겠대요. 몇 날 며칠이 되든 그냥 병원에 다니면서 치료 받고 약 먹고 하시겠다면서. 그러다 안 아프시면 마시겠다고. 제가 수술 얘기부터 하면 놀라실까 봐 그렇게 말씀드린 건데. 의사도 수술 얘기는 안하고 입원 치료 얘기만 하고요. 입원 치료라는 게 수술 얘긴데⋯⋯.”

“수술은 왜 안 받으시겠다는데?”

“어머니 자식들이 너무 대단해서 그런대요.”

“무슨 얘긴데?”

“만약 그래야 한다면 자식 다섯이나 낳은 뱃속을 어떻게 들어
내냐면서 아프면 아픈 대로 견디고 말지 수술은 안 받으시겠대
요. 설사 죽을병이라 해도 살 만큼 사셨다면서 얼마를 더 살기 위
해 당신들 낳은 뱃속까지 들어내고 싶지 않으시다고…….”

“그게 어머니 성격이야. 그래서 자식들이 다 어머니를 무서워
하는 거고.”

“그 말씀을 들으니까 나도 그런 생각이 들었어요. 또 나라면
감히 그런 생각을 할 수 있을까 하는 생각도 들고요.”

“만약 의사 말대로 그런 거라면 수술이 문제가 아니라 수술을
받게 하는 게 문제구만.”

“그러니까 형님하고 의논을 해봐야겠다는 거지요.”

어머니는 형수와 아내가 꼬박 이틀을 설득해 그날에야 겨우 입
원을 하기 위해 병원으로 나가게 된 것이었다. 어머니는 내복만
그렇게 자식들의 것을 입는 것이 아니라 양말도 어느 자식인가
시골집에 왔다가 벗어놓고 간 것을 빨아 보관하고 있던 걸 두 개
껴신었다. 이번엔 형수와 아내도 아무 말을 못하고 그런 어머니
를 옆에 서서 내려다보았다.

“누가 뭐라든 나는 이렇게 입고 나서는 게 편하다.”

“그럼요. 어머니 편하신 대로 하셔야죠.”

마루에 서 있던 형님이 안방으로 들어와 어머니를 일으켰다.
그러나 그날에도 형님과 나는 병원에 따라가지 못했다.

"아버지도 가시는데 느들은 그냥 집에 있어라. 뭔 큰일이라고 그런 데 가면서 자식들 줄줄이 세우는 것도 아니고."

"괜찮아요, 어머니."

"느는 괜찮아도 내가 괜찮지 않아서 그래."

제법 눈이 내려 골짜기 안에 깊숙이 들어와 있는 집에서 마을까지 나가는 길만 내가 운전을 해준 다음 아내에게 핸들을 넘겼다.

"그럼 내일쯤이든 나가 뵐게요."

"그럴 것 없대두."

자동차엔 아내와 형수가 앞에 타고, 아버지와 어머니가 뒤에 탔다. 아이는 전날 제 사촌들이 있는 강릉 형님 집에 데려다 놓았다.

"좌우지간 우리 어머니 고집도 알아줘야 해."

마을 큰길(큰길이라고 해봐야 승용차 두 대가 겨우 비켜 다닐 만했지만)에서 집으로 들어오자 형님이 말했다.

"요즘은 어떻게 지내요?"

그제서야 나는 형님 집의 안부를 물었다.

"뭐 우리가 사는 거야 별일이 있을 게 있나. 이런 일이 아니면. 옆에 있어도 내가 자식 노릇 제대로 못해서 그렇지."

"제대로 못하긴요. 멀리 있으니 형님한테 늘 죄송하기만 하고 그런데……."

"직장 그만두고 나니 어떠냐?"

"많이 쓰는 것도 아닌데 더 바쁜 것 같네요."

"연재를 맡았다면서 오래 내려와 있어도 되나?"

"뭐 옛날처럼 원고를 직접 가지고 움직이는 게 아니니까 괜찮

아요. 팩시밀리로 일주일분씩 삽화가한테 보내고 신문사로 보내
면 되니까."

"내 얘기는 그래도 올라가 봐야 하지 않느냐는 얘기지."

"괜찮아요. 직장 다닐 때는 그러지도 못했는데 어머니 퇴원하
실 때까지는 여기 있을 생각이에요."

"수술하고 회복하고 하자면 열흘은 더 걸릴 텐데."

"열흘이야 뭐. 여기서 원고를 써서 보내도 되는 거구. 형님은
안 나가봐도 돼요? 수업도 있을 텐데."

"이따가 오후에 상훈이 에미 전화 오면 나가지 뭐. 학교에도
그렇게 얘기를 했으니까. 나가더라도 오늘은 병원보다 집으로 바
로 나가야 할 것 같고."

"눈이 많이 왔으면 아까 나가지도 못할 뻔했네요. 자동차로는."

"그러게. 이젠 사람들이 눈이 와도 길을 치지 않아. 걸어다닐
때나 눈을 치고 했지 자동차 길을 칠 것도 아니고, 또 칠 사람도
없고."

"큰길에서 걸어 들어오다 보니 옛날엔 왜 이렇게 골짜기 안에
다 집을 지었나 모르겠어요. 너른 평지 쪽을 놔두고. 이러니 눈이
와도 마을까지 나가기도 힘들고 말이죠."

"모르는 소리 마라. 그래도 우리 어릴 땐 마을에서 제일 먼저
눈을 친 길이 그 길이었다. 집에 있는 일꾼들이 치고 내려가기도
했지만 마을 사람들이 요 아래까지 치고 올라왔어. 그보다 더 이
전엔 마을 큰길보다 먼저 그 길을 치고 올라왔다고 그랬고."

"그러는 걸 보지는 못했지만 얘기는 들었어요. 증조할아버지
하고 할아버지가 살아계시고, 아버지가 젊으셨을 때까지만 해도

그랬다고."

"장서리가 빠져 그 길이 막히면 마을에 연기 못 올리는 집이 있다고 그랬으니까. 내가 국민학교 다닐 때에도 눈만 오면 만옥이 할아버지하고 아버지가 그 길을 치고 올라왔고."

"그러니까 꼭 19세기 영국 얘기 같네요. 증조할아버지나 할아버지 대에 지나간 영화도 그렇고."

"19세기 영국 얘기라니?"

"19세기 때 유럽에 그런 유머가 있었답니다. 영불해협에 폭풍이 일면 영국이 고립되는 게 아니라 대륙이 고립되었다고요. 이 에이치 카도 자주 인용한 농담이랍니다. 그만큼 19세기 때의 영국 영화를 이야기하는 얘기이기도 하고요."

"역사학잔가 뭔가 하는 사람 말이냐?"

"예. 폭풍이 일면 대륙이 고립되었다는 얘기나 눈 때문에 그 길이 막히면 마을에 연기 못 올리는 집이 있었다는 얘기나. 어머니도 시집오셨을 땐 마지막 그 영화를 봤을 테구요."

"그래서 자식들한테고 며느리들한테 더 무서운지도 몰라."

"하긴요. 아버지는 그 영화의 마지막 수혜자인 동시에 희생자이기도 하고요."

"모르지, 그것도……."

"그때로선 드물게 대학 공부까지 시키고선 종손이 종가를 지켜야 한다고 집 안에만 붙잡아놓으셨다면서요, 할아버지가……."

"그래. 그래서 아버님이 더 바깥으로만 나돌고 싶어 하셨는지도 몰라. 어머니는 또 어머니대로 그래서 더 힘들게 사셨는지도 모르고. 뭐 두 분까지 갈 게 있냐. 나만 해도 말로만 종손이지 종

손 노릇 제대로 하고 있는 것도 아닌데 집 부근을 떠날 수 없어
사립학교 접장을 하고 있는데. 공립학교만 해도 삼 년마다 이동
해야 하니까."

"알지요, 형님 힘든 거야 우리가. 형수님도 마찬가지고. 서울
에 있을 땐 여기 내려오면 답답함이 다 풀릴 것 같다가도 막상 내
려오면 여기는 또 여기대로 답답하게 느껴지는 것도 아직 남아
있는 그런 분위기 때문인지도 모르고요."

"전에 둘째도 그런 얘기를 하더라."

"연락 올 때까지 좀 쉬세요, 이제."

"쉬는 거야 뭐……. 그런데 전에 어느 책에서 보니 '수색' 인가
뭐에 대해 쓰는 것 같더니 그건 언제 책이 나오냐?"

"보셨어요?"

"여기 저기다 발표하니 다는 못 찾아보고 처음 것하고 그다음
것 두 개는 봤다. 그것도 우리 학교 국어 선생이 말해 주니 본 거
지 내야 뭐 문예지를 사다 읽는 것도 아니고."

"놀라셨죠? 그런 얘기 써서……."

"놀라긴 뭐. 없는 얘기 쓴 것도 아니고. 언뜻 보니 우리 어릴
때 와 사시던 서울 어머니 얘기 같던데."

"예. 그 어머니요."

형님은 언뜻 보았다고 했지만 언뜻 본 게 아닐 것이다. 방금 전
형님이 그 엄마를 '서울 어머니' 라고 한 말이 그랬다.

전에 작은형님은 그 이야기가 나왔을 때 내게 어머니가 그 엄
마의 이름을 왜 '수호 엄마' 라고 부르게 되었는가를 설명하며
"잘 생각해 봐라. 그 여자가 들어올 때……." 라고 말했다. 그래서

나는 낯선 눈빛으로 "그 여자라고 말하지 말아요. 나한테 그 말 익숙하지 않으니까." 하고 형의 말머리를 잘랐고, 이어지는 두 번째 소설에 그 이야기까지 썼던 것이었다. 큰형님이 그때 작은형 님처럼 무심결에 나오는 대로 '그 여자' 라거나 '어릴 때 니 엄 마' 라고 하지 않고 '서울 어머니' 라고 한 건 내가 그렇게 쓴 부분 들까지도 깊이 읽어냈다는 뜻일 것이다.

"나중에 책이 나오면 어머니가 놀라시겠죠?"

"놀라시긴 뭐, 놀라실 분도 아니다."

"그래도 섭섭한 건 있겠지요."

"글쎄……."

형님은 그렇게 말했지만 실제 그것을 본다면 얼마나 섭섭해하 실지는 내가 더 잘 아는 일이었다. 그러나 지금으로선 책보다 더 급한 게 지난 연말 촬영을 마치고 이제 다음다음 주 금요일이면 나올 제이비에스 '문학 여행' 이었다. 사실 그 프로그램은 정상적 인 일정으로 하자면 지난주에 나왔어야 했다. 연초에 이 주 연속 으로 다룬 문학 전반에 걸친 새해 특집 기획물로 그만큼 뒤로 밀 린 것이었다. 그러지 않았다면 그것은 이미 나왔을 테고, 그러면 나도 그것이 나온 다음 시골로 내려오지 못했을 것이다. 어쩌면 나는 그것이 나오기 전 아버지 어머니가 계시는 시골로 내려와 미리 그 파장을 줄여볼 생각을 했던 것인지도 몰랐다.

"만약 그 작품이 예전 '티브이 문학관' 식으로 텔레비전에 나 온다면 어떻게 될까요?"

"글쎄…… 내가 뭐 그쪽을 알아야 말이지."

그러면서 형님은 이야기를 피하려는 듯 장롱에서 베개를 꺼내

아랫목에 누웠다. 그런 형님에게 나도 차마 더 이상 그 이야기를 할 수가 없었다. 나는 형님 발끝 쪽에 있는 낡은 군용 담요를 당겼다.

"뭐 하려고?"

"재수나 한번 떼어보려고요."

"그건 떼어봐서 뭘 하게?"

"그냥요, 뭐가 떨어지나 하고……."

"싱겁긴."

"그냥 앉아 있으니 심심하니 그러지요. 형님은 주무시고."

"하기야 어릴 때 넌 그거 꽤 좋아했어야. 틈만 나면 화투 만지고."

"아세요? 그거……."

나는 조금 멋쩍은 얼굴로 형님을 돌아보았다.

"알지, 그럼. 그래서 내 노트 겉장도 죄다 뜯어내고. 생각나나?"

"예. 그땐 그게 무슨 재민지. 매를 맞으면서도 그러고……."

아마 그 엄마가 집을 나간 다음부터였을 것이다. 아니, 그 엄마가 집을 나가고, 아버지도 바람처럼 훌쩍훌쩍 집을 나갔다가 들어오고 들어왔다간 다시 나가고 하던 때였을 것이다. 정확하게는 기억나지 않지만 국민학교 3학년 때거나 4학년쯤이었을 그때 나는 어머니와 할아버지 할머니 몰래 화투를 만지기 시작했다. 지금 같은 플라스틱 화투가 아니라 종이 뒤에 얇게 석고 칠을 한 '목화투'였다. 그래서 부러지기도 잘하고, 또 마흔여덟 장을 내 손아귀로는 다 쥘 수 없을 만큼 두께도 두꺼웠다.

학교에서 돌아오면 나는 거의 매일 동네의 큰 아이들과 어울려 화투 놀이를 했다. 심심풀이로 점수 내기만 치는 게 아니라 어른이 집을 비운 집으로 몰려가 내기를 건 화투를 치곤 했다. 처음엔 돈 내기가 아니라 성냥 따먹기를 주로 했다. 민화투로 칠 때엔 띠에 성냥 다섯 개비씩 주고받았다. 가게에서 이 원 하는 '삼공표' 성냥갑 안엔 육십 개에서 육십오 개의 성냥개비가 들어 있었고, 십오 원 하는 '향로표' 통 성냥은 '칠백 개비 입(入)'이라고 씌어 있었다. 나는 거의 매일 삼공표 두 곽을 잃거나 따오곤 했다. 화투도 민화투를 친 것이 아니라 요즘 어른들이 하는 '육백'이니, 알맹이와 껍질을 나누어서 어느 한쪽만 가지고 하는 '섯다'니, '도리짓고땡'이니 하는 것들을 했다. 다섯 장의 화투를 받아 그중 세 장으로 열 끗을 만들거나 스무 끗을 만들고 나머지 두 장의 끗수 싸움을 하는 도리짓고땡을 우리는 '화닥데기'라고 불렀다. 불을 지르듯 한꺼번에 화다닥 끝을 낸다는 뜻이었다. 화닥데기를 하면 성냥 열 통도 좋았고 스무 통도 좋았다. 그러다 성냥을 사러 가게에 나갈 돈이 떨어지면 살며시 집으로 들어와 부엌의 성냥을 손대곤 했다. 그 판에 모여들던 아이들이 이 집 저 집 어른들에게 꼬리가 밟힌 것도 아이들이 어른 없는 빈 집에 모여 그런 짓을 해서가 아니라 부엌에서 없어지는 성냥 때문이었을 것이다.

그 무렵 나는 할아버지와 할머니가 매일 아침 주는 삼 원이나 오 원을 학교에서 돌아오는 길에 성냥을 사는 데 거의 썼다. 우리 또래 아이들은 나 말고는 그 판에 끼는 아이들이 없었다. 그 아이들은 안다 해도 겨우 민화투의 짝을 맞추고 더러 팔뚝 맞기를 하는 정도였고, 충충이 계급으로(그러니까 족보를) 따지는 섯다나 화투를 받자마자 '콩콩팔'이니 '삐니칠'이니 '꼬꼬장'이니 하는 계산부터 해야 하는 화닥데기의 방법을 몰랐다. 그러니 나는 자연 큰 아이들과 어울려 거의 매일 성냥 두 갑이나 세 갑을 없애곤 집으로 돌아왔다. 섯다나 화닥데기에서 많이 걸 때엔 성냥 두세 갑을 한꺼번에 걸기도 했다. 상대는 주로 국민학교를 졸업하고 집에서 노는 동네 중학교 또래의 아이들이었다. 나는 학교에서 돌아와 집 안에서 혼자 놀다가 살그머니 눈치를 보고 빠져나갔다간 저녁때 집에 들어오곤 했다. 어떤 때는 정혜가 부르러 와서 가기도 하고, 형들이 찾아와서 집으로 가기도 했다.

어머니가 처음 그것을 안 건 부엌에서 집어내는 성냥 때문이 아니라 동네 가게 아주머니 때문이었다.

"참판 댁은 뭐 하시는데 매일 그렇게 성냥을 사 가신대요?"

어느 날 가게 아주머니가 어머니에게 그렇게 물었을 것이다.

"성냥이라니?"

어머니는 또 그렇게 되물었을 것이다.

"시째(셋째)가 매일 하루 두 갑 세 갑씩 사 가는 걸요."

"우리 시째가?"

"예."

그러자 어머니도 이내 집히는 데가 있었을 것이다. 그 무렵 나는 부엌의 성냥도 살금살금 집어내던 때였다. 그날 밤, 나는 거의 죽지 않을 만큼 매를 맞았다. 어머니는 니 죽고 나 죽자고 했다. 매를 때리며 왜 그런 데 손을 대고, 그런 짓을 하는지 말을 해보라고 했다. 나는 아무 대답을 하지 않고 매가 떨어질 때마다 신음으로 그 매를 견디곤 했다. 어머니는 때리고 또 때렸다. 얼마나 무섭게 때리고 무섭게 맞았는지 형제들도 겁이 나 안방 근처에도 얼씬하지 못했다.

"다시 또 그럴래? 다시 또 그러겠느냐고?"

한 대씩 매를 휘두를 때마다 어머니가 물었지만 나는 대답하지 않았다. 매에 못 이겨 비명 같은 울음만 터트렸다.

"다시 안 그러겠다고 말을 해. 다시 안 그러겠다고."

나중엔 오히려 어머니가 사정하듯 매를 때렸다. 그래도 나는 안 그러겠다고 대답하지 않았다. 어머니도 울면서 매를 때리고 나도 울면서 매를 맞았다. 미리 준비한 싸리 회초리 대여섯 개가 내 종아리와 전신에 피를 묻히고 부러진 다음 할머니가 건너와 나를 안을 때까지 어머니도 울었고, 나도 울었다. 그러면서도 나는 다시는 안 그러겠다는 대답 없이 그 매를 견뎠다. 할머니에게 안겨 건넌방으로 가는 내게 어머니는 저게 지난가을 즈 에미가 가고 나더니 이제 나를 잡아먹으려 한다고 울었다.

정말 그래서였는지도 모른다. 다음 날에도 나는 할머니한테 받은 오 원을 가지고 피멍이 든 몸으로 동네 빈 집으로 섯다와 화닥데기를 하러 갔다. 그 매로 달라진 것이 있다면 성냥을 가게에 나가 사는 것이 아니라 많이 딴 아이들에게 일 원에 마흔 개비씩 사는 것이었다. 그리고 집에 돌아와서는 형들의 공책 겉장을 찢어 만든 화투를 혼자 가지고 놀곤 했다.

"니가 에미하고 무슨 원수를 치려고 그러나."

처음 한 번 죽을 만큼 매를 댄 다음 어머니도 더 이상 매를 대지 않았다. 그러면서 전에 할머니가 주던 오 원을 어머니가 매일 주었다. 그때에도 나는 그 돈으로 아이들에게 성냥을 샀고, 그것으로 섯다와 화닥데기를 했다.

뒤에도 알 수 없는 것은 그때 형들은 어떻게 그런 나를 잘 참아 주었을까 하는 것이었다. 형들의 책꽂이와 가방을 뒤져 채 반도 쓰지 않은 공책의 뒷장을 내 마음대로 뜯어내 화투를 만들곤 하던 동생을. 다 자라 언뜻 그 생각이 날 때에도 나는 그것을 묻지 않았다. 아마 어머니의 어떤 요량이 있었을 것이라는 걸 묻지 않아도, 또 말하지 않아도 짐작할 일이었다.

언젠가 오정희 선생의 어린 시절 이야기 중 화투 이야기를 읽으며 이분은 왜 또 어울리지 않게 이러셨을까 하는 생각을 했었다. 그분은 한 번 그렇게 혼이 나곤 이후로 다시 화투를 만지지 않았다는데 나는 아마 이태는 더 그랬을 것이다. 성냥을 많이 땄다고 기뻐했던 적도 없고, 또 성냥을 잃는 것으로 매일 돈을 없앴다고 해서 크게 아까워하거나 언짢아했던 적도 없었다. 정말 나는 그때 왜 그랬을까. 어머니 말대로 그 엄마가 가고 나서 내 손으로 어머니를 잡아먹으려고 그랬던 것일까. 정말 한 이태를 그랬던 것 같다. 그리고 그 이후에 어떤 계기도 없이 다시는 화투에 손을 대지 않았다. 아마 매일 성냥을 따고 잃는 일이 내 스스로에게 심드렁해졌는지도 모른다. 기억 속에 한 아이가 개울가에 쪼그려 앉아 성냥개비를 하나하나 떨어뜨리며 그것이 흐르는 물 위에 꼬리를 물고 떠내려가는 것을 하염없이 바라보던 것이 생각난다. 그리고 오금 저린 무릎을 세우고 눈가의 물기를 닦던 생각이 난다. 아마 그게 마지막이었을 것이다. 성냥도 화투도……

지금도 명절이거나 어떤 일로 형제들이 시골집에 모여 화투를 하면 나는 슬며시 뒷전으로 물러나 앉는다. 그러면 또 어머니는 그게 서운하신 모양이다.

“왜 시째는 안 하나?”

아니, 어머니는 그렇게 말하지 않았다.

“왜 시째는 빼놓고 하나?”

어머니는 담요를 놓고 둘러앉은 다른 형제들에게 그렇게 말했다. 지난 연초 연휴에 모였을 때에도 그랬다. 왜 시째는 빼놓고 하느냐고. 상인이 아범, 내가 돈을 대주랴냐고…….

그런저런 생각을 하며 형님이 누운 옆에서 나는 스페어로 짝을 맞춘 화투로 재수 점을 떼어보았다. 중간에 흑싸리가 짝을 맞춰 떨어지곤 이내 아무것도 떨어지지 않았다.

참 이상하네. 며칠 전에도 그러더니. 그건 가시밭길이라는데…….

5

이틀 후 어머니는 수술을 했다. 그때에도 어머니는 다 산 목숨 더 살자고 수술하고 싶지 않다고 말했다. 형수와 아내가 아무리 설득해도 막무가내여서 형과 내가 병원으로 나갔다.

“보기보다 간단한 수술이랍니다. 걱정하실 것 없어요.”

“자식 다섯 낳은 뱃속 들어내는 게 간단한 수술이냐?”

“괜찮아요, 어머니.”

“느는 괜찮아도 나는 괜찮지 않다.”

“왜 자꾸 그러세요, 어머니.”

“생각해 봐라. 이다음 저세상 가서 다시 느들을 낳을 때, 그때 어떻게 느들을 낳으라고 그러냐?”

　어머니는 그런 수술을 받게 되면 자식들과 영영 연이 끊기게 될지도 모른다는 생각을 하고 있었다. 이승에 살아선 다섯 자식을 낳아 길러내고, 또 저세상에 가서도 그 다섯 자식을 온전히 품 안에 거두겠다는 생각을 하고 있는 것이었다.

　"차라리 팔다리를 끊어내는 수술이라면 나 아무렇지 않게 그걸 받을 수 있다. 그렇지만 어떻게 뱃속을 들어내란 말이야. 어떻게 낳고 어떻게 키운 자식들인데……."

　그런 어머니를 형과 나는 반나절이나 더 설득했다. 아버지까지 옆에서 아무리 말을 해도 듣지 않았다. 그렇다고 우리가 살고 있는 세상은 이런 거고 죽은 다음 가는 세상은 저런 거라고 설명할 상황인 것도 아니었다. 우리 다섯 자식이 어머니의 신앙과 같은 것이고, 그런 자식들을 뱃속에서 키워 낳은 자궁 역시 어머니에겐 그 신앙의 신전과 같은 것이었다.

　"느 에미 성격이 그렇다. 그런다고 그냥 둘 수도 없고……."

　"그럼 아버님 좀 나가 계세요. 제가 설득해 볼게요. 형님도 나가 계시구요."

　나는 어머니 모르게 아버지, 형님을 병실 밖으로 내보냈다.

　"어떻게 하려고?"

　형님이 걱정스러운 얼굴로 복도에서 물었다.

　"제가 알아서 할게요. 상인이 에미 좀 들어오라고 그러고요. 그리고 나가셨다가 삼십 분쯤 후에 들어오세요."

　"어떻게 하려고 그러는데? 강제로 그런다고 될 일도 아니다. 느들도 에미 성격을 모르는 게 아닐 테고."

　"걱정 말고 나가 계세요. 강제로 그러지도 않고요."

나는 아버지와 형님이 나간 다음 복도에서 담배 한 대를 피운 다음 아내와 함께 다시 병실에 들어갔다.

"어머니."

나는 차분한 목소리로 어머니를 불렀다.

"왜?"

"정말 수술 안 받으실 거죠?"

"그래. 안 받아."

"왜 안 받으시는데요?"

"지금은 쓸모가 없어도 느 다섯을 낳은 뱃속이야. 저세상 가서도 느 다섯을 낳아야 할 뱃속이고."

"그래요. 어머니가 저를 낳으셨죠? 다른 사람이 아닌 어머니가요."

"니두 낳구 형들두 낳구 동생들도 낳았다, 내가."

"어릴 때 난 어머니가 날 낳으신 게 아닌 줄 알았어요. 날 낳은 어머니가 따로 있는 줄 알았어요. 내 어머니가 따로요."

일부러는 아니었지만 내 목소리는 스스로 느끼기에도 비감스러운 데가 있었다. 그러자 어머니도 적이 놀라는 얼굴을 했다. 설마 내가 여기서 그 얘기를 꺼내랴 싶었는지도 모른다. 이제까지 한 번도 내 입으로 먼저 해보지 않은 이야기였다.

"안다. 내가 그랬구……."

"알아요. 어머니가 그러신 거……."

"지난해 여름에도 그 일 때문에 상인이 에미 혼자 여기에 와 있었구요."

"후에 본 적은 있냐? 서울에서……."

“아뇨.”

“그런데 그 얘기는 왜…….”

“이다음 저세상에 가서도 어머니가 저를 낳아달라구요. 다른 어머니 아들 하게 하지 말구…….”

나는 침대에 누워 있는 어머니의 손을 꼬옥 잡았다. 어머니의 손에서도 내 손으로 힘이 전해져 왔다.

“그래. 그러마 에미가…….”

“그리고 오래오래 사시면서 저한테 늘 어머니가 저를 낳았다고도 말씀을 해주시고요. 알아도 저는 그 얘기가 자꾸자꾸 듣고 싶어요. 다른 형제들하고는 또 다르게요.”

“안다…….”

“저는 어머니가 저하고 오래 사는 게 좋아요. 그리고 알아도 저한테 늘 그 얘기를 해주는 게 좋고요. 어머니는 그 말씀을 잘 안 하셨잖아요.”

“그래…….”

“어머니.”

“왜…….”

“어머니는 지금 제가 무슨 말을 하고 싶어 하는지도 아시죠?”

“…….”

“어머니는 수술하시고도 우리를 낳으실 수 있을 거예요. 큰형님부터 차례로 우리가 어머니 뱃속으로 들어갈 거니까. 그때는 절 다른 어머니한테 보내지 마세요. 그런 인연은 한 번이면 되니까…….”

“나가서 아버지 들어오시라고 해라.”

"예. 아버지한테 그 말씀 새삼스럽게 하시지는 마시구요."

"안 한다."

그러면서 어머니는 손을 뻗어 옆에 있는 아내의 손을 잡았다.

"그래. 니는 새로 아이를 갖고, 나는 이제 그 아이의 애비를 낳은 아기집을 들어내야 할 것 같구나."

"그래도 우리는 다 어머니에게서 왔고 어머니에게로 갈 거예요. 상인이 아빠도, 저도요."

"그래…… 아버지를 불러."

어머니는 오후 늦게 수술실로 들어갔다. 아버지가 손을 잡고, 형님과 형수, 나와 아내가 번갈아 손을 잡아주었다. 어머니가 나간 병실 바깥엔 진눈깨비가 추적거렸다. 어머니가 수술실에서 회복실로 옮겨졌다는 소리를 들을 때까지 우리는 어머니의 빈 침대를 지켰다. 아버지가 이따금 담배를 피우기 위해 복도로 나갔다 들어왔고, 내가 이따금 복도로 나갔다 들어왔다. 그때까지도 계속 진눈깨비가 내렸다. 밤이 되어 기온이 떨어지면 그때나 눈으로 쌓일 모양이었다. 형님은 내게 아버지를 모시고 집으로 들어가라고 했다. 그러다 11시가 넘어 어머니가 의식을 회복하기 시작했다는 소리를 들은 다음 형님 내외가 아버지를 모시고 아파트로 갔다. 어머니는 몇 시간 후에야 다시 병실로 올 것이라고 했다.

"옆에서 보면 당신하고 어머니 사이엔 깊은 무엇이 있는가 봐요."

둘만 남았을 때 아내가 말했다.

"뭐가?"

"모르겠어요. 어떤 깊은 골 같기도 하고, 그러다 그게 또 물처럼 깊이 흐르기도 하고…….”

“어머니와 아들 사이니까.”

“다른 형제들은 뭐 어머니와 아들 사이가 아닌가요?”

“당신도 결혼했을 때 처음 그랬잖아. 내가 의붓아들인 줄 알았다고.”

“또 그 얘기…… 그거야 처음이니까 잘 몰라서 그랬던 거지요.”

“그래. 잘 몰랐을 때 느끼는 느낌과 분위기가 정확한 거라구.”

“후에도 보면 당신과 어머니 사이엔 그런 게 좀 있어요. 어떤 골 같기도 하고, 또 어떻게 보면 그 골을 가득 채운 다른 무엇 같기도 한 그런 게요.”

“나도 가끔 그런 걸 느껴. 나도 어머니를 다른 형제들보다 더 조심스러워하는 데가 있고, 어머니도 같은 자식인데 다른 형제들보다 날 더 조심스러워하는 데가 있고……. 그렇다고 겉으로 무얼 드러내지는 않고.”

“난 아까 당신이 그 얘기는 왜 하나 했어요.”

“나도 어머니 속으로 낳은 자식이니까.”

“어떻게 보면 우리 어머니는 참 힘들게 세상을 살아왔구나 하는 생각이 들어요. 겉으로 보면 부족한 것 없이 갖출 것 다 갖추고 누려온 것처럼 보이는데 실제로는 다른 사람들보다 더 아프게 살아온 것처럼도 보이고요. 그 연세 어른들 다 그렇기는 하지만…….”

“예전에 집안에 그 엄마만 와 있었던 게 아니야.”

“그 어머니 말고도 또 있었어요?”

“할머니 한 분도 와 계셨어.”

“그 얘기도 얼핏 듣기는 했는데, 형님한테……. 새할머니가 계
셨다고…….”

“자세한 건 모르고?”

“당신은 그 얘기를 잘 하지 않잖아요. 무슨 얘기가 나오면 그
냥 알 것 없다는 식으로 얼버무리고…….”

“날이 풀려서 그런가, 아직도 눈이 아니고 진눈깨비로 내리네.
이게 다 눈으로 내렸으면 엄청날 텐데…….”

나는 열었던 창문을 반쯤 닫았다.

“지금도 그러잖아요.”

“뭘?”

“그 할머니 얘기가 나오니까 진눈깨비 얘기를 하고요.”

“내가 그랬나.”

“놔두세요.”

“놔두지 그럼, 병실에서 뭐 좋은 얘기라고…….”

그 할머니가 집으로 들어온 건 내가 국민학교 5학년 때의 일이
었다. 그러니까 4학년 때 겨울에 할머니가 돌아가시고, 가을에
그 할머니가 집안에 들어왔던 것인데 그것 역시 자세하게 그때의
일이 기억나는 것은 없다. 할아버지가 먼저 그러길 원하셨던 것
인지, 아니면 할머니가 돌아가시자 누군가 새할머니를 우리 집에
소개를 했던 것인지. 그냥 잠결에 어른들이 그 이야기를 하는 것
을 언뜻 들은 것이 전부인데, 그렇게 들은 얘기 치고는 목소리도
그렇고 말뜻도 그렇고 오랜 세월이 지난 지금도 선명하게 그것을
떠올려 낼 수가 있었다. 아버지는 일 년 탈상이나 하고 모셔왔으
면 좋겠다고 했던 것 같고, 거기에 대해 어머니는 이왕 모셔드릴

거면 탈상 전이면 어떻냐고 말을 했던 것 같다. 아마 그날은 아닐 테고 또 어떻게 들은 것인지 사랑에서 할아버지와 어머니가 그 얘기를 하는 걸 들은 적도 있었다.

"들어오면 너한테는 어른인데, 네가 감당할 수 있겠느냐?"

"아래로 시애도 이태 거느렸는데, 위로 모시는 어른이야 불편할 게 크게 있겠습니까?"

"니가 불편하면 아무도 들어올 수 없고, 설령 들어온다 해도 견디지 못한다."

"전 괜찮습니다. 들어오시면 오히려 제 시중이 줄겠지요."

그러나 막상 그 할머니가 들어왔을 때 문제는 아버지 어머니와 그 할머니 사이에 있었던 게 아니라 우리와 그 할머니 사이에 있었다. 아버지는 여전히 일 년이거나 이 년씩 바람처럼 집을 나갔다가 잠시 들어왔다가는 다시 나가곤 했고, 우리는 몇 해가 지나도록 그 할머니를 우리 할머니로 여기지 않았다. 그냥 부를 때만 할머니였지, 어머니가 아무리 타일러도 그 할머니에게 정이 가지 않았다. 그런 우리와 할아버지 할머니 사이에서 어머니는 늘 전전긍긍하곤 했다. 할머니가 차려주는 밥도 잘 먹으려 하지 않았고, 어쩌다 꺼내주는 용돈도 잘 받으려 하지 않았다. 중고등학교에 다니는 형들은 왜 그랬는지 모르지만, 뒤돌아보면 나는 좀 분명한 이유를 가지고 있었던 것 같다. 뭐랄까, 예전 내 엄마인 줄 알았던 그 엄마가 떠난 다음 알게 모르게 받게 된 상처와 '서자 의식' 속에 어머니에 대한 내 마음의 어떤 선명성을 만회하여 보여주는 대상으로 그 할머니를 지목했던 것인지도 모른다. 그러니까 맹목적으로 그 할머니를 싫어하는 것으로 어머니에게 내 마음을 전달하려 했고, 예전 그 엄마를 내 엄마로 알았던 것에 대한 마음의 빚을 더는 것이라고 생각했던 것 같다. 그래서 어머니가 그러지 마라고 하면 더욱더 기를 쓰고 그랬던 것은 아닌지 모르겠다. 그리고 보니 내가 동네 큰 아이들과 어울려 빈 집으로 성냥과 화투를 들고 다니던 걸 그만둔 때와 그 할머니가 우리 집으로 들어왔던 때가 묘하게 일치하는 것도 그런 상관 관계가 있을 것이다. 어릴 때 이상하게 그 할머니는 정이 가지 않았다. 아니, 내가 먼저 정이 가지 않아야 한다고 결심하고, 그 결심에 따라 할머니를 대했던 것인지도 모른다. 알고 보면 그 할머니도 참 불쌍한데 그랬다. 그리고 그런 할머니와 우리 사이에 끼여 있는 어머니는 더 불쌍한데도 그랬다.

우리가 그 할머니를 어떻게 대하고, 그리고 그 사이에서 어머니는 또 얼마나 힘들었을까 하는 것은 내가 중학교에 입학하고 작은형이 서울에 있는 대학에 들어간 다음 한 달에 한 번씩 보내오는 편지만 봐도 그랬다. 그때 큰형은 군에 가 있었다. 작은형의 편지는 대개 그 달 중간쯤에 왔고, 그 편지가 올 때쯤이면 어머니는 나와 동생들에게 그 편지를 잘 받아놓으라는 말을 신신당부했다. 그러니까 그 편지가 오면 절대 먼저 봉투를 뜯지 말고 어머니에게 먼저 보인 다음 사랑에 나가 읽으라는 것이었다. 어쩌다 할아버지가 계시는 데서 편지를 받아 그 자리에서 읽게 되더라도 꼭 지켜야 할 몇 가지 유의점에 대해 이르고 또 일렀다.

작은형은 매달 송금을 청하는 편지에서조차 한 번도 할머니의 안부를 묻지 않았다. 늘 첫 줄에 '어머니께' 라고 쓴 편지에서 형은 어머니와 할아버지, 동생들의 안부만 물었다. 또 어떤 때는 몇 줄의 짧은 안부 끝에 막바로 '다름이 아니오라' 하고는 송금을 청하기도 했다. 그런 날이면 나는 형 대신 집에서 할아버지에게 읽어드릴 형의 편지를 어머니가 불러주는 대로 다시 쓰곤 했다.

'어머니 안녕하십니까? 더운 날씨에, 혹은 추운 날씨에 할아버지 할머니도 안녕하신지요. 저는 할아버지 할머니의 보살핌과 염려 덕분으로 몸 건강히 공부를 하고 있습니다. 지난번 편지에서 할머니가 조금 편찮으시다는 소식을 듣고 많이 걱정을 했는데 지금은 쾌차하신지요. 할머니가 편찮으시다는 소식을 듣고도 학업 때문에 찾아뵙지 못하는 마음 여간 죄송스럽지 않습니다. 이다음 제가 공부를 마치고 내려가면 할아버지 할머니를 누구보다 편하게 모실 것입니다.'

그리고 그것을 할어버지와 할머니가 계시는 사랑에 나가 읽고 나서, 다시 서울로 보낼 편지를 어머니가 불러주는 대로 받아써야 했다.

'보낸 편지 잘 받았다. 몸 건강히 공부를 하고 있다니 다행이구나. 여기 집안은 모두 편하다. 할아버지 할머니도 편히 지내시고, 에미와 동생들도 편하게 지내니 집 걱정은 크게 하지 마라. 그러면서도 에미가 너에게 부탁할 말은, 전에도 여러 번 부탁했던 말이다만 다음번 편지를 쓸 때엔 꼭 할아버님과 할머니의 안부를 같이 챙기고 많이 챙기도록 해라. 네 마음이 그러고 싶지 않더라도 여기 있는 에미와 동생들을 생각해서라도 꼭 그렇게 해라. 이번에 네가 보낸 편지는 다시 에미가 부르고 수호가 받아 써서 사랑에 나가 읽었다. 그러니 다음에 편지를 보낼 때에는……'

그러나 그다음에도 형은 여전히 같은 편지를 보냈고, 나는 어머니가 불러주는 대로 새로 쓴 편지를 사랑에 나가 읽곤 했다. 아마 형이 중간에 휴학을 하고 군에 가기 전까지 이태 동안은 그랬던 것 같다. 아버지가 집에 들어와 있으면 아버지가 형에게 하숙비를 보내곤 했지만, 아버지가 밖으로 나가 있을 땐 늘 할아버지가 그것을 내주곤 했다. 어머니는 그냥 집안의 작은 살림만 했다. 정말 형들은 왜 그 할머니를 그렇게 싫어했던 것인지 모른다. 어느 정도 클 때까지 나도 그랬고, 정혜도 그랬고, 막내만 드러내놓고 그러지 않았다.

그 할머니는 할아버지가 돌아가시고도 오 년이나 더 우리 집에서 살다 돌아가셨다. 할아버지가 돌아가신 다음 혼자 잠시 집을 나가 있는 걸 다시 집 안으로 모시고 온 사람도 어머니였다. 할아버지가 살아 계실 때에는 출입을 못하다가 할아버지가 돌아가신 다음 정혜의 대학 졸업식 때에도 아버지 어머니와 함께 올라와 정혜의 학사모를 쓰고 사진을 찍었고, 서울과 대전에 있는 고모의 집들도 며칠씩 다녀가 쉬고 오기도 했다. 또 서울 작은형 집에도 길게는 한두 달씩 묵다가 내려가기도 했다. 그런데 그때엔 왜 몰랐는지 모른다. 큰형이 군에 가고 작은형이 군에 가기 전까지는 다들 다 왜 그게 어머니를 위하는 길이 아니라 어머니를 힘들게 하는 일이라는 걸.

내가 학교를 다닐 땐 더구나 할아버지가 돌아가신 다음이어서, 그리고 아버지 역시 집 안에 들어와 계시던 때여서 편지 때문에 크게 속을 썩인 적은 없었다. 그렇지만 어머니에게 보내는 편지는 늘 조심스럽고 어려웠다. 그것 역시 내 마음속에 깊이 자리 잡고 있는 어떤 상처 같은 '서자 의식' 때문이었는지 모른다. 그때 집에 전화가 들어왔지만 나는 형들처럼 늘 편지로 하숙비를 보내 달라고 했다. 학교 다닐 때 참 많이도 편지를 썼다.

아버님 어머님 안녕하셨습니까? 그리고 동생들도 잘 있는지 요? 저는 부모님 염려 덕분에 몸 건강히 잘 지내고 있습니다. 여 기까지 쓰고도 쉽게 '다름이 아니오라'를 꺼내지 못해 한참 동안 이런저런 다른 얘기를 늘어놓은 적이 많았다. 형의 편지를 대신 쓰던 생각 때문이었는지 매달 생활비의 송금을 간청하는 게 그렇 게 죄송스러울 수가 없었다. 어떤 때는 끝내 '송금' 얘기를 못 꺼 내고 그냥 안부 편지만 보내기도 했다. 그리고 일주일쯤 뒤 다시 장문(長文)의 안부 뒤 '다름이 아니오라' 송금 이야기를 했던 기 억이 난다. 그때 경제적으로 집안 형편이 모질지 않은데도 그랬다.

지금도 어머니는 우리 오 남매의 그런 편지들을 장롱 속에 보 관해 두고 있었다. 다시 보여달라고 졸라도 보여주지 않는 그 편 지를 어머니께선 무엇 때문에 보관하고 있는지 이제는 조금은 이 해할 수도 있을 것 같기도 했다. 아마 어머니께선 그 편지 묶음들 을 당시엔 고생이었으되 지금은 그렇게 키운 오 남매의 어머니로 서 뿌듯한 긍지며 보람처럼 간직하고 있을 것이다. 그동안 우리 오 남매는 얼마나 긴 세월 동안을 형제의 대를 물려가며 부모님 께 '다름이 아니오라'의 편지를 썼던 것인지. 그리고 그 중간 중 간 새로 써야 하는 편지들은 또 얼마나 많았을지. 가만히 보면 어 머니의 살아온 날들이 그랬다. 이제 그렇게까지 하지 않아도 되 는데 구구절절이 안부를 갖추고 또 갖추어 보낸 내 편지 역시 그 것이 다른 자식의 것이 아니라 바로 '시째'의 것이기에 그 편지 를 읽으며 어머니는 또 예전 형의 편지를 읽을 때와는 또 다른 마음으로 가슴이 아팠을지 모른다.

"나는 당신 형제들은 어머니를 그렇게 마음 아프게 하지 않았을 거라고 생각했어요."

언제 어머니가 돌아올지 모를 병실에서 아내가 침대 난간 쪽으로 다가와 앉으며 말했다.

"아프게 하지 않긴……."

"병원 나올 때 내의를 껴입고 양말을 껴신던 이유도 알 것 같고요. 아까 수술 받으시지 않겠다고 고집 부리시던 것도 그렇고……."

"그게 어머니 가슴속의 무늬들이야. 자식들이 무늬고, 살아오신 날들이 무늬고."

"우린 언제 서울로 올라가요?"

"어머니가 퇴원하시면……."

"잘해야겠어요, 당신이. 어머니한테……."

"잘하고 있잖아. 그래서 상인이 동생도 갖게 하고."

"이이는……."

"참, 그날 처음 병원으로 나올 때 혹시 화투 한 장 어머니 몸이나 당신 몸 따라 나오지 않았어?"

"화투요?"

"응, 옷 속에든 아니면 자동차에든……."

"갑자기 화투는 왜요?"

"그냥……."

"그걸 내가 왜 가지고 나와요?"

"어머니가 말이지."

"어머니는 또 왜 가지고 나오시구요?"

"그냥……."

어쩌면 그 가시밭이 어머니 삶의 무늬였는지도 모른다. 밤이 깊었는데도 병실 창밖엔 아직 눈이 아닌 진눈깨비가 내리고 있었다. 나는 어머니가 깨어 돌아올 새벽엔 눈이 내렸으면 좋겠다는 생각을 했다. 이제 또 다른 삶의 무늬처럼 하얗게 모든 것을 덮고…….

수색, 불러도 대답 없는……

　왜 이렇게 마음이 불편한 것일까. 그 일로 누가 나를 불편하게 하는 것도 없는데, 지난주 강릉에서 올라온 이후 계속 그런 기분이었다.

　그러나 겉으로 드러난 '불편한 일'과 '불편하게 하는 일'이 없는 거지 그것이 무엇 때문이라는 건 내가 더 잘 알고 있었다. 알고 있으면서도 내 스스로에게도 그 일 때문이 아닌 것처럼 하자니 내가 봐도 내 행동 하나하나가 이상해지는 것이었다. 그래서 때로는 아내와 거실에서 눈이 마주치는 것도 불편해 내가 먼저 피하듯 슬그머니 서재로 들어오곤 했다. 이상하게 그 일을 생각하면 집 안에서조차 혼자 있고 싶은 심정이 되는 것이었다. 책을 보거나 글을 쓰는 일도 없이 온종일 서재에 틀어박혀 있을 때에도 아내가 커피 타줘요? 하고 물으면 나는 그냥 아니, 하고 말곤 했다. 아내가 '커피 타줘요?' 하고 묻는 심정을 내가 알고, 또 그 말에 내가 '아니' 하는 심정을 아내가 읽고 있음에도 그랬다. 정작 불편한 일은 따로 있는데 단지 그게 무엇이라고 서로 입 밖으로 내지 않는 것뿐이었다.

나는 아내에게 집에 걸려오는 어떤 전화도 당신이 다 받아서 꼭 필요한 전화만 내게 바꾸어달라고 했다. 아내는 강릉에서 오는 전화도요? 하고 물었고, 나는 그렇다고 말했다. 그러니까 당분간은 아버지 어머니의 전화가 오더라도 나한테까지 바꾸지 말고 당신이 알아서 받고 끊으라는 뜻이었다. 그러나 강릉에서는 우리가 올라오던 날부터 한 번도 전화가 없었다. 그동안 내 대신 아내가 틈틈이 전화를 걸어 퇴원한 다음 어머니의 건강을 묻곤 했지만, 또 아내에게 강릉에서 걸려올지 모를 전화에 대해 말은 그렇게 했지만 일주일이 지나도록 아버지 어머니가 단 한 번도 먼저 우리에게 전화를 걸지 않는 게 혹 그 일 때문에 그러는 게 아닌가 여간 신경 쓰이는 게 아니었다. 또 아내가 강릉에 전화를 걸고 났을 때마다 그 일을 어른들이 알고 있는 것 같은지 아닌 것 같은지 묻고 싶은 것도 억지로 눌러두고 있었다. 아내 역시 거기에 대해 하고 싶은 말이 있는데 내 얼굴이 그러니까 같이 입을 다무는 것 같았다.

"자요?"

불을 끄고 함께 자리에 누웠을 때, 그동안 아무 말 없이 내 얼굴만 살피던 아내가 낮은 한숨처럼 물었다. 그러나 이런 일에야말로 '아무 말 없음' 보다 더 큰 내색도 없을 것이었다.

"아니."

나도 낮은 한숨처럼 내색하지 않고 대답했다.

"그럼 얘기 좀 해요."

"무슨 얘기?"

"알잖아요, 당신도⋯⋯."

"내가 뭘?"

아내는 옆으로 몸을 돌려 나를 바라보고 말했지만 나는 여전히 천장 쪽을 바라보고 말했다.

"지난번 텔레비전에 나온 것 때문에⋯⋯."

"⋯⋯."

"아니에요?"

"자. 그만."

"잊어버려요. 다⋯⋯."

"이제 와서 불편한 거 생각하면 할수록 더 그렇잖아요."

"⋯⋯."

"그때도 말은 안했지만 난 당신 거기 나가는 거 별로 좋아하지 않았거든요. 아버님하고 어머님이 보셔도 그렇고. 당신이 강릉에서 서둘러 올라온 것도 그렇고요."

그러니까 아내는 그것을 서울에 와서 안 것이 아니라 처음부터 알고 있었다는 뜻이었다.

"그만 자자니까."

나는 가슴 쪽에 내려가 있는 이불을 목 위로 끌어 올렸다.

아내는 '서둘러'라고 말했지만, 실제 그렇게 서둘러 올라온 것도 아니었다. 이제 어디 매인 데 없는 전업 작가가 되었다고는 하지만 사실 보름씩 집을 비우고 시골에 내려가 있기란 그리 쉬운 일이 아니었다. 처음 강릉으로 내려갈 때만 해도 나는 한 닷새쯤 이거나 길어도 일주일쯤 있다가 올라올 생각이었다. 그러다 그

기간 동안 어머니가 예정에도 없는 입원을 하고 수술을 해 다시
일주일쯤 더 있다가 어머니가 퇴원한 다음 날 서울로 올라왔다.
그러니까 누가 봐도 그건 '서둘러'가 아니었다. '서둘러'라는 말
을 쓰자면 어머니가 병원에 입원한 때이거나, 아니면 수술이 끝
난 직후 차도를 볼 사이도 없이 올라온 경우일 것이다. 그런데도
아내가 '서둘러'라고 말했다. 우리가 강릉에 내려가 있은 시간이
보름이나 되며, 또 어머니가 퇴원해 집으로 온 다음 서울로 올라
왔는데도 그랬다.

"자는 거 아니죠?"

"……."

다시 아내가 나를 향해 돌아누웠다.

"그때 아버님 어머님이 보셨을까요?"

"뭘?"

"그거요. 당신이 텔레비전에 나온 거……."

"보셨으면 보신 거지 뭐."

"그때 나가지 말라고 끝까지 말릴까 하다가 그만두었는데. 그
일 때문에 뭐라고 하면 당신은 화부터 내고……."

"그러니까 그만 자라고 그러잖아."

나는 다시 이불을 머리 위로 끌어 올려 얼굴을 덮었다.

아내가 텔레비전이라고 말한 건 제이비에스 티브이에 매주 금
요일 밤마다 나오는 '문학 여행'이라는 사십 분짜리 프로그램을
두고 하는 말이었다. 아마 그때 아내가 보다 완강하게 말렸어도
나는 거기에 출연했을 것이다. 처음 그런 제의가 들어왔을 때 내
게 그건 단순히 내가 내 작품을 가지고 텔레비전에 얼굴을 비친

다는 뜻보다는 그 프로그램의 출연을 통해 오래전에 헤어졌던 어떤 여자의 얼굴을 새롭게 보게 될지 모른다는 설렘이 더 컸었다. 얼마 전 내 작품을 읽고 편지까지 했던, 그리고 그보다 더 오래전 우리가 어디 매인 데 없는 홀몸이었을 땐 서로 연애 감정을 가지고 가끔 만나기도 했던 바로 그 방송국 아나운서실에 있는 여자였다. 그러나 막상 그 프로그램에 출연했을 때 나는 내 스스로 그 여자와 마주칠 기회를 차단하고 그냥 거기에 얼굴만 비치고 온 것이었다. 프로그램 제작을 위한 촬영은 지난 연말 삼 일 동안 있었고, 그것이 전파를 탄 것은 해가 바뀌고도 한참 후인 내가 강릉에서 올라오던 다음 날의 일이었다. 정상적인 방송 일정대로라면 그보다 이 주일 전에 나갔어야 했다. 연초 새해 특집 기획물에 밀려 전체 프로그램이 이 주일씩 뒤로 밀린 것이었다. 아마 그렇게 프로그램이 뒤로 밀리지 않았다면 그 기간 동안 나는 강릉에 내려가 있지도 못했을 것이다. 더구나 그것이 어머니에겐 젊은 시절 당신 속으로 낳은 한 자식의 이름까지 그 앞에 붙여 거두어야 했던 시애(시앗) 이야기이고 보면 더욱 그랬다. 어쩌면 그것은 처음부터 쓰지 말고 내 가슴속에 묻어두었어야 할 이야기였는지도 몰랐다.

　강릉에 내려가서도 나는 누구에게도 그 이야기를 하지 못했다. 어머니가 병원에 입원을 하고 또 수술을 받느라 그런 이야기를 할 경황이 아니기도 했지만, 그렇지 않더라도 나는 지금 내가 그 이야기를 연작으로 쓰고 있으며, 또 이미 써서 발표한 작품들을 가지고 내가 직접 텔레비전에 나올 거라는 말을 할 수가 없었던 것이었다. 어머니가 병원에 입원하던 날 큰형님과 잠시 그 작

품에 대한 이야기를 할 기회가 있었지만 차마 방송 이야기만은
하지 못했다. 아니, 할 수가 없었다.

그러다 어머니가 수술을 받고 다시 병실에 돌아온 다음부턴 어
머니의 퇴원일이 그 프로그램이 방송되는 날보다 앞인지 뒤인지
에 더 큰 신경을 썼다. 연세가 많은데도 큰 수술을 받고도 비교적
회복이 빠른 것에 대해 기뻐하고 안도했던 것도 우선은 어머니의
건강 때문이기도 하지만 다른 한편으로는 그 프로그램이 방송되
기 전에 서울로 돌아갈 수 있다는 생각 때문이었다. 아무리 회복
중이라고 해도 어머니가 퇴원하는 것을 보지 않고 먼저 서울로
올라갈 수도 없는 일이었고, 또 병원에 누워 계시는 동안 함께 그
프로그램을 보지 않는다 하더라도 그것이 나오는 시간 가족들과
함께 있어야 한다는 것이 나로서는 여간 큰 부담이 아니었다. 내
가 말을 하지 않고 아내가 말을 하지 않는다 하더라도 행여 그것
이 나올 시간 이쪽저쪽으로 채널을 돌리다가 거기에 내 얼굴이
나오는 걸 보기라도 한다면, 그래서 그걸 온 가족과 함께 지켜봐
야 한다면 나로서는 그보다 더 큰 낭패도 없을 것이었다. 다른 이
야기도 아니고 어머니가 낳은 한 자식이 쓴 어머니의 시앗 이야
기가 아니던가. 그러나 그걸 알 길 없는 어머니는 병실에 누워 이
리저리 채널을 돌리다가 거기 나오는 내 얼굴을 보곤, 가만있어
봐라, 저게 우리 시째 아니냐? 할 것이고, 처음엔 텔레비전에까지
얼굴을 비치는 자식을 둔 것에 대해 얼마간 뿌듯함 같은 것을 느
끼다가 이내 거기에서 설명되는 작품 내용을 듣고는 그 채널을
다시 다른 데로 돌리지도 못하고 꼼짝없이 그것을 보며 그런 이
야기를 소설이라고 써서 집안 우세를 시키는 자식에 대해 깊은

상처 같은 배신감을 느끼게 될 것이었다. 또 그런 배신감은 어머니의 마음만 그런 것이 아닐 것이었다. 식구 중 누군가 처음 그것을 보게 된다면 병원에 있지 않은 다른 가족들에게도 전화를 해 그것을 보게 할 것이고, 그러면 아버지 역시 그것을 볼 것이었다. 그런 자리에, 아니 그런 식구들 한가운데 내가 있어야 한다는 것을 우선 내가 견딜 수가 없을 것 같았다.

사실 그런 프로그램은 다른 인기 프로그램들처럼 사전 안내 방송을 하지 않는다 하더라도 일이 꼬이려 들면 그날 아침 식구들 중 누구거나 아니면 친척 가운데 누구더라도 신문에 난 방송 안내 프로그램을 살피다가 거기에 나온 내 이름을 보고 무슨 반가운 소식이라도 된다고 먼저 전화를 해 올 수도 있는 일이었다. 아직 그 프로그램에 나오는 내용이 어떤 것인지 모르는 어머니는 어머니대로 여기저기 전화를 해서 다른 데서 재미있는 것이 나오더라도 우리 시째가 나오니 꼭 그것을 보라고 할 것이고, 그렇게 되면 뒤에 느끼는 낭패감도 더욱 클 것이었다.

어머니가 수술을 마치고 병실로 돌아온 다음 큰형님이 어머니 보시라고 어디서 작은 텔레비전을 가져왔을 때에도 내가 신경 썼던 것도 그것이었다. 그것을 가져오기 전 형님이 먼저 병실에 텔레비전이라도 갖다 놔야겠다고 말했다면 어떤 식으로든 내가 그것을 막았을 것이다. 아무리 어머니가 텔레비전 보는 걸 좋아하고, 또 즐겨 보는 연속극이 있다 해도 그렇지 이런 기회에 자식들과 이런저런 이야기를 나누며 지내시게 하는 게 좋지 병원에까지 굳이 그런 걸 들고와 멀뚱멀뚱 쳐다보며 지내시게 할 게 뭐냐는 식으로 처음부터 그것을 들고 오지 못하게 했을 것이다.

"이런 걸 무엇하러 가져오세요? 말동무할 가족도 없이 입원한 사람처럼. 이럴 때나 자식들하고 이야기를 하고 지내는 게 좋지."

형님이 그것을 가져온 다음에도 나는 불편한 심사를 감추지 않고 말했다. 옆에서 듣기에도 내 말이 거칠었던지 형님은 내가 늘 붙어 있지 못하니까 그렇지, 했고 어머니도 애써 반가운 기색을 감추곤 이왕 가져온 거니까 도로 가져갈 것 없이 거기 한쪽 창문 쪽에 올려두라고 했다. 그리고 저녁만 되면 어머니는 자식들과 며느리, 손주들을 옆에 두고도 이리저리 채널을 돌려가며 연속극을 보았다. 그때 내가 옆에 서 있거나 앉아 있는 걸 보기라도 하면 니도 소설인지 뭔지 그런 것만 쓰지 말고 에미가 보게 저런 것도 좀 쓰지, 했다.

"그런 건 뭐 아무나 쓰나요? 그것만 보시고 이제 저희들하고 이야기하세요."

나는 내가 병실에 있는 동안엔 가능한 텔레비전을 켜지 못하게 했다. 그런 건 봐서 뭘 하세요. 그냥 저희들과 이야기를 하며 지내시지. 때로는 그런 내 말에 어머니도 더 보고 싶은 것이 있어도 이리저리 채널을 돌리지 않고 그냥 끄곤 했다. 그건 서로 눈치만 보고도 알 수 있는 일이었다. 어머니가 보실 것 다 보고 나서 끄시는 것인지, 아니면 더 보고 싶은 것이 있는데도 눌러두고 그냥 끄시는 것인지.

"난 당신이 왜 그러는지 모르겠어요? 연세 드신 분한테는 텔레비전이 열 자식보다 나을 때도 있는데. 그리고 그런 걸 보다 보면 통증도 쉽게 잊으시고……."

처음 며칠 동안은 아내도 그런 말을 하곤 했다. 그만큼 나는 텔레비전에 과민했고, 또 다음 주 금요일 밤이면 내 얼굴이 거기 나올 제이비에스 티브이 프로그램에 신경 쓰고 있었다. 틈만 나면 어머니가 언제 퇴원할 수 있는지에 대해 병실로 드나드는 의사와 간호사들에게마다 묻곤 했던 것도 어머니의 빠른 회복을 기다리는 마음과 금요일 전에 내가 서울로 돌아갈 수 있었으면 좋겠다는 두 가지 생각 모두 때문이었다.

"니 일이 바쁠 텐데 내가 누워 있어서 가지도 못하게 하고……."

어머니는 퇴원 전이라도 서울로 올라가라고 했지만 차마 그렇게 할 수는 없었다. 수술도 받지 않겠다는 걸 내가 예전의 그 이야기까지 꺼내가며 억지로 받게 하지 않았던가.

"괜찮아요. 일거리를 다 챙겨 왔는데요, 뭐."

대답은 그렇게 했지만 나는 어머니가 언제쯤 퇴원할 수 있는지에 대해 그것이 그 프로그램이 나오는 날보다 빠른지 늦은지에 대해 표 나지 않게 신경 쓰곤 했다. 만약 금요일 이후가 된다면 그날은 나와 아내가 병실에 남아 그것이 나올 시간 텔레비전을 못 켜게 할 생각이었다. 또 하루하루 날짜가 다가오며 신경 쓰이는 건 어머니가 그것을 보지 않더라도 그것을 본 사람들이 뒤늦게라도 집으로든가 병원으로 전화를 해 올 때의 상황이었다. 어떻게든 그 전에 서울로 돌아왔으면 좋겠는데, 그러자면 먼저 어머니가 퇴원을 해야 했다. 병원에서든 아니면 집에서든 어머니가 그것을 직접 보시거나 나중에 그런 것이 나왔다는 얘기를 전해 듣게 되더라도 그 자리에 내가 있지 않았으면 좋겠다는 생각이었다. 만약 함께 있을 때 그것을 보거나 다른 사람으로부터 이야기를 전해 듣게 된다면 어머니도 내 얼굴을 보는 것이 불편할 터이고 나도 어머니의 얼굴을 보는 게 불편할 터였다. 나로선 어머니가 금요일 전에 퇴원을 하고, 그 프로그램이 나오기 전 그것 때문이 아닌 것처럼 하면서 자연스럽게 아버지와 어머니 옆을 떠나 있고 싶었다. 차라리 눈에 보이지 않는 것이 낫지 옆에 있어 더 노엽게 생각되고 섭섭하게 생각되는 일이 바로 그런 일일 것이었다. 다행히 회복이 빨라 어머니는 그 방송이 나오기 이틀 전에 퇴원하셨고, 아내와 나는 다음 날 그 일 때문에 그러는 게 아닌 것처럼 하면서 서둘러 서울로 올라온 것이었다.

방송이 나올 때 나는 내가 출연하고 또 내 작품을 다룬 그 프로그램을 전혀 바라보고 싶지 않은 마음으로 아내와 함께 가슴을 조이며 바라보았다. 아침에 자리에서 일어나서부터 그것이 나오는 시간까지 여기저기서 걸려오는 전화들에 대해서도 벨만 울리면 그것이 강릉에서 걸려오는 전화가 아닐까 하고 가슴부터 먼저 철렁, 하곤 했다. 그나마 한 가지 위안되는 일이라면 그 시간대에 다른 방송국들이 쇼 프로그램을 내보내거나 나이 든 어른들의 시선을 잡을 흘러간 노래들을 내보내고 있어 문학에 대한 웬만한 관심이 아니면 일부러 그것을 쳐다보고 앉아 있을 사람은 그리 많지 않겠다는 것이었다. 그러나 어느 방송이든 고정 시청률이라는 게 있고 보면, 평소 저 사람이 그런 걸 보랴 싶은 사람들이 의외로 그것을 봤다는 식으로 전화를 해오곤 했다. 처음부터 그런 프로그램에 관심을 가지고 봤을 수도 있고, 또 이리저리 채널을 돌리다가 아는 얼굴이 나와 그것에 눈이 붙잡힐 수도 있는 것이었다. 전에 다른 방송의 비슷한 프로그램에 출연했을 때에도 그랬다. 내 짐작으로 평생 소설책 다섯 권도 읽지 않았을 것 같은 고등학교 동창이 다음 날 그것을 봤다고 전화를 해 와 오히려 내가 뭘 그런 것까지 다 보고 그러냐는 식으로 놀란 적이 있었다. 책은 관심이 있어야 보지만 텔레비전은 그 분야에 대한 특별한 관심 없이도 그냥 쳐다보듯 그것을 볼 수도 있는 일이었다. 더구나 그날 아침에 배달되어 온 신문들의 방송 프로그램 안내란마다 문학 프로그램에 대한 예우 때문인지 그 프로그램을 '오늘의 볼만한 프로그램'이라는 이름 아래 다른 몇 개의 프로그램과 함께 대여섯 줄짜리 박스로 처리하고 있었다. 아버지 어머니가 계시는 집은 면 단위의 시골이라 신문이 하루 늦게 우편으로 배달되고, 또 어머니가 퇴원한 바로 다음 날이라 이런저런 것들을 제대로 챙겨볼 경황이 아니더라도 친척 중 누군가 전화를 할 수도 있었다. 참 여러 마음이었다.

전에 다른 작품으로 비슷한 프로그램에 나올 땐 내가 먼저 어버지 어머니와 형제들에게 전화를 했었다. 또 거기에 출연하면서도 담당 피디에게 나중에 테이프 하나를 복사해 달라고 부탁하고서도 그것이 나올 때 다시 공테이프 하나를 준비해 녹화를 했었다. 그러나 이번엔 그런 부탁은커녕 오히려 이쪽의 어떤 조작으로 방송국 프로그램 자체를 송출과 동시에 지워나가고 싶은 심정이었다.

"나오네요, 이제……."

문학여행
수색, 그 물빛 무늬를 찾아서
이수호 편

타이틀이 뜨자 마른 바람 소리처럼 아내가 말했다.

동시에 자동차에 앉은 내 얼굴이 비치고, 그 옆으로 천천히 달리는 자동차 안에서 카메라로 담은 수색 풍경이 화면에 흘렀다. 내 얼굴은 운전을 하고 있는 것이 아니라 운전대를 잡고 꿈을 꾸고 있는 것 같았다. 손에 저절로 식은 땀이 흘렀다. 그리고 그렇게 흐르는 수색 풍경과 함께 어느 성우의 내레이션이 저음으로 깔려 나왔다.

"나는 지금 수색으로 가고 있다. 수색에 날 낳은 어머니는 아니지만 수호 엄마라는 또 한 엄마가 있다. 지금도 그곳에 있는지 없는지 모르지만 내 마음속의 수색엔 그 엄마에 대한 애틋한 기억들이 바람에 일렁이는 물빛 같은 무늬를 이루고 있다. 아직 어릴 때의 일이어서 그 엄마가 어떻게 들어왔는지 기억나지 않지만 집안 식구들 모두 그 엄마를 수호 엄마라고 불렀다. 할아버지 할머니도 그렇게 부르고, 아버지도 그렇게 부르고, 어머니도 그렇게 불러 나도 당연히 그 엄마가 내 엄마인 줄 알았다. 잠도 그 엄마하고 자고 무얼 사달라거나 해달라는 것도 그 엄마에게 떼를 쓰고 했는데, 이태 반쯤 함께 살았을까, 어느 날 학교에 갔다오니 엄마가 없어졌다. 그래서 버릇처럼 우리 엄마 어디 갔어요, 하고 묻자 어머니가 어둡고도 무거운 얼굴로 느 엄마 서울에 니 옷 사러 갔다고 해 비로소 그 엄마가 날 두고 떠났다는 걸 알았다. 그냥 그것만 안 게 아니라 그 말을 듣는 순간 오래도록 잊고 있었던 무엇을 깨닫듯 직감적으로 그 엄마가 내 엄마가 아니라 어머니가 내 엄마라는 걸 알았고, 그러면서도 눈물을 쏙 빼놓을 만큼 한꺼번에 여러 마음으로 밀려오는 그 빈자리의 허전함 속에 어린 마음에도 나는 그동안 그 엄마 아들 노릇을 해온 것에 대해 진짜 내 엄마인 어머니 앞에 얼굴을 들지 못할 부끄러움과도 같은 죄의식을 느꼈다. 그것이 내 어린 시절 가장 큰 마음의 상처였는지도 모른다.

그리고 어른이 된 다음 비로소 나는 왜 집안 식구 다들 그 엄마를 수호 엄마라고 불렀는지, 그리고 그 엄마가 어떻게 집에 들어오게 되고 또 나가게 되었는지 알게 되었다. 밖에 있던 그 엄마를 처음 집으로 데리고 들어온 사람도 어머니였고, 그 엄마에게 수호 엄마라는 이름을 붙여준 사람도 어머니였다. 그 엄마가 들어올 때 큰형은 중학교 1학년이었고, 작은형은 국민학교 4학년, 나는 학교에 들어가기 바로 전 해의 여섯 살, 여동생 정혜는 네 살, 막내 은호는 아직 젖먹이였었다. 그러니까 큰형과 작은형은 그 엄마의 아들을 하기엔 너무 컸고, 정혜는 여자고, 은호는 아직 어머니가 데리고 있어야 하고, 그러니까 나이로나 뭐로나 그 엄마의 아들을 할 사람으로 내가 제일 적당했던 거였다. 다른 집은 새 엄마가 들어왔다고 해서 먼저 있던 아들 중 누구 엄마를 하라고 하지 않는데 어머니가 당신 속으로 낳은 한 자식의 이름까지 붙여 수호 엄마라고 한 건 날 친자식으로 생각하고 아이를 낳지 말라고 한 말을 그렇게 한 것이라고 했다. 그 어머니는 이태 동안 우리와 함께 살다가 어머니만 알고 아무도 모르게 집을 떠났다. 나는 그 이야기를 어른이 된 다음 작은형님한테 들었다."

(내레이터, 목소리를 바꾸어)

"어느 날 그분이 어머니에게 그러시더란다. 이제 떠날 때가 되어서 떠나야겠다고, 아버지가 싫어진 것도 아니고, 수호 니가 싫어진 것도 아니고, 처음엔 그런 줄 모르고 들어왔어도 어쨌거나 시앗인 당신을 싸안는 어머니의 인품을 감당할 수 없어 이제 떠나야겠다고. 함께 살자고 어머니가 붙잡으시니 다시 그분이 그러시더란다. 형님이 그러시면 나는 여길 떠나기 위해서라도 수호 동생을 가질 마음을 갖게 될 거라고. 그러면 지금보다 오히려 떠나기 쉬울 것 같다고. 이해하겠냐, 너? 아이가 있으면 오히려 쉽게 떠나질 것 같다는 말⋯⋯. 언제 떠나도 떠나야 할 자리, 처음엔 몰라도 나중엔 기둥이 아버지가 아니라 너였는데 그런 널 두고 떠나기가 얼마나 힘들었으면 그런 말을 했겠냐? 빈 마음으로 떠나는 것보다 정붙이 하나를 데리고 떠나는 게 덜 쓸쓸할 테니까⋯⋯."

(다시 내레이터 목소리를 바꾸고, 자동차에 앉은 내 얼굴과 수색 풍경이 흐르며)

"그 엄마는 나도 모르게 그렇게 내 곁을 떠났다. 어른이 된 다음 나는 언젠가 시간이 나면 서울로 올라와 아직 한번 가보지 못한 수색엘 가보고 싶었다. 다른 뜻은 없었다. 그냥 이렇게 한번 가보고 싶었다. 그리고 그곳에 가면, 내 어린 시절 감당하기 벅찼던 이별과 그 이별이 준 마음의 상처 한구석의 빈 자리를 채워줄 어떤 아련한 물빛 무늬를 볼 수 있을 것 같았다. 수색⋯⋯ 왠지 이름까지도 물빛으로 무늬를 이루고 있지 않은가⋯⋯."

거기까지 나왔을 때 전화벨이 울렸다. 나도 놀라고 아내도 놀랐다. 처음부터 나는 이걸 아버지와 어머니가 보신다면 어쩌나 하는 생각만 하고 있었다. 글로 읽을 때보다 영상으로 수색 풍경을 비추고 거기에 내가 먼저 쓴 작품의 한 부분을 그대로 인용해

저음으로 내레이션을 깔 때 확실히 다른 무엇이 느껴지는 것 같
았다. 알면서도 나는 왜 여기에 출연을 했는지 모를 심정이었다.
만약 어머니가 보신다면…… 그리고 아버지와 다른 형제들이 이
걸 본다면…….

"조 선생님이세요."

아내가 강릉이 아니라 다행이란 얼굴로 전화를 바꾸어주었다.
전에 「수색……」 원고 때문에 신수동에 잠시 방을 얻어 나갔을
때 몇 번 그곳으로 찾아오곤 했던 후배였다.

"형, 지금 '수색' 나오네요. 보고 있어요?"

"그래. 내 나중에 전화를 할게."

나는 아내에게 우선 코드부터 뽑으라고 말하고, 앞으로 당분간
집에 걸려오는 어떤 전화도 당신이 다 받아서 꼭 필요한 전화만
내게 바꾸어달라고 말했다.

사십 분 동안 어떻게 그 프로그램을 봤는지 정신이 하나도 없
었다. 앞의 이십 분은 그런 식으로 수색에 나간 다음 거기 미리
나와 있는 한 독자와 함께 나중엔 강릉에까지 내려가 작품 무대
에 대한 이런저런 이야기를 하는 것이었고, 뒤의 이십 분 동안은
실내에서 탁자에 앉아 진행자의 질문에 따라 작가가 자기 작품을
설명하는 것이었다.

"소설로 읽을 땐 덜 그런데, 텔레비전에 이런 식으로 나오니까
더 그렇네요. 등에 땀까지 나면서……."

거기에 자기의 이야기도 상당 부분 나오는데, 앞부분에 너무
겁을 먹어서인지 아내도 거기에 대해서는 별다른 말을 하지 않
았다.

“꺼. 다 봤으면.”

“남들이 보면 아련하고 애틋하고 하겠지만…….”

“…….”

“뭘 봤는지도 모르겠어요. 가슴이 조마조마해서. 전에 소설로 볼 때는 나도 그걸 보고 당신을 새롭게 이해했었는데…….”

“자지, 그만. 피곤한데.”

“아주버님들은 알아도 얘기하지 않겠지요?”

“무슨 얘길?”

“어머니한테요.”

“조금씩들은 내용을 아니까.”

“아까 전화를 하니까 큰아주버님하고 형님이 시골에 가 계시던데…….”

“그럼 알아도 안 봤을 거야.”

“아주버님은 그렇지만 형님은 모르잖아요. 당신 나오는 걸 알면 보기 전에 먼저 아버님 어머님한테 이야기할 수도 있는 거구요.”

“물이나 좀 줘.”

“작은형님이나 동서도 그렇고. 남자들이야 안다 해도 여자들은 모르잖아요.”

“물이나 달라니까.”

“왜 나한테 화를 내고 그래요?”

“화는 무슨 화를 낸다고 그래? 물이나 달라는데.”

그날 밤엔 전화 코드를 뽑은 채 그냥 잠을 잤다. 다음 날 아침 늦게야 아내가 다시 그것을 끼우고 강릉에 안부 전화를 걸었다.

그때 나는 차마 전화기 옆에 있지 못하고 서재로 들어가 있었다. 어쩌다 벨이 울릴 때에도 나는 안방 쪽을 쳐다보았다. 아내가 시장에 갔을 때거나 외출했을 때 벨이 울리면 화들짝 놀라 벨이 울리는 중간에 자동 응답 버튼을 누르곤 했다. 행여 어머니라도 전화를 걸었을까 봐 내 손으로 송수화기를 들 수가 없는 것이었다. 그것이 꼭 일주일을 가고 있었다. 아무리 아내가 아침 저녁으로 전화를 걸어 안부를 묻는다고 해도 한 번쯤은 아버지 어머니가 먼저 전화를 걸만도 한데 그러지 않는 것도 신경이 쓰였다. 전엔 며칠마다 한 번씩 서로 전화를 걸어 안부를 묻던 형제들도 이상하게 지난 일주일 동안엔 우리 집에 전화를 걸지 않았다. 아내도 아버지 어머니에겐 어쩔 수 없이 매일 두 차례씩 전화를 걸어도 저쪽에서 먼저 그 말을 할까 봐서인지 형제들 집엔 전화를 걸지 못하고 있었다. 와도 불편하고, 오지 않아도 불편했다. 형님들한테도 그랬고, 막내한테도 그랬다. 여동생만, 서울로 올라오던 다음 날 그 프로그램이 방송되기 전 딱 한 번 오빠 시골에 갔다 오셨다면서요, 엄마는 좀 어떠세요, 하고 전화를 했을 뿐이었다. 그날 그 프로그램을 보고 나서든, 아니면 나중에 어디에서 이야기를 들어서든 아버지 어머니가 나를 노엽게 생각하신다면(하신다면, 이 아니라 그러면 틀림없이) 다른 형제들 역시 집안의 뭐 그런 일들까지 글로 쓰고, 또 방송에까지 나가 떠들어야 하는가 하고 내게 어떤 섭섭함을 느낄 수도 있는 일이었다.

"그런데 오늘 말이죠……."

"오늘 또 뭐?"

나는 이불을 끌어 덮은 채 반대쪽으로 몸을 돌려 누우며 말했다.

“이상한 전화가 몇 통 걸려 왔어요.”

“어떤 전환데?”

“벨이 울려서 받으면 아무 말도 않고 끊어요.”

“낮엔 그런 말 없었잖아?”

“당신이 자꾸 전화에 신경 쓰니까 얘기 안 할까 하다가 하는 거예요.”

“아무 말도 안 하고?”

“예. 여보세요, 하면 그냥 내려놓고 그래요.”

“몇 번이나 왔는데?”

“아침부터 네 번인가 다섯 번인가 그렇게요.”

“여자야?”

“모르겠어요, 잘……..”

“느낌으로 말이야.”

“어떻게 보면 여자 같기도 하고, 또 어떻게 보면 아닌 것 같기도 하고…… 그냥 장난 전화 같지는 않고요. 당신이 받지 않고 내가 받아서 그런 건지.”

“솔직히 말해 봐. 당신 생각엔 여자 전화 같은 거지?”

“…….”

“알았으니 그만 자. 내일부턴 내가 받을 테니까.”

“그런 얘기가 아니라…….”

“아니더라도 자고. 지금 몇 신데…….”

여자 전화라면 몇 개 짐작이 가는 게 있었다. 처음 「수색……」 연작을 발표하기 시작했던 지지난해(벌써 그렇게 되었다. 이제 다시 해가 바뀌었으니까) 가을, 그렇게 여러 번 전화를 걸어 온 여자가 있었다.

아마 그 여자라면 틀림없이 그 프로그램을 일부러라도 챙겨 봤을 것이고, 봤다면 그 속에 나오는 '어떤 여자'가 자기라는 것을 알았을 테고, 이번에도 그렇게 전화를 해 올 수 있었다.

그리고 또 한 여자는 지난번에 '보낸 사람'의 주소와 이름조차 적지 않고「수색……」속에 나오는 강소천의 동화「꿈을 찍는 사진관」의 복사본을 보내준 바로 그 방송국 아나운서실의 여자인데, 전에도 철저하게 자신을 감추고 작품 자료만 보내주었던 여자가 그 프로그램을 보았다고 해서 새삼 전화를 걸었을 것 같지는 않았다. 그때 보내준 자료도 나는 두 계절이 지난 다음에야 그 여자가 보낸 것이라는 걸 겨우 짐작으로 알았다.

프로그램 촬영 마지막 날 실내에서 찍는 '작가와의 대담'을 끝내고, 그 진행을 맡은 다른 여자 아나운서가 '선생님 팬' 어쩌고 하면서 그 여자 이야기를 했지만 그때에도 나는 그 여자에게 책 한 권 전하지 않고 바로 돌아서서 나왔다. 아나운서가 일을 마치고 방송국으로 돌아갔을 때 그 여자는 표 나지 않게 나에 대해서 물었을 것이고, 아나운서는 자기가 본 대로 또 들은 대로 그대로 이야기를 했을 것이다. 팬이라고 말을 했는데도 아무 말을 않다가 자리에서 일어서서 나가기 전에 비로소 한마디, 나이가 많다면서 아직도 이쁩니까? 하고 묻더라고. 그러면 그 여자도 그 말이 무슨 뜻인지 읽어냈을 것이다. 그 말 속에 묻어두고 있는 내 가슴속의 이야기가 무엇이라는 것을. 우리는 저마다 다른 길을 걸어왔고, 또 앞으로 걸어가야 할 길도 서로 달라 이제는 내가 쓰는 책으로든 아니면 그 여자의 얼굴과 목소리가 나오는 방송으로든

가끔 그렇게 서로의 존재만 확인하는 사이여야 한다는 것을. 그
리고 그것이 그 아나운서 편으로 전한 내 메시지라는 것을.

그 외에도 전화를 걸어 올 사람들은 더 있었다. 연재 중인 신문
독자들도 전화를 걸어 올 수 있고, 이제까지 살아온 길 중간 중간
그렇게 마주쳤던 여자들 중 누군가 그렇게 전화를 걸어 올 수도
있었다. 그러다 그 전화를 내가 받지 않고 아내가 받자 말없이 훅
스위치를 누를 수도 있는 일이었고, 아내는 또 아내대로 그걸 다
르게 받아들이고 오해할 수도 있는 일이었다. 하룻동안 너더댓
번 그렇게 집중적으로 걸려 와 끊어지던 전화가 없어서 그렇지
전에도 가끔 아내가 받으면 말없이 끊어지던 전화들이 있곤 했다.

다음 날부터 나는 다시 조심스럽게 전화를 받기 시작했다. 그
러니까 아침에 아내가 먼저 강릉으로 전화를 걸어 아버지 어머니
의 안부와 집안 분위기를 살피고 난 다음 이제 별일이 아니면 저
녁때 다시 아내가 걸 때까지는 강릉에서 먼저 전화가 오지는 않
겠지 하는 마음으로 그동안 빼두었던 내 방 전화기의 코드를 끼
운 것이었다. 그런데도 벨이 울릴 때마다 혹시 이게 그 전화가 아
니라 강릉에서 걸려 오는 전화면 어떻게 하지, 하는 마음으로 조
심스럽게 송수화기를 들었다. 어쩌다 전화도 마음대로 받을 수
없게 되었는지 묘하고도 쓸쓸한 기분이었다. 말없이 끊어지는 전
화는 아침 10시 반쯤과 11시 10분쯤에 한 번씩 걸려 왔다.

“여보세요.”

“……”

“이수홉니다.”

“……”

"여보세요. 저 이수홉니다."

"……."

"끊지 말고 말씀하세요."

그래도 저쪽은 아무 말을 않다가 이쪽으로 가느다랗게 연결하고 있는 어떤 줄 하나를 끊어내듯 툭, 하고 훅 스위치를 눌렀다.

"내가 받아도 끊는데."

그러니 쓸데없는 오해는 하지 말라는 뜻이었다.

"그래도 이상해요."

"뭐가 또?"

"내가 받을 땐 그냥 끊었는데, 당신이 받으니까 한참 후에 끊잖아요."

"이렇게 저렇게 생각하면 끝이 없어."

"내가 받으니까 그냥 끊고 당신이 받으니까 목소리라도 듣고 싶어서 그러는지도 모르고요."

"그건 들어서 뭘 하게?"

말은 그렇게 했지만, 사실 그 점이 나도 이상했다. 숨소리조차 들리지 않는 그 전화가 여자가 거는 것인지 남자가 거는 것인지 조차 알 수가 없었다. 아내로서는 당연히 여자 전화로 생각했을 테고, 나도 어쩐지 그쪽이 아닐까 싶었다. 이제까지 독자든 아니면 잘못 걸려 온 전화든 남자가 그런 식으로 전화를 걸어 왔던 적은 없었다. 이래저래 전화로 신경 쓰일 일만 늘어나고 있었다.

그 전화는 아니지만 다시 이상한 전화가 걸려 온 건 억지로 오후 작업을 마치고 잠시 침대에 가 눈을 붙이고 있을 때였다. 아니, 이상한 전화가 아니라 전혀 뜻밖의 전화였다.

"받아보세요."

부엌 쪽에서 아내가 무선전화기를 들고 들어왔다.

"어딘데?"

"독자라는데 없다고 할까 하다가 혹시 그 전화가 아닌가 해서요."

"여자야?"

"예."

"줘봐."

나는 아내로부터 조심스럽게 전화기를 건네받았다.

"여보세요. 전화 바꿨습니다."

"아, 예. 이수호 선생님이세요?"

목소리로 보아 삼십 대 중반쯤으로 짐작되었다. 그렇게 가는 목소리거나 새된 목소리도 아니었다.

"예. 제가 이수홉니다."

"안녕하세요? 전 그냥 선생님 독자예요. 지난번에 텔레비전에 나온 것도 보고……."

"아, 예."

"죄송해요, 선생님. 아직 그 책은 읽어보지는 못했어요. 텔레비전에 나오는 걸 보고 나서 서점에 갔더니 책이 없어서 말이죠."

"아직 책으로는 나오지 않았습니다. 여기저기 문예지에 발표만 하고……."

"문예지라면 《현대문학》이니 《문학사상》이니 뭐 그런 책들 말씀하시는 거죠?"

"예. 그 밖의 것들도 많고요."

"이 작품은 어떤 데 발표한 작품인가요?"

나는 생각나는 대로 몇 개를 불러주었다. 여자는 내가 불러주는 것들을 또박또박 받아적는 모양이었다. 잠깐만요,《현대문학》1993년 6월호, 그다음은요? 하면서.

"예, 그렇군요. 그런데 말이죠……."

"예."

"저, 혹시……."

"말씀하세요."

"저, 혹시 말이죠……."

다시 내가 말하기를 재촉했을 때 여자는 수색 말고 그 작품의 또 다른 배경이 되는 시골집은 강릉 어디쯤이 되느냐고 물었다. 아마 다른 것을 물으려다가 그것을 묻는 것 같았다. 나는 대관령과 강릉 사이의 계산면 어느 마을이라고 말했다.

"거기 쓰신 게 다 사실인가요?"

이번엔 또 그렇게 물었다.

"더러 그런 부분도 있고, 아닌 부분도 있고 그렇습니다. 그런데 그건 왜요?"

"그냥…… 제가 말이죠……."

"예."

"아니, 그런 게 아니라 제가 그날 선생님이 나오던 텔레비전을 보다가 한 가지 궁금한 게 있어서 전화를 드렸는데요……."

"말씀하세요."

"거기, 뭐라나 그 속에 나오는 어머니 얘기가 마치 제가 알고 있는 어떤 분 얘기하고 너무 비슷해서…… 사실은 그래서 전화를 드렸어요."

"그래요?"

"다 똑같지는 않는데 많이 비슷해서요."

"잘 아시는 분입니까?"

"예. 수색 얘기도 그렇고 강릉 얘기도 그렇고……."

"어떤 분인데요?"

"그냥 제가 아는 어떤 분인데, 그날 텔레비전을 보다 보니까 얘기가 너무 비슷한 것 같아서……."

나는 여자에게 고향이 그쪽이냐고 물어보았다. 여자는 서울이라고 했다.

"실례지만 나이를 물어봐도 될까요?"

"그분 나이요?"

"아뇨, 전화 거시는 분……."

"전 스물여덟이에요. 이제 해가 바뀌었으니까……."

처음 짐작했던 것보다 훨씬 어린 나이였다. 스물여덟이라……스물여덟이면……. 나는 빠르게 머릿속으로 계산했다. 뭔가 받지말았어야 할 전화를 받은 것 같기도 했고, 또 해서는 안 될 말을 한 것 같기도 한 그런 기분이었다.

"그런데 거기 나온 게 다 정말인가요?"

"아뇨, 그렇지 않습니다."

나도 모르게 완강하게 대답했다. 소설이란 그런 게 아니다. 사실 바른대로 얘기를 하자면 실제 그런 일은 있지도 않았고, 동네 어떤 집에 그 비슷한 일이 있었던 걸 지어서 한 이야기다. 당신이 아니더라도 자기 주변의 어떤 사람 얘기와 비슷하다는 전화가 전에도 여러 번 있었다. 또 수색 얘기는 그곳 지명을 우리말로 풀었을 때 물빛이라는 단순히 그 동네 이름이 마음에 들어서 그렇게 한 것이지 거기에 누가 살거나 있어서 그랬던 게 아니다. 그러니 소설을 소설로만 읽어야지 행여 그런 쪽으로 오해를 해서는 안 된다고 말했다. 그러자 여자도 거기 나오는 얘기가 다 그렇다는 것이 아니라 수색 얘기와 강릉 얘기가 얼추 비슷한 것 같아서 그랬다고 했다.

"그런데 어제 저한테 전화를 걸지 않았습니까?"

"제가요?"

"예. 여러 번 걸었는데도 통화가 안 되거나……."

"아니에요. 어제까지는 그 책을 구해 보려고 했거든요."

"그럼 오늘은요?"

"오늘도 아닌데요. 지금 처음 거는 거예요."

"예. 난 또……."

그러면서도 끝까지 여자의 나이가 스물여덟이라는 것이 마음에 걸렸다. 스물여덟이라, 스물여덟, 스물여덟이면…… 그러면 만 나이로는 스물일곱이고, 그렇게 되면 그 엄마가 집을 나갔던 게……그러니까…….

그러다 퍼뜩 지금 내가 무슨 생각을 하고 있는 것인가, 하고 놀랐다. 아마 아닐 것이다. 설사 그렇다 한들 자기가 태어나기 훨씬 전에 있었던 부모의 옛 깊은 이야기를 아는 자식이 누가 있겠는가. 나는 내가 태어나기 전의 아버지와 어머니의 어떤 속 깊은 이야기를 알고 있는가. 들어도 그건 집안 누군가의 이야기를 그 사람이 없는 자리에서 또 다른 집안 누군가로부터 예전에 누가 말

이지, 하는 식으로 다른 사람 입을 통해 얼핏 듣는 정도가 아니던
가. 어떤 이야기도 자식 앞에선, 그리고 그런 이야기를 해줄 주변
의 '누군가' 들도 그 사람의 자식 앞에선 그런 이야기를 하지 않
는 법이니까. 그래서 세상 사람들이 다 알아도 정작 자식은 부모의
속 깊은 옛이야기를 모르는 법이니까. 그런데 스물여덟이라…….
　전화를 끊고도 나는 오래도록 그 생각을 했다. 아닐 것이다. 정
말 그건 아닐 것이다. 그런데도 나는 왜 자꾸 그런 생각을 하고
있는가. 종일 개운하지 못한 기분이었다.
　"그 전화 말이에요."
　다시 저녁에 아내가 말했다.
　"낮에 온 거?"
　"아뇨. 그냥 끊는 거요."
　"그게 뭐?"
　"혹시…….."
　"말해 봐. 꺼냈으면."
　"그분이 그러는 게 아닌가 하는 생각이 들어서요."
　"뭐야?"
　"그럴 수도 있잖아요. 그분도 그걸 봤다면…….."
　"…….."
　"그렇다고 내가 누구다, 하고 말할 수도 없는 거고."
　"쓸데없는 소리 좀 하지 말어!"
　꽥, 하고 나는 소리를 질렀다.
　"생각해 봐요. 화만 내지 말고……. 그냥 끊는 게 아니라 당신
이 받으면 한참 동안 당신 목소리를 듣다가 끊잖아요. 내가 받으

면 그냥 끊고…….”

“…….”

“아무래도 그런 생각이 들어요. 자꾸…….”

“시끄럽다니까!”

나는 다시 소리를 질렀다. 그러나 아내의 말을 들어서 그럴 수도 있겠다, 생각한 게 아니라 낮에 그 여자에게 어제 여러 번 전화를 걸지 않았느냐고 묻고 난 다음, 그렇다면 혹시 그런 것이 아닐까 하는 생각을 혼자 마음속으로 했던 것이었다. 그래서 그 여자의 나이가 스물여덟이라는 게 더 마음에 걸렸던 것인지도 모른다. 그 여자가 수색과 강릉의 사연을 함께 가진, 자기가 안다는 ‘어떤 분’ 의 이야기를 할 때 왠지 모르게, 아니 ‘왠지 모르게’ 가 아니라 이미 어떤 분명한 뜻을 가지고 나는 그 여자가 예전의 그 엄마와 아무런 상관이 없어야 한다고, 꼭 그래야 한다고 생각했던 것이다. 아무리 세월이 흘러도 그 엄마는 내 마음속에 늘 ‘수호 엄마’ 였고, 이후에도 다른 누구의 엄마가 되어선 안 된다고 고집하고 싶은 것이었다. 그 고집이 그 엄마의 보다 아픈 삶을 바탕으로 한다는 걸 알면서도 어쩔 수 없이 그런 생각이 들던 것이었다. 정말 나도 알지 못할, 눈에 보이지도, 또 나 아니면 아무도 이해하지 못할 그 엄마에 대한 나 혼자만의 어떤 묘한 느낌으로서의 소유욕 같은 것이었다.

그 전화는 다음 날에도, 그리고 그다음 날에도 걸려왔다. 아내가 받으면 금방 끊고 내가 받으면 한참 동안 내 목소리를 듣다가 가만히 수화기를 내려놓았다. 아내가 먼저 받으면 한 시간이나 두 시간쯤 후 다시 걸려왔고, 내가 먼저 받으면 그날엔 다시 걸려

오지 않았다.

그러다 다시 일주일쯤 지났을 때부터 그 전화는 걸려오지 않았다. 그러나 나는 ‘그분’이 우리가 외출을 하며 남긴 내 목소리를, 아니 일부러 더 짧게 남긴 또 다른 내 메시지를 들었을 것이라고 믿는다.

“안녕하세요. 이수홉니다. 저는 지금 수색에 가 있습니다.”

그러니까 아내와 함께 아이를 데리고 일부러 수색역 부근의 그 이발소에 가서 머리를 깎고 돌아오던 날이었다. 메시지를 남기지 않고 끊은 전화가 세 통이었고 그중 한 통은 일 분 가까이 말없이 들고 있다가 끊은 것이었다.

이제 그 전화는 다시 걸려 오지 않을 것이다.

그러나 그날 나는 물빛 무늬를 보았다.

아니, 그 무늬가 말하는 소리를 들었다.

수색…….

일상적 삶의 감옥과 일탈에의 그리움

손종업

1 일상과 욕망의 경계

욕망은 하나의 심연이다. 그것은 우리들 자신이자 또한 기이하고 낯선 타자이다. 그것은 바람이 불어 가는 먼 땅에 살고 있는, 길들이지 못한 짐승과도 같다. 그 짐승의 움직임은 변덕스럽고 불가해하다. 그것에게는 언제나 불러줄 마땅한 '이름'이 없다. 하이데거의 표현을 빌리자면 욕망은 '생기(生起)'의 영역에서 살아가는데 이따금씩 불쑥 우리의 일상 속으로 걸어와 우리 존재의 심장을 파먹고, 뇌수를 풀어헤쳐 버린다.

이에 두려움을 느낀 사람들은 자기 존재를 에워싸는 높고 튼튼한 방어벽을 쌓는다. 그런데 알지 못하는 사이에 이 방어벽은 자기 존재를 가두는 감옥으로 변해 버린다. 그는 고립된 채로 그에게 허용된 어떤 단순한 행위만을 반복하다가 마치 호두 껍질 속의 알맹이처럼 말라붙어 버린다. 마침내 그는 쪼그라든 심장과 딱딱하게 굳어버린 뇌의 회백질을 더욱 커다랗고 막막한 욕망의 아가리 속으로 반납해야 한다. 그 순간 미처 다 풀지 못한 물음들로 그의 눈은 반쯤 뜨여 있고, 다하지 못한 이야기로 그의 입은 '……' 벌어져 있으리라.

우리는 결코 욕망을 정복할 수도 없고 그것으로부터 도망칠 수도 없다. 욕망은 '거울' 속에 비친 우리 자신의 모습이기도 해서 먼저 우리 존재를 지우지 않는 한 없애버릴 수 없는 탓이다. 이처럼 욕망은 우리를 낭떠러지 아래로 내팽개치는 '악몽'이기도 하지만, 안개 자욱한 늪으로부터 우리를 인도하는 따뜻한 불빛이기도 하다. 욕망이 없다면 우리는 더 이상 살아갈 수 없다. 욕망의 타오르는 불꽃을 통해서만 우리는 살아 있음을 느낀다.

종국적으로 우리 삶을 지배하는 것은 욕망의 의지라 할 수 있다. 그러므로 살아가기 위해서 우리는 욕망이라는 짐승을 길들이지 않으면 안 된다. 그 첫 작업이 그것에 알맞은 '이름'을 불러주는 것이다.

2 일상 세계 속에서 욕망하기

이순원의 '수색' 연작에는 참 친숙하면서도 두려운 욕망이 깃들여 있다. 우리는 소설 속에서 한 집안의 비밀스러운 내력을 읽는다. 욕망의 모습은 별로 기괴하거나 폭력적이지도 않고 신기하지조차 않은 것 같다. 이처럼 친숙한 것이기에 작가는 그 욕망에 이름을 붙여준다, '수색' 이라는.

'수색' 은 서울의 한쪽 끝에 펼쳐져 있는 그저 그렇고 그런 평범한 동네가 아닌가. 그것은 '서울 외곽의 다른 어떤 지역과도 분위기가' 크게 다르지 않다. 그런데 작가는 약간의 변형을 통해서 이 '수색' 이라는 이름을 흘러가게 한다. 그의 고백에 따르면, 첫 이야기는 '수색 가는 길' 을 지운 위에 '수색, 그 물빛 무늬를 찾아서' 라는 제목을 새로 붙인 것이다. 이 은밀한 손질은 '수색' 에 대한 욕망의 직접성을 감추는 반면, '물빛 무늬' 라는 새로운 풍경을 열어 보여준다. '수색' 은 '물빛' 으로 내면화되어 일렁거리고, '무늬' 의 심미적인 세계로 변화되는 것이다.

물론 소설 속의 욕망이 친숙한 모습을 하고 있다고 해서 그것을 완전히 지배할 수 있는 것은 아니다. 그 친숙함이란 게 그저 가축들처럼 오래 같이 지내며 낯을 익힌 데서 오는 것이라면 그것은 차라리 무지에 가깝다. 우리의 일상 속에 뒤섞여 있으면서 이따금씩 입을 벌려 우리를 삼켜버리는 친숙한 욕망이 있다면 그것만큼 두렵고 무서운 것이 또 있을까. 이처럼 '수색' 연작은 친숙한 곳에서 시작해서, 끝 모를 심연에 이르는 모험이자 탐색(또는 수색(搜索))이다.

이러한 소설적 모험의 낯섦이 독특한 방식의 고백체 형식을 만들어낸다. 고백의 주체로서 '나' 는 가장 친숙한 곳에서 음험한 세계까지 이르는 통로이다. '나' 는 자잘한 사실 또는 사물들에 의해 에워싸인 채 감촉되는 것이면서 동시에 손쉽게 욕망의 세계로 미끄러져 간다.

이렇게 자기 자신을 직접 글쓰기의 대상으로 삼되, 그것을 장

편이라는 완결된 형식 속에서 다루지 않고 연작 형식 속에서 다
루고 있다는 점이 이 소설만의 도드라진 특징이다. 소설 전체는
여섯 편으로 짜여져 있는데 '수색'이라는 낯선 욕망을 통해 권태
로운 일상적 질서로부터 벗어났다가 다시금 복귀하는 과정을 섬
세하게 그려내고 있다.

한편 연작이란 독자들의 강요가 아니라면 그 언어들에 대한 작
가의 질긴 집착에서 생겨나는 것이 아닌가. '수색' 연작 속에 담
겨 있는 집착을 작가는 '서자 의식'이라고 부른다. 물론 소설 속
에서 그 의식은 자신의 특이한 체험에 의해 변형된 것인 만큼 섣
불리 규정하기 어렵다. 다만 한 가지 명백한 사실은 그 의식이 언
제나 '죄의식'과 '그리움'이라는 양가적인 감정을 포함한다는
점이다. 서자란 두 어머니 사이에 서서 갈등하는 오이디푸스와
같은지라, 그의 욕망은 늘 내밀한 것일 수밖에 없다. 작가 스스로
'처음부터 쓰지 말고 내 가슴속에 묻어두었어야 할 이야기였는
지도 몰랐다.'라고 밝히고 있는 것도 이 때문이라 할 수 있다.

어린 시절 그에게는 자신의 이름을 따서 '수호 엄마'라고 불렸
던 한 여자가 있었는데 그녀는 읍내에서 큰 상회를 하던 아버지
가 보았던 시앗이다. 그런 그녀를 집으로 불러들인 사람은 정작
그의 어머니였고, 또한 그때부터 어린 그를 그 여자의 아들로 삼
게 한다. 아무것도 모르는 아이였기에 그가 그 여자를 '엄마'로
부르고 따르는 것은 당연한 일이다.

놀랍게도 남편의 또 다른 여자를 집에 불러들여 놓았는데도 소
설 속에는 은밀한 다툼의 흔적조차 드러나지 않는다. 그것은 두
여자가 욕망의 흐름에 몸을 맡기는 것이 아니라 여전히 무섭도록

강인한 질서 속에 놓여 있기 때문이다. 그리고 그것을 가능하게 하는 힘은 어머니의 존재로부터 우러나온다. 아마도 이러한 어머니의 세계를 단순하게 '페미니티' 쯤으로 해명하기는 힘들 것 같다. 그것은 언제고 우리의 오랜 가부장제적 질서를 떠나서 설명될 수 없다. 한 여성 연구자에 따르면 한국 여성이 누려온 삶이란 게, 가장 완고하면서 폭력적인 것이기도 하지만 또 어떤 점에서는 개방적이고 모권 중심적인 성격을 띠고 있다. 소설 속의 어머니는 그러한 전통이 만들어낸 것으로 단순한 '여성'에 머물지 않는다. 그녀는 많은 경우에 과거의 시간들이 빚어낸 하나의 눈부신 '담론'이다.

"니가 그 어머니에 대해 좋은 추억을 가지고 있는 것만큼 나도 그분에 대해 좋은 생각들을 가지고 있다. 기품과 교양은 어머니에게만 있었던 게 아니라 그분도 그 이상의 지혜와 교양을 가지고 있었구나 하고……. 붙잡으니까 그분이 그러시더래. 형님이 그러시면 나는 여길 떠나기 위해서라도 수호 동생을 가질 마음을 갖게 될 거라고. 그러면 오히려 지금보다 쉽게 떠나질 것 같다고……."
——「수색, 그곳에 가도 보이지 않는 무늬」중에서

아무리 '그 여자', 수호 엄마가 어머니 이상의 지혜와 교양을 가지고 있더라도 그것은 절대로 어머니가 지닌 기품에 이를 수 없다. 어머니가 보여주는 기품이 한 집안의 오랜 전통 속에서 만들어진 것이기에 그녀는 힘없는 숙명론자의 자리에서 이따금 남편도, 시아버지도 말없이 복종해야 하는 한 집안의 지배자로 변모한다. '그 여자'를 집으로 불러들이고 그녀에게 스스로의 아들을 양도하고 남편까지 할애하면서 어머니는 그렇게 그 세계의 질서를 유지해 나가는데, 다만 '그 여자'가 어느 날 떠나고 나자 '그 여자의 아들' 이었던 그에게 졸지에 은밀한 그리움과 죄의식이 더불어 자리 잡았음이 문제일 따름이다. 그것을 그는 '평생을 두고도 갚지 못할 마음속으로 빚처럼 담아온 서자 의식' 이라고 부르고 있는 것이다.

그 의식이 그토록 집요하고 은밀한 것이기에, 그는 그 이야기를 쓰기 위해 아내로부터 떠나간다. 그의 출분은 전혀 그들 부부의 불화에서 비롯된 것이 아니다. 차라리 그것은 이 모든 이야기들을 과거로부터 현재로 불러내는 제의적(祭儀的) 의미를 지닌다. 그의 출분을 통해, 잊었던 과거의 기억은 모두에게 자연스럽게 상기되고, 현재의 삶과 뒤얽힌다.

그런데 여기에 또 다른 하나의 얽힘이 끼여든다. 그것은 소설 속의 세계와 그 소설을 쓰는 작가의 현실적 삶의 뒤얽힘이다. 이것이야말로 바로 '연작' 형식이 아니라면 보여줄 수 없는 것인데, 작가는 언제나 시시콜콜히 '그 여자'에 관련된 자신의 삶을 모두 드러내 보여주고, 그 이야기로 말미암아 생겨나는 삶의 파장을 또한 빠짐없이 이야기한다. 그는 독자들로 하여금 앞에 썼던 이야기들을 환기하게 하는데, 이따금씩 어떤 독자들은 직접 그의 글쓰기 속으로 침범해 들어오기까지 한다. 한 편의 르포르타주라도 쓰듯이, 그는 일상의 자잘한 사실들에 매달린다. 마치 그는 '이것은 내 자신의 욕망이 아니라 사실일 뿐' 이라고 말하는 듯하다. 그것은 당연하다. 그가 욕망하는 '그 여자'는 아무도 절대로 기억해 내서는 안 되는 금기의 대상이기 때문이다. 그러므로 그는 '사실'들 속으로 끊임없이 우회하고 탐색한다. 소설 속에서 그는 모호한 기표들로 가득 찬 텍스트 자체이다.

3 서자(庶子)의 내면 풍경

그렇다면 그 자신을 이야기의 중심에 두고 다시 소설을 읽어볼 필요가 있으리라. 우선 그는 소설 속의 가공인물이면서 동시에 '수색' 연작을 쓰는 작가 자신이기도 하다. 두 인물의 모습은 쉽게, 그리고 집요하게 겹쳐지면서도 완전히 동일하지는 않다. 그는 독자들이 '사실이냐, 아니냐'란 물음에 빠져버리는 것을 바라지 않는다. 사실 그것은 중요한 게 아닐지도 모른다. 그러나 독자들은 어쩔 수 없이 그 둘 사이의 경계를 오가면서 아슬함을 느끼지 않을까.

한편 그는 소설을 쓰는 사람으로 이 '수색' 연작이라는 이름의 글쓰기를 전후해서, 다니던 직장을 그만두고 전업 작가로 나서고 있다. 그에 의하면 전업 작가는 "이제 아무 때고 움직이고 싶을 때 움직일 수 있는" 것에 다름 아니다. 그것을 다른 공간 세계에 대한 욕망으로 읽을 수 있다면 그 욕망의 모습을 잘 보여주는 것이 "우리 시대 최고의 눈" 일화이다. 그는 권력과 관련된, 그러나 하찮은 직장 일 때문에 어쩌면 죽을 때까지 다시 만날 수 없을지도 모를 고향의 폭설 속에 '섞이지' 못한다. 그리고는 전화를 통해서, '지금 친구들과 2층 방에서 맥주를 마시고 있는데 지붕의 눈들이 골목에 쌓여 창문을 열면 지나가는 사람들의 발밖에 보이지 않는다거나, 쌓인 눈이 처마에 닿아 김칫독을 묻은 데까지 아버지가 굴을 팠다거나, 눈이 현관 입구를 막아 안에 들여놓은 스노우시클조차 밖으로 내갈 수 없다거나, 길이 미끄러워 발밑만 보고 걷다 보면 늘어진 전화 줄이 목에 턱턱 걸린다거나, 아름드리 나무들이 중동에서 툭툭 부러져 나갔다거나, 신호등이 눈에 짓눌려 도로 한 중간에 비스듬히 휘어져 있기도 한' 세계의 풍경을 이야기 듣고 그곳에 가고 싶다는 열망에 빠져 든다. 그러나 열망이 강렬하게 타오를수록 그것을 피워올리는 현실은 늘 빈곤한 법이 아니겠는가. 그가 놓여 있는 현실 공간이란 턱없이 좁고도 외롭다. 그는 너무도 쉽게 세계로부터 고립되어 버리는데, 대개의 경우 유리창조차 외부의 구체적인 풍경을 보여주지 않는다. 소설 속에서는 제법 예외적인 이 폭설 내린 풍경의 구체성조차 누군가에게서 들은 것이기에 가능할 뿐이다.

그에게는 자동차가 있지만 서울 시가지가 익숙하지 않은 만큼, 자동차에도 그다지 익숙하지가 않다. '지도 읽기'가 그 좋은 증거라 할 수 있다. 그는 우리 소설 속의 수많은 '구보'들처럼 그 거리를 걸어다니는 것이 아니라 지도를 읽거나 흘러가는 차창 밖으로 해독한다. 그러므로 아무리 오래 그 거리를 다녀도 그는 언제나 이방인일 수밖에 없다. 그것들은 보다 넓은 공간적인 세계에 대한 열망을 실현하는 것이면서 동시에 그것을 차단하는 벽이라는 점에서 서로 닮아 있는 것이기도 하다.

한편 '지도 읽기'는 소설 속에서 또 다른 의미를 '드러내 주는' 장치이다.

그런 지도 위의 순례가 내가 집을 나온 다음부터의 버릇인지 아
니면 그보다 훨씬 앞서 자동차를 운전하기 시작한 다음부터의 버
릇인지는 정확하게 기억 나지 않는다. 4절지 정도 크기의 플라스
틱 받침에 인쇄한 서울시 교통도가 언제부터 내 책상 위에 있었는
지도.

——「수색, 그 물빛 무늬를 찾아서」 중에서

여기서 앞의 문장 속에 담긴 진술은 그런 대로 수긍하더라도
뒤의 진술은 정확하게 사실이 아니다. 바로 한 페이지쯤 뒤에서
그가 스스로 '지지난해 겨울에야 그것을 꺼내 매트 옆에 나란히
두었다.'고 말해 놓고 있기 때문이다. 그러므로 이 문장들이 우
리에게 말하려는 것은 '정확하게 기억나지 않는다.'라는 정보라
할 수 있다. 또한 이 진술은 실제로 기억 나지 않는다는 사실보다
는 그의 기억을 억압하는 의식/무의식의 존재 쪽으로 해석해 봄
직하다. '지도'는 그러한 세계 속에서 그가 욕망을 드러내는 방
식이지 않을까. 그는 '서울 시가지' 속으로, 그리고 마침내 금기
된 세계의 대명사로서의 '수색'에까지 자기 삶의 공간을 확장시
켜 나가고 싶은 것이다. 때로 일상이 견딜 수 없는 것은 빈곤함
때문이 아니라, 차라리 그 무의미한 풍요로움 때문이다. 그는 일
상의 중심으로 서서히 빠져 들면서 불쑥 머언 변두리로서의 '수
색'을 꿈꾸기 시작한다. 그곳에는 변화가 있고, 자극이 있고, 무
엇보다도 달콤한 유혹의 말과 새로운 글쓰기가 있으리라.

이제야 우리는 왜 이 소설에 많은 '기억나지 않음'들이 중첩되
어 있는가를 짐작할 수 있다. 물론 이 소설 자체가 회상을 통해

'기억나지 않는 세계'의 흔적을 찾아가는 것이기 때문이기도 하다. 그러나 보다 중요한 것은 그 세계에 대한 욕망의 은밀함과 죄스러움이 아닐까. 그는 일상의 저편에 존재하는 다른 세계를 꿈꾼다. 그래서 '지도 읽기'는 순례의 길이라 불릴 수 있다. 그러나 그 세계는 금기 속에 묻혀버린 곳이다. 그러므로 그는 그 세계가 기억 나지 않는다고 먼저 말한다. 그런데도 다른 무엇인가가 그 비밀스러운 이야기를 그에게 알려준다면, 그로서는 어쩔 수 없는 일이 아닌가. 그는 이미 어떤 사실들을 알고 있다. 그리하여 이런 투로 말하고 있는 것이다. '그것의 시작이 어느 날 자고 일어났을 때 문득 느껴지는 일상의 어떤 단조로움과 무미건조함처럼 사소하고도 사소한 것이라고 했지만, 그 감정의 변화가 전적으로 그렇게 작고 사소한 것으로부터만 시작된 것은 아닐 것이다.' 다만 그는 시치미를 떼고 있을 뿐이다. 서자에게 욕망이란 언제나 금기와 더불어 존재하는 것이기 때문이다.

책상 위에 놓아둔 교통지도 받침엔 월계동에서 신사동까지만 연필 선이 그려져 있고, 그 아래 수색은 길을 따라간 것이 아니라 그냥 그런 동네가 서울 어디쯤에 있는가 확인하기 위해 그랬던 것인 듯 동그라미만 여러 겹 그려져 있었다. (……) 거기에 표시해 둔 여러 겹의 동그라미도 언제 그려놓은 것인지 기억나지 않았다.
──「수색, 그 물빛 무늬를 찾아서」 중에서

그가 가고 싶어 하는 곳은 연필 선이 그려진 길이 아니라, 동그라미에 의해 그의 상상 속에 갇혀진 세계이다. 그는 세계와 어울리는 것이 아니라 단절되어 있다. 그는 다만 '신문'이나 전화를 통해서 그 세계를 읽을 수 있을 뿐이다. 맥루한이라는 사람은 그저 차갑게 스쳐 지나가는 전자 매체와는 달리, 자발성을 요구하고 있다는 점에서 신문을 핫 미디어라 불렀다지만 어떤 의미에서 그것은 세계에 대한 자폐증일 수도 있다. 또한 마찬가지로 그는 전화기를 자동 응답으로 맞추어 놓거나 아내를 통해서 받음으로써 세상을 선별적으로 받아들이고자 한다. 소설 속에서 그가 먼저 누군가에게 전화를 '거는' 경우는 드물고, 더러는 전화 자체도 세계와의 연결은커녕 깊은 단절감을 드러내 보여줄 뿐이다.

나는 전화기를 귀에 붙인 채 가만히 훅 스위치에 손을 갖다 댔다. 누르는지 마는지도 모르게 가볍게 손을 댔는데도 뚜우, 뚜우 하고 아득히 아내가 멀어져가는 소리가 들렸다. 어쩌면 아내는 명주실보다 가늘게 이쪽과 간신히 연결하고 있는 끈이 끊어졌을 때 순간적으로 느끼는 어떤 절망감을 느꼈을지 모른다. (……) 아마 아내도 나처럼 끊긴 전화를 오래도록 들고 있을 것이다.
——"수색, 그 물빛 무늬를 찾아서."에서

그는 이미 한 가정의 가장인데도, 그를 외부 세계로 이르게 해주는 것은 팩스 모뎀이 장착된 '노트북'일 뿐이며, 그의 욕망은 그것을 통해 문예지의 지면으로, 외부 세계로 미끄러져 간다.

그런 점에서 그는 온전히 남성의 세계에 속해 있지 않다. 그것이 사실이든 아니면 단순히 의식이 만들어낸 것이든, '서자'인

탓에 그는 쉽게 아버지의 세계로 나아갈 수 없다. 아버지가 그에게 그 어떠한 세계도 유산으로 남겨주지 않을 것이기 때문이다. 아버지와의 대화조차 제대로 이루어지지 못한다. 그러므로 그는 아버지에 대항할 수도 없고, 스스로 '애비'가 되어 또 다른 세계를 만들어나갈 수도 없다. 그가 쉽게 외부 세계로 나아가지 못하고 '고립되는' 숨은 이유가 여기에 있다.

4 풍요로운 여성성과 '물빛 무늬'의 욕망

그러므로 그는 여성의 세계로 나아갈 수밖에 없다. 그에게는 언제나 풍요로운 여성의 세계가 숨 쉬고 있지 않았던가. 그는 여성을 통해서, 여성에 관해서 이야기하며, 이야기의 본질 자체가 여성성 속에 놓여 있다. 그는 조심스럽게 유년의 숨겨진 기억 속의 '그 여자'에 대해서 이야기하기 시작하는데, 또 다른 '그 여자'들이 이야기를 에워싸면서 '무늬'를 만들어놓고 있는 형국이라 할 수 있다.

'수색' 연작은 회상에 잠긴 '나'를 홀로 남겨두기 위해 떠나가는 아내의 목소리로 시작한다. 그리고 첫 번째, 두 번째 작품을 발표하자 또 다른 '그 여자'가 전화를 한다. 그러나 그는 수색으로 가서 그 여자를 만나지 않는다. 아내가 주워다 준 단풍잎에서 '무늬'를 보기 때문이다. 그 여자가 "기다렸어요, 선생님. 나중엔 안 오신다는 걸 알면서도 해가 질 때까지요."라고 이야기할 때에도 그는 책상 위에서 '곱게 자리잡아 가고 있을' 아내의 단풍

226

을 떠올리며 어쩌면 다시는 수색에 갈 수 없을 거라고 생각한다.

그러고도 또 다른 ‘그 여자’가 편지를 보내온다. 그 여자는 과거의 애인이다. 또 이름을 알 수 없는 ‘그 여자’와, 그 모든 여자들의 어머니로서의 ‘수호 엄마’와 그의 친어머니. 이처럼 이 소설은 과거와 현재와 미래의 여자들이 만들어내는 아름다운 무늬를 우리에게 보여준다.

그러나 이처럼 그의 욕망이 ‘여성’을 통해서 드러나긴 하지만, 성취되는 경우는 없다. 그는 그 세계를 열망하지만 중도에 좌절하거나, 스스로 포기해 버린다. “길이야 잘못 들면 바로 찾아가면 되지. 무슨 걱정이겠냐.”는 어머니의 말은 일상성이 던지는 질서에의 복귀 명령이다. 그는 욕망의 흐름에 몸을 맡기지 않고 재빨리 질서 쪽으로 회귀한다. ‘죄의식’ 때문이기도 하고, ‘서자’로서의 또 다른 욕망 때문이기도 하다. 실상 ‘서자’란 질서의 바깥쪽을 방황하면서 그 질서를 무너뜨리고자 하지만, 동시에 그 질서의 안쪽을 그리워하는 존재가 아닐 것인가.

바로 이러한 사실을 통해서 우리는 ‘수색’ 연작이 보여주는 풍경이 어떻게 낯선 것인가를 알 수 있다. ‘수색’ 연작에는 한 집안의 모습이 그려져 있다. 그 집안이 하나의 거대하고 뿌리 깊은 전통 속에서 흘러나온 것임은 물론이다. 그런데 이 사실을 이야기하는 것은 그가 아니라 ‘적자’인 그의 큰형이다.

“모르는 소리 마라. 그래도 우리 어릴 땐 마을에서 제일 먼저 눈을 친 길이 그 길이었다. 집에 있는 일꾼들이 치고 내려가기도 했지만 마을 사람들이 요 아래까지 치고 올라왔어. 그보다 더 이

전엔 마을 큰길보다 먼저 그 길을 치고 올라왔다고 그랬고."
　　　　　──「수색, 어머니 가슴속으로 흐르는 무늬」 중에서

　아버지는 이른바 참판 댁이라 불리던 영화의 마지막 수혜자인 동시에 희생자이기도 하다. '수색' 연작에는 그런 집안의 모습이 그려지고 있다. 대체로 이런 그럴듯한 가계에 얽힌 소설들은 역사의 경계조차 넘으면서 넘실거리게 마련이지만 이 소설은 그 가계에조차 제대로 이르지 못한다. 그러므로 이 소설 속에 역사란 없다. 도대체 모든 상황들은 현재의 순간으로 집약되어 버리고, 과거는 화자의 기억 속에서만 존재하는 것일 뿐이다. 모든 것들이 사적이며 그것들의 배경을 이루는 아무런 사회적―역사적 환경도 없다.
　그러한 까닭에 작가는 이 소설이 찾아가는 물음을 '무늬'라 부르지 않았을까. 그에 의하면 "내가 소설에서 말한 무늬라는 게 공중에 떠다니며 눈에 보이는 그런 무늬가 아니라 들어갔을 때 거기서 확 느껴지는 어떤 분위기 같은 것"이다. 그것은 객관적으로 존재하는 무엇일 수 없다. 그러므로 실수로, 어이없이 수색으로 들어갔을 때 그는 전혀 무늬를 찾아낼 수 없는 것이다.

　그러나…… 그러나 그곳엔 내가 마음속에 아껴두며 그토록 보고자 했던 무늬가 없었다. 물빛 무늬도, 물빛도 아닌 그 어떤 무늬도……. 그곳은 그냥 어떤 특색도 없는 서울 외곽 지역 중의 하나였다.
　　　　　──「수색, 그곳에 가도 보이지 않는 무늬」 중에서

욕망하는 대상에 가까이 다가가는 순간 '무늬'는 사라지고 깊은 불안감이 자리잡는다. 그는 자신의 상상력을 억압하는 일상적 삶으로부터 벗어나고 싶어 하지만 그것은 욕망의 폭력성에 대한 두려움(적어도 성취된 욕망은 늘 초라하게 쪼그라들게 마련이니까)이나 질서에의 집착에서 자유롭지 못하다.

'무늬'는 이미 기억 속에 희미하게 남았거나 아직 현존하지 않는 것들에서만 나타난다. 그것은 사람들 마음속에, 보다 엄밀히 말하자면 작가의 깊은 안쪽으로부터 흘러나온다.

그러면서 아내는 거기 가서 당신 마음속의 무늬를 봤느냐고 물었다. 그렇게 가선 보이지 않을 거라는 걸 먼저 알아서일까. 아니면 그게 가장 묻기 조심스러운 말이어서일까, 그 말을 할 때 아내는 무늬라는 말을 들릴락말락하게 무늬처럼 말했다. 나는 대답 대신 가만히 아내가 잡고 있는 손을 풀고 일어섰다. 왜 그렇게 넓은지 모르겠어요. 당신의 그 빈 들은……. 다시 아내의 눈이 무늬처럼 말했다.

——「수색, 그곳에 가지 않아도 보이는 무늬」 중에서

여기서 아내는 무늬처럼 보이다가 결국 '수색'에의 욕망을 뛰어넘는 하나의 선명한 무늬로 변하고 있다. 그러므로 그는 '마음의 수색병'이라는 인식에 이른다. 바로 그 점에서 독자들은 '수색'이라는 말이 환기하는 '물빛 무늬'를 마음속에 공유한다. 이것은 우리 모두가 지니고 있는 욕망의 이름이다.

우리가 살아가는 일상은 무미건조하고 초라하면서도 소중한 그 무엇이다. 우리는 그 감옥 속에 갇힌 채 서서히 죽어가지만 만약 그것이 없다면 당장 공기 속으로 분해해 버릴지도 모른다. 그러므로 우리는 일상을 그대로 유지하길 바라면서 이따금씩 먼 곳으로부터 낯선 욕망을 불러들이고, 그것과 목숨을 건 도박을 즐긴다. 그렇다면 우리 모두가 '죄의식'과 '그리움' 사이에서 방황하는 서자가 아닌가. 우리가 꿈꾸는 수색에는 미지의 한 여자가 살고 있다. 그 여자는 우리에게 이렇게 속삭인다. "그러면 말이죠, 선생님. 다음주 토요일은 시간이 어떠신지요? 제가 선생님께 여기 수색의 무늬를 안내해 드리겠습니다. 여길 잘 모르고 혼자 오셔서 그렇지, 저하고 둘러보면 아마 실망하지 않으실 거예요. 저도 선생님 소설을 읽고 나서 그게 우리 동네 무늬여서 그런지 왠지 그 무늬를 제가 꼭 보여드려야 할 것 같은 생각이 들었어요."

그 여자의 말에 의하면, 그 '무늬'를 보기 위해서라면 자동차보다는 버스가 낫고, 버스보다는 기차를 타고 가는 것이 좋다. 아마 어떤 사람들은 협궤 열차나 낙타라도 타고 그곳에 가리라. 그리고 그곳에 이르러서 그가 떠나온 곳에서 무너져내리는 일상의 세계를 보게 되리라. 왜 그토록 무미건조했던 세계가 무너지는 모습이 아스라한 광채에 휩싸이는지 의아한 채로. 그러나 그는 그곳에 가지 않고 마음속의 물빛 무늬에 머문다. 아마도 그는 과거의 사슬에서, 기억의 그늘진 감옥으로부터 벗어날 수 없으리라. 그러나 그랬기에 여전히 '수색'은 욕망의 대상일 수 있고, 그는 일상 속에서 살아갈 수 있다.

5 일상으로의 회귀

이 소설은 작고도 조용하지만, 그 세계를 천천히 음미하는 사람들에게 참 많은 것을 느끼게 해준다. 결말조차가 그렇다. 소설은 끝나는 것이 아니라 잦아드는데 바로 그곳으로부터 또다시 은은한 삶의 여운이 퍼져나간다.

작가의 '수색을 찾아서'가 방송에 나간 뒤에 그는 한 젊은 여자로부터 자신이 알고 있는 어떤 여자가 소설 속의 수호 엄마와 닮았다는 전화를 받는다. 그는 스물여덟이라는 그 여자의 나이와 수호엄마가 집을 떠나던 시기가 자꾸 겹쳐지는 스스로의 마음에 놀란다. 그는 "나 아니면 아무도 이해하지 못할 그 엄마에 대한 나 혼자만의 어떤 묘한 느낌으로서의 소유욕 같은 것"으로, 그녀에게 소설 속의 이야기가 다 사실은 아니라고 말해 버린다.

그런데 더 심각한 문제는 그녀가 전화를 하기 며칠 전부터 걸려 오는 목소리 없는 전화에 있지 않은가. 그 목소리 없는 전화는 그가 전화를 받으면 제법 오랫동안 전화기를 들고 있다가는 내려놓는다. 마치 그의 목소리라도 들으려는 것처럼. 어쩌면 과거의 기억 속으로부터 '수호 엄마'가 걸어와, 조용히 숨결을 풀어놓고 있는지도 모른다. 또한 그것은 그가 쏟아 부은 집요한 사랑의 주문(呪文) 때문에 생긴 일이 아니었는가. 그러므로 오직 그의 한마디 말만이 그녀를 금기의 항아리 속에서 꺼내줄 수 있지 않겠는가. 그러나 그는 일부러 더 짧게 "안녕하세요. 이수홉니다. 저는 지금 수색에 있습니다."라는 메시지를 남기고 외출했다가 돌아온다. 그 후로 전화는 걸려 오지 않는다. 나아가 이제 그 전화는 다시 걸려 오지 않을 거라고 그는 생각한다. 그렇다면 그가 남긴 메시지란 스스로의 욕망을 물빛으로 흘러가게 하는 것이 아니라 그것을 거두어들이는 것이리라. 그는 '지금 수색에 있다.'는 말을 통해 노골적으로 욕망의 대상을 드러내 놓는데, '그분'은 그 언어들이 품고 있는 환한 빛을 견딜 수 없다. '불허 복제'로서의 금기가 그 환한 빛 속에서 더불어 드러났을 것이기 때문이다. 그가 가족을 데리고 수색에 다녀올 수 있었던 것도 같은 맥락에서 읽을 수 있다. 욕망은 언제나 주저와 망설임 속에 존재하는 것일 뿐이지, 현실화될 수는 없다. 대상에 대한 불안감이 없다면 욕망이 어떻게 욕망하는 주체를 태워버릴 만큼 강렬하게 타오를 수 있겠는가. 그 깨달음이 이제 그를 불안감도 없이 수색에 이르게 하고, 다시 걸려 오지 않는 전화를 통해 비로소 '물빛 무늬'를 보게 하는 것이다.

우리는 그 문장들 속에 숨어 있는 한 여자의 모습을 통해서, 그리고 그 여자를 향한 욕망의 경계 위에 아스라이 서 있는 그의 모습 속에서 다시 '물빛 무늬'를 본다. 물론 이제 그가 아무 때고 움직이고 싶을 때 움직일 수 있는 전업 작가의 처지라면, 나는 그가 자신의 지도 위에 보다 많은 동그라미를 그리고, 직접 그 세계에 이르러, 그에게 속하지 않는 낯선 타자들과 구체적인 풍경들을 만나야 하리라고 생각한다. 그러나 이 소설 속에서 그의 욕망이 빚어놓는 '물빛 무늬'는 가슴 저리도록 아름답다. 그것이 한낱 상상을 통해서는 결코 이를 수 없는 존재의 무게로부터 왔기 때문일 것이다.

(문학평론가)

작가 연보

1958년　강원도 강릉 출생.

1988년　《문학사상》 신춘문예에 단편 「낮달」 당선.

1989년　소설집 『그 여름의 꽃게』 출간.

1991년　장편소설 『우리들의 석기시대』 출간.

1992년　장편소설 『압구정동엔 비상구가 없다』 출간.

1993년　장편소설 『압구정동엔 무지개가 뜨지 않는다』, 소설집
　　　　『얼굴』 출간.

1995년　장편소설 『에덴에 너를 보낸다』, 『미혼에게 바친다』
　　　　출간.

1996년　장편소설 『아들과 함께 걷는 길』 출간. 「수색, 어머니 가
　　　　슴속으로 흐르는 무늬」로 제27회 동인문학상 수상.

1997년　장편소설 『수색, 그 물빛 무늬』, 소설집 『말을 찾아서』
　　　　출간. 「은비령」으로 제42회 현대문학상 수상.

1998년 장편소설 『독약 같은 사랑』, 『해파리에 관한 명상』 출간.

1999년 장편소설 『19세』, 『그대 정동진에 가면』 출간.

2000년 장편소설 『순수』, 『첫사랑』 출간. 「그대 정동진에 가면」
        으로 제5회 한무숙문학상 수상. 「아비의 잠」으로 제1회
        효석문학상 수상.

2001년 『압구정동엔 비상구가 없다』, 『에덴에 너를 보낸다』를
        전면 보완하여 『지금 압구정동엔 비상구가 없다』(전2권)
        로 출간.

2003년 소설집 『그가 걸음을 멈추었을 때』 출간.

2004년 장편소설 『스물셋 그리고 마흔여섯』, 『모델』 출간.

2005년 에세이 『은빛낚시』 출간.

오늘의 작가총서 17

수색, 그 물빛 무늬

1판 1쇄 펴냄 1996년 2월 25일
1판 6쇄 펴냄 1997년 10월 25일
2판 1쇄 찍음 2005년 9월 20일
2판 1쇄 펴냄 2005년 10월 1일

지은이 · 이순원
편집인 · 박상순
발행인 · 박맹호, 박근섭
펴낸곳 · (주) 민음사

출판등록 1966. 5. 19. 제16-490호
서울 강남구 신사동 506번지 강남출판문화센터 5층 (135-887)
대표전화 515-2000 팩시밀리 515-2007

값 8,000원

ⓒ 이순원, 1996. Printed in Seoul, Korea

ISBN 89-374-2017-1 04810
ISBN 89-374-2000-7 (세트)